HKPSC-P

香港小學
普通話
水平等級測試
實施綱要

國家語言文字工作委員會

國家教育部港澳台事務辦公室　指導支持

香港語言研究中心　研制

中 華 書 局

香港管理學院出版社

目 錄

前言

香港教育局 1997 年公佈《普通話科課程綱要 (小一至小六)》和《普通話科課程綱要 (中一至中五)》。1998 年開始,普通話成為香港中小學核心課程之一。二十多年來,香港學生接觸普通話的機會越來越多,運用普通話溝通的能力和信心日漸增加,普通話在拓展年輕人職業發展空間方面發揮的作用越來越大。根據香港特區政府《2021 年中期人口統計簡要報告》,香港能講普通話的人口比例已達 54.2%。隨着香港和內地交往的日益加深,未來這一比例將會快速提升。

在普通話教學中,普通話水平及能力測查至關重要。據統計,截至 2020 年 6 月,香港有 587 所小學,在校學生 37.3 萬人。隨着普通話教學受到社會各界的關注和重視,學校和家長均迫切需要一套符合香港小學生實際情況、規範且行之有效的普通話水平考試,用以準確評估小學生普通話水平,檢驗其普通話學習的階段性效果。早在 1996 年,國家語言文字工作委員會 (國家語委) 普通話培訓測試中心就與香港大學共同開展了普通話水平測試 (PSC) 工作,由此拉開香港開展國家普通話水平測試的序幕。不過該測試的主要對象是成年人,迄今為止,針對香港中小學及幼稚園的普通話水平測試,尚未建立起科學系統、認受性強的標準化測評機制。

為更好地提升香港學生普通話水平,提高香港幼稚園及中小學普通話教學效率,有必要建立一套服務於普通話學習和教學的客觀科學的測評標準,以提升學生普通話學習的動能和效能,為教師制訂更科學有效的教學計劃提供支撐。

經反覆調研、論證,中華書局 (香港) 有限公司成立由內地和香港專家學者聯合組成的項目組,立項研制「香港幼稚園及中小學普通話水平等級測試 (HKPSC)」項目,擬全面系統地開展香港幼稚園及中小學普通話水平等級測試工作。北京語言大學郭風嵐教授受邀擔任首席專家,全面負責項目研發工作。2021 年 10 月,中華書局 (香港) 有限公司與香港管理學院共同成立香港語言研究中心 (以下簡稱「中心」),中心為集語言測試研發、考務、出版、培訓等業務於一體的語言應用研究機構,項目組依託該平台繼續開展專項研發。本書即是項目組完成的首期成果之一。

本書以語言學習理論和語言測試理論為指導,參考教育評估「達標 + 成長」模型理念,針對香港初小和高小學生普通話學習特點、身心發展特徵及相關需求,參照國家標準及香港教育局頒佈的普通話課程大綱等設計而成。

香港小學生普通話水平等級測試 (簡稱 HKPSC-P) 形式為口試,本測試秉持「結構與內容融合」理念,以實現「以測促學,以測促教」為目標,以應試人在測試中無論是否「達標」,都能獲得普通話能力「成長」為追求,通過認讀、朗讀、聽後說和口頭表達等方式,突出應試人普通話聽、說、讀等運用能力的測查,突出普通話學習和中華文化學習同步發展。有關項目研發理念、原則及過程等內容,請參見本書第一部分「總論」。

2022 年 10 月 6 日，由著名語言學家、教育測量專家李宇明教授、李子建教授、屈哨兵教授、謝小慶教授、徐杰教授、周荐教授和祝新華教授等組成的鑒定委員會，對首期成果「香港小學普通話水平等級測試」項目進行評審鑒定。鑒定會採用線上（騰訊會議）、線下（香港中環域多利皇后街 9-10 號中商藝術大廈 11 樓）結合方式進行。李宇明教授擔任鑒定委員會主席。鑒定委員會給予項目高度評價，認為項目的實施，對推動香港普通話教育發展意義重大，項目借鑒教育評估「達標＋成長」模型理念，無論是三級十二等的設立，還是測試內容，均體現了創新。最終，通過閉門會議表決，專家鑒定委員會一致同意項目通過鑒定。

HKPSC 項目得到國家語言文字工作委員會，國家教育部港澳台辦公室的指導支持；在立項及研發過程中，得到著名語言學家李宇明教授等多位專家以及香港教育界知名人士的關注、鼓勵、指導和支持，在此深表謝意！我們也誠摯地歡迎香港各界多提寶貴意見，幫助我們進一步完善該測試。

本書由郭風嵐教授擔任主編，負責全書整體設計統籌，負責總論、大綱及附錄的編研工作，試卷、測試用材料及詞語表等部分由郭風嵐教授和吳良媛女士共同負責，項目成員張一萍、劉可有、吳黎純、楊安琪、洪巧靜等協同完成。

香港小學普通話水平等級測試正式推行後，我們將繼續開展香港幼稚園普通話水平等級測試及香港中學普通話水平等級測試的研發工作，最終形成與國家普通話水平測試銜接並對接起來的，完整覆蓋香港全學段的普通話水平等級測試系統。同時，我們也將有針對性地開展普通話培訓等工作，讓更多香港學生掌握普通話，更好地促進學生個人發展和香港社會的繁榮。

總論

為推動香港普通話教育發展，提升香港青少年個人發展競爭力，促進香港社會繁榮穩定。經反覆醞釀、廣泛調研，中華書局（香港）有限公司正式設立「香港幼稚園及中小學普通話水平等級測試（HKPSC）」項目（以下簡稱「項目」），項目組成員由內地和香港有關專家、學者組成，北京語言大學郭風嵐教授擔任項目首席專家，全面主持項目研發工作。以下就項目研發理念、原則、目標及過程等予以簡要報告。

項目研發理念、原則及目標

項目研發吸收當代語言學、語言教學及教育測量學等最新理論成果，參考借鑒教育評估「達標＋成長」模型理念，依據普通話測試規律、特點和香港普通話教育實際，提出香港幼稚園及中小學普通話水平等級測試設計構想，即秉持「結構與內容融合」理念，堅持「科學性、實用性和系統性有機統一」原則，實現「以測促學，以測促教」的發展目標。

「達標＋成長」模型主張學習不僅追求「達標」，更追求「成長」。「成長評估，主要是評估能力發展，主要是評估交流溝通、邏輯推理和審辯式思維等核心能力的發展」[1]。這也是香港幼稚園及中小學普通話水平等級測試的設計基礎，而無論學生在測試中是否「達標」，都能獲得普通話能力的「成長」，則是我們測試設計追求的方向。

「結構與內容融合」理念，是指測試將普通話學習和中華文化學習融會貫通，在測試過程及普通話學習與教學中，促進學生普通話運用能力和中華文化素養同步提高。

「科學性、實用性和系統性有機統一」原則，是指試題命制以科學性為前提，即遵循語言學習規律、語言測試規律和學生身心發展規律。以實用性為方向，即對接國家普通話水平測試，對應香港中小學普通話教學大綱，突出粵方言和普通話對應特徵，重視香港本地方言詞語的應用，重點考查應試人的普通話運用能力。以系統性為方向，一是測試研發工作將實現從幼稚園到小學、中學的全覆蓋、系統性開發；二是測試內容及等級結構實現有序銜接、螺旋式上升、漸進式發展的系統性設計；三是試卷內容體現普通話語音、詞彙、語法結構和中華文化系統性有機融合。

「以測促學，以測促教」目標，是指香港幼稚園及中小學普通話水平等級測試（HKPSC）以激勵為導向，堅持為學生普通話能力「達標」並「成長」、普通話運用能力持續提升服務，堅持為香港更好地開展普通話教學服務。以考生語音診斷報告為主要呈現形式的測試結果一方面服務於學生普通話學習，讓應試人了解自己的普通話水平及程度，並通過自我檢省，查漏補缺，有針對性地精準提高自己的普通話水平；另一方面服務於學校教學，教師可根據測試結果，對普通話教學方法、效果等予以檢視、判斷，進一步調整和改進普通話教學。

---

1 謝小慶，《從「達標」評估到「達標＋成長」評估》，2020 年 10 月 27 日，轉引自新浪網，https://www.sohu.com/a/427690421_100974。

HKPSC-P **研發過程**

2021 年 8 月《香港小學普通話水平等級測試大綱》（以下簡稱「HKPSC-P」）出版。

HKPSC-P 借鑒語言學習理論和語言測試理論，針對香港初小和高小學生普通話學習特點、心理發展特點和實際需求，依據《普通話水平測試大綱》（教育部、國家語委發教語用 [2003]2 號文件）和《普通話水平測試實施綱要》（2004 版），重點參考《普通話水平測試員實用手冊》（第三版）和國際文憑組織小學項目（Internatioanal Baccalaureate Primary Year Programme）課程大綱等進行規劃設計，測試突出應試人普通話聽、說、讀能力的測查，突出普通話學習和中華文化學習同步發展。

為保證香港小學生普通話水平等級測試的科學性，穩妥施測，項目組於 2021 年下半年持續進行了為期半年的試測。截至 2022 年 1 月，共有 100 多所小學、700 餘名學生參加試測。試測為評價香港小學普通話水平等級測試的信度和效度提供了科學、準確和詳盡的資料，為建立一套更加科學、有效的香港小學普通話水平測評機制奠定了基礎。

其後，北京語言大學教育測量專家對試卷進行了質量分析，分析結果顯示，香港小學普通話水平等級測試試卷質量較高，各項指標表現良好。在效度分析中，通過對試卷內容的代表性、內部結構的有效性和測試理念等關鍵指標的分析，證明了該測試的有效性。

根據試卷質量分析結果、專家建議以及香港小學普通話教學實際，項目組又對試測用 HKPSC-P 進行了優化調整，提交專家評審鑒定。2022 年 10 月 6 日，HKPSC-P 通過專家委員會鑒定，正式進入實施階段。

HKPSC-P **等級設計**

HKPSC-P 測試對象是香港小學生，為學習和教學提供雙向服務，因而在等級設立方面，細化了國家成人普通話水平測試（PSC）等級，一方面與國家普通話水平測試等級相呼應，另一方面也便於應試人更細緻地了解自己普通話水平的當下狀況和繼續發展努力的空間，便於教師準確細緻地了解、評核學生的普通話水平，改進普通話教學方法，提高教學效率。為此，等級設計方面重點參考了香港教育局《普通話科課程指引（小一至中三）》（2017）和國家普通話水平測試有關內容，將測試等級劃分為三級十二等，三級分別與小學學段相對應，初級對應小一至小二學段，中級對應小三至小四學段，高級對應小五至小六學段。初、中、高三級每一級都包含一、二、三、四等，由高到低分別描述為優秀、良好、中等、入門。三級十二等如下表所示：

三級	十二等
初級：小一至小二	一等：優秀
	二等：良好
	三等：中等
	四等：入門
中級：小三至小四	一等：優秀
	二等：良好
	三等：中等
	四等：入門
高級：小五至小六	一等：優秀
	二等：良好
	三等：中等
	四等：入門

HKPSC-P 試卷設計

(一) 試卷級別與測試字詞表的關係

　　HKPSC-P 試卷按照初級、中級和高級三級設計編制，三個級別內容分別對應於測試字詞表的一級、二級和三級，即初級對應一級字詞表字詞，中級對應二級字詞表字詞，高級對應三級字詞表字詞。試卷內容設計依據階梯設計原理，由低到高螺旋式上升，遵循「高級別包含低級別，低級別有限擴容高級別」的原則，這樣的設計對應試人來說具有鼓勵性和激勵性，應試人既可參加學段內同等級水平測試，也可不拘於學段，參加高級別測試。例如：小二學段的學生，可以參加對應學段的初級測試，也可以參加高於學段的中級甚至高級測試。這一點是基於實現級別內達標和同時提供進一步發展成長的空間思想而進行設計的。初、中、高三個級別測試用字詞比例分配如下：

　　初級水平測試用字詞，70% 來自一級字詞表，30% 來自二級字詞表；中級水平測試用字詞，10% 來自一級字詞表，70% 來自二級字詞表，20% 來自三級字詞表；高級水平測試用字詞，30% 來自二級字詞表，70% 來自三級字詞表。

(二) 試題設計

　　HKPSC-P 試題設計主要體現以下幾個特點：

　　第一，時長適度。測試充分考慮小學生身心發展特徵，每一級別的測試時長均控制在 15 分鐘以內。

第二，題型等量。三個級別的題型均衡分佈，有序銜接，每一級別均設計五種題型。初級試卷五種題型分別為：朗讀聲母和韻母，朗讀單音節字詞，朗讀多音節詞語，朗讀句子，聆聽理解、回答問題。中級試卷五種題型分別為：朗讀音節，朗讀字詞，朗讀短文，聆聽複述，命題說話。高級試卷五種題型分別為：朗讀單音節字詞，朗讀多音節詞語，名詞、量詞搭配組合，朗讀短文，命題說話。

第三，難度適中。三個級別的試題內容相互銜接，梯級遞進，逐級向國家普通話水平測試靠近，以方便應試人未來順利參加該考試。例如：初級試卷第一題是朗讀聲母和韻母，到中級試卷第一題，則從單個聲母、韻母測查過渡到測查音節。每一級別內容難度控制在該學段學生的平均水平。

HKPSC-P 測試材料設計

根據香港小學生語言特點及普通話學習難點，HKPSC-P 測試內容不僅包含普通話聲母、韻母和音節，還有字詞、輕聲、兒化詞以及名量搭配結構等等的測查。測試材料包括六部分：普通話測試用聲母、韻母和音節材料，普通話測試用單音節字詞表，普通話測試用多音節詞語表，普通話測試用輕聲詞語表，普通話測試用兒化詞語表，普通話測試用粵方言與普通話部分名詞—量詞搭配表。

在測試內容設計過程中，字詞表的研制極為關鍵，我們以高頻、規範並兼顧香港本地常用特色詞語作為字詞表收詞的基本原則。為保證測試的科學性、有效性，字詞用表的設計也參考了《現代漢語常用詞表》（2008，國家語言文字工作委員會）、《義務教育常用詞表（草案）》（2019，教育部語言文字信息管理司組編，蘇新春主編）、香港教育局課程發展處發佈的《香港小學學習字詞表》和《香港地區普通話教學與測試詞表》（2008，陳瑞端主編，香港理工大學中文及雙語學系研發）中的詞彙等級大綱及漢字表等。

需要特別說明的是關於香港本地常用特色詞彙的選取，我們堅持突出香港特色、少量選取的原則，能夠入選本詞語表的香港本地常用特色詞彙的條件是：（1）香港小學生日常生活中經常接觸使用的特色鮮明的香港本地常用特色詞彙；（2）第七版《現代漢語詞典》收錄的部分註明＜方＞的詞語以及部分寫法不一樣的詞語；（3）香港本地獨有的地名、物名、職名等等；（4）若香港本地對某詞有兩種說法，其中一種說法屬於規範詞語，則只選規範用法。據此，最終選取出 50 個典型常用的詞進入本詞語表。

總之，科學、謹慎的規劃設計，保證了 HKPSC-P 測試用材料質量可靠，不僅用於 HKPSC-P 測試，也是學生學習普通話字詞的首選材料，還可供教師在校本普通話教學後測查學生普通話學習狀況時直接使用。

香港小學普通話水平等級測試大綱

測試性質及用途

一、測試名稱及性質

本測試名稱為「香港小學普通話水平等級測試」（HONG KONG PUTONGHUA SHUIPING DENGJI CESHI-PRIMARY SECTION，縮寫為 HKPSC-P），測試大綱名稱為《香港小學普通話水平等級測試大綱》，簡稱「HKPSC-P 大綱」。

HKPSC-P 測查香港小學生的普通話規範程度、熟練程度，認定其普通話水平等級，是以服務学习和教學為目的的標準參照性等級考試。

HKPSC-P 大綱規定測試內容、範圍、項目及評分標準。

二、測試用途

HKPSC-P 主要測查香港小學生的普通話水平，考查目標與香港普通小學階段國家通用語言文字課程目標一致。其主要用途：

1. 為小學生檢測自己的普通話學習效果提供參考；
2. 為教師提供普通話教學用測試資源和學習資源；
3. 為香港小學評價學生普通話水平提供參考；
4. 為香港小學評價普通話教學效果提供參考。

測試對象

1. 香港小學生。
2. 想了解自己普通話水平的其他學生。

測試方式

測試採取完全口試方式進行。

根據小學生的年齡、心理認知以及普通話水平等特點，測試將通過人工測評和機測兩種形式完成。

測試依據

一、主要依據

1.《香港小學普通話水平等級測試實施綱要》；
2.《普通話水平測試大綱》（教育部、國家語委發教語用 [2003] 2 號文件）；
3.《普通話水平測試實施綱要》（2004 版）。

二、參考依據

1.《普通話水平測試員實用手冊》(第三版);

2. 國際文憑組織小學項目(International Baccalaureate Primary Year Programme)課程大綱。

測試內容及範圍

一、測試內容

主要包括普通話的語音、詞彙和語法等知識及其運用,將語言知識學習與中華文化學習有機融合入測查內容中。

二、測試範圍

測試的具體內容及範圍請參考 HKPSC-P 大綱「香港小學普通話水平等級測試用材料」部分。

測試試卷構成及評分

初級測試試卷構成及評分

一、試卷構成

初級測試由 5 個測試項目構成,滿分為 100 分,分值評估最小單位為 0.2 分。測試時長為 15 分鐘左右。主要測查應試人的語音、詞彙和語法知識水平與運用能力,具體包括:語音是否正確、標準,詞語識讀是否正確,詞語使用是否正確、規範,朗讀是否標準、流暢,話語表述是否正確、清晰、流暢。試卷構成如下表:

測試項目	試題量	答題時間	滿分
一、朗讀聲母和韻母	20	2.5 分鐘	20
二、朗讀單音節字詞	20	2.5 分鐘	10
三、朗讀多音節詞語	由 20 個音節組成	2.5 分鐘	20
四、朗讀句子	6	2.5 分鐘	25
五、聆聽理解,回答問題	1 (5)	5 分鐘	25
總計	67 (71)	15 分鐘	100

二、試題描述及評分

試題一　朗讀聲母和韻母

　　本試題共計含 20 個聲韻母，其中聲母 10 個，韻母 10 個。重點測查應試人朗讀聲母和韻母的正確性。

　　評分：本題共 20 分，每讀錯一個扣 1 分；限時 2.5 分鐘，超時部分每個聲母或韻母扣 1 分。

試題二　朗讀單音節字詞

　　本試題共計含 20 個音節組成的單音節字詞，重點測查應試人朗讀單音節字詞時聲母、韻母和聲調的正確性。

　　評分：本題共 10 分，每讀錯一個音節扣 0.5 分，語音缺陷扣 0.25 分；限時 2.5 分鐘，超時部分每個音節扣 0.5 分。

試題三　朗讀多音節詞語

　　本試題共計含 20 個音節的多音節詞語，重點測查應試人朗讀多音節詞語時聲母、韻母、聲調以及變調的正確性。

　　評分：本題共 20 分，每讀錯一個音節扣 0.5 分，語音缺陷扣 0.25 分；限時 2.5 分鐘，超時部分每個音節扣 0.5 分。

試題四　朗讀句子

　　本試題共計含 6 個句子，100 個音節 , 共 25 分。重點測查應試人朗讀句子時聲母、韻母、聲調以及變調的正確性，朗讀的連貫流暢度。

　　評分：

　　(1) 每讀錯一個音節扣 0.2 分，換字、加字、漏字，每個音節扣 0.2 分；

　　(2) 朗讀不流暢，包括回讀、停連不當等，每次扣 0.5 分，扣完為止；

　　(3) 限時 2.5 分鐘，超時部分每個音節扣 0.2 分。

試題五　聆聽理解，回答問題

　　本試題為聆聽一段短文，根據短文內容，回答 5 個問題。測查應試人是否能聽懂短文內容及相關的提問，並用普通話流暢、清晰表述的能力。主要測查語音的正確性，詞彙、語法使用的規範性和話語表述的清晰程度。

　　評分：

　　1. 語音，共佔 10 分，分五檔：

　　一檔：語音標準，或極少有失誤，錯音在 0-5 個之間，扣 0、1、2 分；

　　二檔：語音稍有錯誤，錯音在 6-15 個之間，扣 3、4 分；

三檔：語音錯誤稍多，錯音在 16-25 個之間，扣 5、6 分；

四檔：語音錯誤多，但尚能聽懂所表述之內容，錯音在 26-45 個之間，扣 7、8 分；

五檔：語音錯誤很多，基本上用粵方言表達，錯音在 46 個或以上，扣 9、10 分。

2. 詞彙、語法，共佔 5 分，分三檔：

一檔：詞彙、語法規範，扣 0 分；

二檔：詞彙、語法偶有不規範，扣 1、2 分；

三檔：詞彙、語法不規範較多，扣 3、4 分。

3. 話語表述的清晰程度，共佔 5 分，分三檔：

一檔：話語表述基本清晰，扣 0 分；

二檔：話語表述不太清晰，扣 1、2 分；

三檔：話語表述不清晰，扣 3、4 分。

4. 如答非所問，該題扣 1 分，共佔 5 分。

三、等級確立

初級測試分四等，由高到低排列分別為一等、二等、三等、四等，對應優秀、良好、中等、入門，並據此發放成績證書。

等級	分數	等級描述	評價
一等	92–100 分	(1) 語音正確、標準，偶有失誤； (2) 詞彙、語法基本規範，偶有失誤； (3) 朗讀流暢，語調自然； (4) 話語表述清晰、流暢。	優秀
二等	80–91.9 分	(1) 語音基本正確、標準，有少量失誤； (2) 詞彙、語法基本規範，有少量失誤； (3) 朗讀較流暢，偶有卡頓，語調較自然； (4) 話語表述較清晰、流暢，偶有卡頓。	良好
三等	70–79.9 分	(1) 語音基本正確、標準，處於一般水平，有部分失誤； (2) 詞彙、語法基本規範，有部分失誤； (3) 朗讀流暢，有卡頓，語調不太自然； (4) 話語表述不太清晰、流暢。	中等
四等	60–69.9 分	(1) 語音失誤較多，方音重； (2) 詞彙、語法不太規範，失誤較多； (3) 朗讀不流暢，卡頓多； (4) 話語表述不清晰、流暢。	入門

中級測試試卷構成及評分

一、試卷構成

中級試卷構成如下表：

測試項目	試題量	答題時間	滿分
一、朗讀音節	20	2 分鐘	20
二、朗讀字詞	由 50 個音節組成	2.5 分鐘	25
三、朗讀短文	1	2.5 分鐘	20
四、聆聽複述	1	3 分鐘	20
五、命題說話	1	1 分鐘	15
總計	73	11 分鐘	100

中級測試由 5 個測試項目構成，滿分為 100 分，分值評估最小單位為 0.1 分。測試時長為 11 分鐘左右。主要測查應試人的語音、詞彙和語法知識水平與運用能力，具體包括：語音是否正確、標準，詞語識讀是否正確，詞語使用是否正確、規範，朗讀是否標準、流暢，話語表述是否正確、清晰、流暢。

二、試題描述及評分

試題一　朗讀音節

本試題共計含 20 個音節，包括 10 個單音節和 5 個雙音節，重點測查應試人拼讀音節的正確性。

評分：本試題共計 20 分，每讀錯一個音節扣 1 分。限時 2 分鐘，超時的音節每個扣 1 分。

試題二　朗讀字詞

本試題共計含 50 個音節的字詞，包括 20 個單音節字詞和 13-15 個多音節詞語，重點測查應試人朗讀單音節字詞和多音節詞語時，聲母、韻母、聲調以及連讀變調的正確性。

評分：本試題共計 25 分，每讀錯一個音節扣 0.5 分，缺陷扣 0.25 分。限時 2.5 分鐘，超時之字詞每個音節扣 0.5 分。

試題三　朗讀短文

本試題為朗讀一段包含 200 個音節的短文，共 20 分。重點測查應試人朗讀句子時，聲母、韻母、聲調的正確性，以及朗讀的連貫流暢度。

評分：

1. 每讀錯一個音節扣 0.1 分，換字、加字、漏字，每個音節扣 0.1 分；

2. 朗讀不流暢，包括回讀、停連不當等，每次扣 0.5 分，扣完為止；

3. 限時 2.5 分鐘，超時部分，每個音節扣 0.1 分。

試題四　聆聽複述

本試題為聆聽一段短文，然後把它複述出來。重點測查應試人是否能聽懂短文內容，然後再用普通話流暢、清晰表述的能力。主要測查語音的正確性，詞彙、語法使用的規範性和話語表述的流暢清晰程度。

評分：

1. 語音，共佔 10 分，分五檔：

一檔：語音標準，或極少有失誤，錯音在 0-5 個之間，扣 0、1、2 分；

二檔：語音稍有錯誤，錯音在 6-15 個之間，扣 3、4 分；

三檔：語音錯誤稍多，錯音在 16-25 個之間，扣 5、6 分；

四檔：語音錯誤多，但尚能聽懂所表述之內容，錯音在 26-45 個之間，扣 7、8 分；

五檔：語音錯誤很多，基本上用粵方言表達，錯音在 46 個或以上，扣 9、10 分。

2. 詞彙、語法的規範程度，話語表述的清晰程度，共佔 5 分，分三檔：

一檔：詞彙、語法基本規範，話語表述基本清晰，扣 0 分；

二檔：詞彙、語法偶有不規範，話語表述不太清晰，扣 1、2 分；

三檔：詞彙、語法不規範之處較多，話語表述不清晰，扣 3、4 分。

試題五　命題說話

本測試題為三選一命題說話，重點測查應試人在無文字憑藉的情況下普通話的表達能力，包括語音的正確性，詞彙和語法使用的規範性，以及表達的連貫流暢程度。

評分：

1. 語音，共佔 10 分，分五檔：

一檔：語音標準，或極少有失誤，錯音在 0-5 個之間，扣 0、1、2 分；

二檔：語音稍有錯誤，錯音在 6-15 個之間，扣 3、4 分；

三檔：語音錯誤稍多，錯音在 16-25 個之間，扣 5、6 分；

四檔：語音錯誤多，但尚能聽懂所表述之內容，錯音在 26-45 個之間，扣 7、8 分；

五檔：語音錯誤很多，基本上用粵方言表達，錯音在 46 個或以上，扣 9、10 分。

2. 詞彙、語法規範程度，話語表達的流暢清晰程度，共佔 5 分，分三檔：

一檔：詞彙、語法規範，話語表達基本流暢清晰，扣 0 分；

二檔：詞彙、語法偶有不規範，話語表達不太流暢，不夠清晰，扣 1、2 分；

三檔：詞彙、語法不規範較多，表達不太流暢，不夠清晰，扣 3、4 分。

3. 其他要求

（1）說話限時 1 分鐘，如超過 45 秒，但不足 1 分鐘，扣 1、2 分；缺時 30 秒，扣 3、4 分；說話少於 15 秒，本測試項成績為 0 分。

（2）如有缺時，語音、詞彙語法規範和表達自然流暢等方面均不可評為一檔。

三、等級確立

中級測試分四等，由高到低排列分別為一等、二等、三等、四等，對應優秀、良好、中等、入門，並據此發放成績證書。

等級	分數	等級描述	評價
一等	92–100 分	（1）語音正確、標準，偶有失誤； （2）詞彙、語法規範，偶有失誤； （3）朗讀流暢，語調自然； （4）話語表述、表達清晰、流暢。	優秀
二等	80–91.9 分	（1）語音基本正確、標準，有少量失誤； （2）詞彙、語法基本規範，有少量失誤； （3）朗讀較流暢，偶有卡頓，語調較自然； （4）話語表述、表達較清晰、流暢，偶有卡頓。	良好
三等	70–79.9 分	（1）語音基本正確、標準，處於一般水平，有部分失誤； （2）詞彙、語法基本規範，有部分失誤； （3）朗讀流暢，有卡頓，語調不太自然； （4）話語表述、表達不太清晰、流暢。	中等
四等	60–69.9 分	（1）語音失誤較多，方音重； （2）詞彙、語法不太規範，失誤較多； （3）朗讀不流暢，卡頓多； （4）話語表述、表達不清晰、流暢。	入門

高級測試試卷構成及評分

一、試卷構成

高級試卷構成如下表：

測試項目	試題量	答題時間	滿分
一、朗讀單音節字詞	由 40 個音節組成	2.5 分鐘	20
二、朗讀多音節詞語	由 40 個音節組成	2.5 分鐘	20
三、名詞、量詞搭配組合	10	2 分鐘	10
四、朗讀短文	1	3 分鐘	20
五、命題說話	1	2 分鐘	30
總計	92	12 分鐘	100

高級測試由 5 個測試項目構成，滿分為 100 分，分值評估最小單位為 0.1 分。測試時長為 12 分鐘左右。主要測查應試人的語音、詞彙和語法知識水平與運用能力，具體包括：語音是否正確、標準，詞語識讀是否正確，詞語使用是否正確、規範，朗讀是否標準、流暢，話語表述是否正確、清晰、流暢。

二、試題描述及評分

試題一　朗讀單音節字詞

本試題共計含 40 個音節的字詞，重點測查應試人朗讀單音節字詞時聲母、韻母、聲調的正確性。

評分：本試題共計 20 分，每讀錯一個音節扣 0.5 分，缺陷扣 0.25 分。限時 2.5 分鐘，超時之字詞每個音節扣 0.5 分。

試題二　朗讀多音節詞語

本試題共計含 40 個音節的詞語，重點測查應試人朗讀多音節詞語時聲母、韻母、聲調及變調的正確性。

評分：本試題共計 20 分，每讀錯一個音節扣 0.5 分，缺陷扣 0.25 分。限時 2.5 分鐘，超時之字詞每個音節扣 0.5 分。

試題三　名詞、量詞搭配組合

本試題共計含 10 個名詞、6 個量詞，重點測查應試人掌握普通話量詞和名詞搭配的規範程度，以及名量搭配後朗讀「一＋量詞＋名詞」短語時，聲母、韻母、聲調及「一」字變調的正確性。

評分：本試題共計 10 分，每選錯一題扣 1 分，選對但讀錯，一個音節扣 0.5 分，語音缺陷扣 0.25 分，如判斷錯誤已經扣分，錯音和語音缺陷均則不重複扣分；限時 2 分鐘，超時扣 1 分。

試題四　朗讀短文

本試題為朗讀一段含 250 個音節的短文，共 20 分。重點測查應試人朗讀句子時聲母、韻母、聲調及變調的正確性，朗讀的連貫流暢度。

評分：

1. 每讀錯一個音節扣 0.1 分，換字、加字、漏字，每個音節扣 0.1 分；

2. 朗讀不流暢，包括回讀、停連不當等，每次扣 0.5 分，扣完為止；

3. 限時 3 分鐘，超時部分，每個音節扣 0.1 分。

試題五　命題說話

本測試題為二選一命題說話，重點測查應試人在無文字憑藉的情況下普通話的表達能力，包括語音的正確、標準程度，詞彙、語法的規範程度和表達的自然流暢程度。

評分：

1. 語音，共佔 10 分，分五檔：

一檔：語音標準，或極少有失誤，錯音在 0-5 個之間，扣 0、1、2 分；

二檔：語音稍有錯誤，錯音在 6-15 個之間，扣 3、4 分；

三檔：語音錯誤稍多，錯音在 16-25 個之間，扣 5、6 分；

四檔：語音錯誤多，但尚能聽懂所表述之內容，錯音在 26-45 個之間，扣 7、8 分；

五檔：語音錯誤很多，基本上用粵方言表達，錯音在 46 個或以上，扣 9、10 分；

2. 詞彙、語法，共佔 5 分，分三檔：

一檔：詞彙、語法規範，扣 0 分；

二檔：詞彙、語法偶有不規範，扣 1、2 分；

三檔：詞彙、語法不規範較多，扣 3、4 分。

3. 自然流暢程度，共佔 5 分，分三檔：

一檔：表達連貫，語調自然流暢，扣 0 分；

二檔：表達較連貫，語調基本流暢，口語化差，有類似背稿子的表現，扣 1、2 分；

三檔：表達不連貫，語調生硬。扣 3、4 分。

4. 其他要求

（1）說話限時 2 分鐘，如超過 1 分半鐘，但不足 2 分鐘，酌情扣分；缺時 30 秒，扣 1、2 分；缺時 1 分鐘，扣 3、4 分。說話少於 30 秒，本測試項成績為 0 分。

（2）如有缺時，語音、詞彙語法規範和表達自然流暢方面均不可評為一檔。

三、等級確立

高級測試分四等，由高到低排列分別為一等、二等、三等、四等，對應優秀、良好、中等、入門，並據此發放成績證書。

等級	分數	等級描述	評價
一等	92–100 分	(1) 語音正確、標準，偶有失誤； (2) 詞彙、語法規範，偶有失誤； (3) 朗讀流暢，語調自然； (4) 話語表達清晰、流暢。	優秀
二等	80–91.9 分	(1) 語音基本正確、標準，有少量失誤； (2) 詞彙、語法基本規範，有少量失誤； (3) 朗讀較流暢，偶有卡頓，語調較自然； (4) 話語表達較清晰、流暢，偶有卡頓。	良好
三等	70–79.9 分	(1) 語音基本正確、標準，處於一般水平，有部分失誤； (2) 詞彙、語法基本規範，有部分失誤； (3) 朗讀流暢，有卡頓，語調不太自然； (4) 話語表達不太清晰、流暢。	中等
四等	60–69.9 分	(1) 語音失誤較多，方音重； (2) 詞彙、語法不太規範，失誤較多； (3) 朗讀不流暢，卡頓多； (4) 話語表達不清晰、流暢。	入門

證書發放

應試人獲得中等以上成績可以得到相應的等級證書，成績滿分為 100 分。不同等級的證書是應試人普通話水平的證明。

成績診斷書

本大綱測試應試人普通話水平的目的是以測促學、以測促教，為了更好地幫助應試人學好普通話，快速提高普通話水平，每位參加測試的應試人都將獲得一份《香港小學普通話水平測試成績診斷書》，診斷書主要將應試人考點錯誤列出，並給予相應的學習建議，應試人據此可以有針對性地練習提高。

主監考用語

　　應試人進入考場時，需聽從測試員指令完成考試，框架內指令用語是統一錄製的，由測試員操作播放。

一、初級

　　應試人進入考場，測試員檢查無誤後，即進入正式考試。具體流程如下：

1. 應試人進入考場，開始正式考試，測試員播放指令：

> 　　同學們好！歡迎參加今天的香港小學普通話水平等級測試，本次測試級別為初級，請應試人口頭報告姓名及准考證號。

2. 應試人報告完畢後，測試員播放指令：

> 　　請仔細聆聽以下「應試人須知」：
> (1) 本卷共設 5 題，全部題目均須作答，滿分為 100 分。
> (2) 預計完成測試時間為 15 分鐘。
> (3) 考試結束後，不得帶走本試卷。
> (4) 請在試卷上填寫並檢查姓名及准考證號。

3. 應試人填寫完成後，測試員檢查核對試卷上的資料與應試人准考證資料是否一致。查驗完畢，測試員播放指令：

> 　　測試正式開始，現在請打開試卷開始測試。

4. 待應試人打開試卷後，測試員播放指令：

> 　　現在，請作答第一題：朗讀聲母和韻母。請按從左到右的順序，依次讀出下列聲母和韻母。請開始。

5. 待應試人答畢，測試員播放指令：

> 　　現在，請作答第二題：朗讀單音節字詞。請按從左到右的順序，依次讀出下列字詞。請開始。

6. 待應試人答畢，測試員播放指令：

> 　　現在，請作答第三題：朗讀多音節詞語。請按從左到右的順序，依次讀出下列詞語。請開始。

7. 待應試人答畢，測試員播放指令：

> 　　現在，請作答第四題：朗讀句子。請開始。

8. 待應試人答畢，測試員播放指令：

> 現在，請作答第五題：聆聽理解，回答問題。請開始。

9. 待應試人答畢，測試員做相關檢查，確認沒有疏漏後，測試員播放指令：

> 考試到此結束，請應試人退場，謝謝！再見。

二、中級

應試人進入考場，測試員檢查無誤後，即進入正式考試。具體流程如下：

1. 應試人進入考場，開始正式考試，測試員播放指令：

> 同學們好！歡迎參加今天的香港小學普通話水平等級測試，本次測試級別為中級，請應試人口頭報告姓名及准考證號。

2. 應試人報告完畢後，測試員播放指令：

> 請仔細聆聽以下「應試人須知」：
> (1) 本卷共設 5 題，全部題目均須作答，滿分為 100 分。
> (2) 預計完成測試時間為 11 分鐘。
> (3) 考試結束後，不得帶走本試卷。
> (4) 請在試卷上填寫並檢查姓名及准考證號。

3. 應試人填寫完成後，測試員檢查核對試卷上的信息與應試人准考證信息是否一致。查驗完畢，測試員播放指令：

> 測試正式開始，現在請打開試卷開始測試。

4. 待應試人打開試卷後，測試員播放指令：

> 現在，請作答第一題：朗讀音節。請按從左到右的順序，依次讀出下列音節。請開始。

5. 待應試人答畢，測試員播放指令：

> 現在，請作答第二題：朗讀字詞。請按從左到右的順序，依次讀出下列字詞。請開始。

6. 待應試人答畢，測試員播放指令：

> 現在，請作答第三題：朗讀短文。請開始。

7. 待應試人答畢，測試員播放指令：

> 現在，請作答第四題：聆聽複述，請聆聽一段短文，聽完後再把它複述出來。請開始。

8. 待應試人答畢,測試員播放指令:

> 現在,請作答第五題:命題說話。請從下列題目中選擇一題作答,請開始。

9. 待應試人答畢,測試員做相關檢查,確認沒有疏漏後,測試員播放指令:

> 考試到此結束,請應試人退場,謝謝!再見。

三、高級

應試人進入考場,測試員檢查無誤後,即進入正式考試。具體流程如下:

1. 應試人進入考場,開始正式考試,測試員播放指令:

> 同學們好!歡迎參加今天的香港小學普通話水平等級測試,本次測試級別為高級,請應試人口頭報告姓名及准考證號。

2. 應試人報告完畢後,測試員播放指令:

> 請仔細聽清以下「應試人須知」:
> (1) 本卷共設 5 題,全部題目均須作答,滿分為 100 分。
> (2) 預計完成測試時間為 12 分鐘。
> (3) 考試結束後,不得帶走本試卷。
> (4) 請在試卷上填寫並檢查姓名及准考證號。

3. 應試人填寫完成後,測試員檢查核對試卷上的信息與應試人准考證信息是否一致。查驗完畢,測試員播放指令:

> 測試正式開始,現在請打開試卷開始測試。

4. 待應試人打開試卷後,測試員播放指令:

> 現在,請作答第一題:朗讀單音節字詞。請按從左到右的順序,依次讀出下列字詞。請開始。

5. 待應試人答畢,測試員播放指令:

> 現在,請作答第二題:朗讀多音節詞語。請按從左到右的順序,依次讀出下列詞語。請開始。

6. 待應試人答畢,測試員播放指令:

> 現在,請作答第三題:名詞、量詞搭配組合。請用數詞「一」把下邊的 6 個量詞和 10 個名詞進行搭配組合,變成「一＋量詞＋名詞」短語,例如「一個人」,搭配完畢後請把它讀出來。請開始。

7. 待應試人答畢，測試員播放指令：

> 現在，請作答第四題：朗讀短文。請開始。

8. 待應試人答畢，測試員播放指令：

> 現在，請作答第五題：命題說話。共有兩個題目，請任選其中一個作答。請開始。

9. 待應試人答畢，測試員做相關檢查，確認沒有疏漏後，測試員播放指令：

> 考試到此結束，請應試人退場，謝謝！再見。

香港小學
普通話水平等級測試
樣本試卷（初級）

一、朗讀聲母和韻母（共 20 分，限時 2.5 分鐘）

p	d	h	c	g
l	zh	b	k	x
ü	ong	ei	ou	an
i	eng	ai	er	en

二、朗讀單音節字詞（共 10 分，限時 2.5 分鐘）

試	元	女	最	快
敲	見	層	反	刀
國	抓	湖	網	心
美	車	愛	鈴	把

三、朗讀多音節詞語（共 20 分，限時 2.5 分鐘）

肥皂	朋友	上學	光亮	火車
忍耐	雨傘	伯母	天空	大家

四、朗讀句子（共 25 分，限時 2.5 分鐘）

Nǐ bú shì yào qù jiè shū ma　　Wǒ men yì qǐ zǒu ba
1. 你不是要去借書嗎？我們一起走吧！

Míng tiān zuò qiáng bào　　dà jiā bié wàng le dài yán sè bǐ hé tú huà zhǐ
2. 明天做牆報，大家別忘了帶顏色筆和圖畫紙。

Wǒ bà ba gěi wǒ mǎi le yì zhī xiǎo māo　　tā kě huó pō le　cháng gēn
3. 我爸爸給我買了一隻小貓，牠可活潑了，常跟
wǒ zuò bàn
我做伴。

Jì de zuò yùn dòng de shí hou　　yào zhù yì ān quán
4. 記得做運動的時候，要注意安全。

Nǐ jiā fù jìn de gōng yuán yǒu xiē shén me shè shī
5. 你家附近的公園有些甚麼設施？

6. <ruby>這<rt>Zhè</rt></ruby> <ruby>些<rt>xiē</rt></ruby> <ruby>風<rt>fēng</rt></ruby> <ruby>景<rt>jǐng</rt></ruby> <ruby>實<rt>shí</rt></ruby> <ruby>在<rt>zài</rt></ruby> <ruby>太<rt>tài</rt></ruby> <ruby>漂<rt>piào</rt></ruby> <ruby>亮<rt>liang</rt></ruby> <ruby>了<rt>le</rt></ruby> ， <ruby>有<rt>yǒu</rt></ruby> <ruby>機<rt>jī</rt></ruby> <ruby>會<rt>huì</rt></ruby> <ruby>我<rt>wǒ</rt></ruby> <ruby>也<rt>yě</rt></ruby> <ruby>要<rt>yào</rt></ruby> <ruby>去<rt>qù</rt></ruby>
<ruby>看<rt>kàn</rt></ruby> <ruby>看<rt>kan</rt></ruby> 。

五、聆聽理解，回答問題（共 25 分，限時 5 分鐘）

請回答下列問題：

1. 這雙鞋是媽媽甚麼時候買給說話人的？
2. 說話人的鞋上面有甚麼圖案？請說出其中兩種。
3. 說話人為甚麼沒有穿這雙鞋？
4. 誰邀請說話人參加生日派對？
5. 你覺得說話人為甚麼穿不了這雙鞋？

聆聽文本

　　我很想要一雙新鞋子，在農曆新年前的一個星期，媽媽給我買了一雙新鞋子。那雙鞋子可漂亮了！鞋扣上有兩朵白色的小花，鞋帶上印有美麗的花紋，鞋面上還印了一隻小貓的圖案，真可愛！我很喜歡這雙紅鞋子呢！

　　雖然媽媽想讓我穿上這雙新鞋子去拜年，但我因害怕會把鞋子弄髒而不肯穿。我把新鞋子藏在盒子裏，每天都用毛巾仔細地把它擦得像鏡子一樣亮。一看到這雙又乾淨又漂亮的紅鞋子，我就非常高興！

　　到了暑假，我的同學珊珊邀請我參加她的生日派對。派對的前一天，我把紅鞋子從盒子裏拿出來，正想把它穿上的時候……哎呀！鞋子穿不了了？唉！最後我只好把鞋子送給妹妹，並叫妹妹不要學我，一定要好好穿這雙鞋子。

香港小學
普通話水平等級測試
樣本試卷（中級）

一、朗讀音節（共 20 分，限時 2 分鐘）

gào	juǎn	néng	rén	sī
mín	yǎng	kuān	xìng	lì
tán huà	zuì chū	cǎi qǔ	shǎn diàn	bō wén

二、朗讀字詞（共 25 分，限時 2.5 分鐘）

飽	湊	輩	編	曾
乖	而	總	弱	窮
躺	害	誇	準	識
舉	逛	蹲	惹	捏
突擊	好像	帆船	口水	流行
培養	差點兒	因為	怎麼	寺廟
全力	分類	活潑	價值	雪白

三、朗讀短文（共 20 分，限時 2.5 分鐘）

　　下雪原是我所不憎厭的。下雪的日子，室內分外明亮，晚上差不多不用燃燈。遠山積雪，足供半個月的觀看，舉頭即可從窗中望見。可是究竟是南方，每冬下雪不過一、二次，我在那裏所日常領略的冬的情味，幾乎都從風來。白馬湖的所以多風，可以說是有着地理上的原因的，那裏環湖原都是山，而北首卻有一個半里闊的空隙，好似故意張了袋口歡迎風來的樣子。白馬湖的山水和普通的風景地相差不遠；唯有風卻與別的地方不同。風的多和大，凡是到過那裏的人都知道的，風在冬季的感覺中，自古佔着 ∥ 重要的因素，而白馬湖的風尤其特別。

節選自夏丏尊《白馬湖之冬》

四、聆聽複述（共 **20** 分，限時 **3** 分鐘）

請聆聽一段短文，聽完後再把它複述出來。

聆聽文本

一天，小熊問熊媽媽：「媽媽，媽媽，甚麼是幸福啊？」

熊媽媽說：「孩子，你到森林裏去問一圈就知道了。」

於是小熊就自己走到森林裏，到處問動物們：「甚麼是幸福啊？」

可是小兔子、小狐狸、小猴子、小老虎、小獅子都說不知道。但是小熊仍然不放棄，牠在森林裏轉了一圈又一圈，可是仍然不知道甚麼是幸福。

傍晚，小熊又累又餓，牠決定回家。

回到家後，牠發現家裏擺滿了又香又好吃的飯菜。小熊很感動，可是牠還是想知道甚麼是幸福，牠就問媽媽。

熊媽媽慈愛地摸了摸牠的頭，說：「最大的幸福就是熊孩子一天不在家。」

五、命題說話（共 **15** 分，限時 **1** 分鐘）

請從下列幾個題目中選擇一題作答。

1. 自我介紹
2. 香港常見的動植物
3. 我的假日生活

香港小學
普通話水平等級測試
樣本試卷（高級）

一、朗讀單音節字詞（共 20 分，限時 2.5 分鐘）

紫	銅	扯	竄	毒
跨	摟	枚	奶	區
鐵	醉	姜	寸	約
逢	下	嗡	甩	您
兌	餓	該	蔽	揀
繞	耍	遲	圈	幢
鎖	敲	沿	單	棒
流	摸	贏	趴	恨

二、朗讀多音節詞語（共 20 分，限時 2.5 分鐘）

聊天兒	操縱	冤枉	抽象	面孔
專家	柔美	噁心	骨髓	委屈
純淨	撫養	檸檬	噴射	括號
繁體字	大理石	百花齊放		

三、名詞、量詞搭配組合（共 10 分，限時 2 分鐘）

請用數詞「一」把下邊的 6 個量詞和 10 個名詞進行搭配組合，變成「一＋量詞＋名詞」短語，例如「一個人」，搭配完畢後請把它讀出來。

量詞：根　　塊　　條　　座　　副　　雙

名詞：電線　學校　手錶　對聯　眼睛　毛巾　橡皮　島嶼
　　　香蕉　圍棋

四、朗讀短文（共 20 分，限時 3 分鐘）

　　進公園前，大廈下面的花槽佈滿了桃紅色的月季。一次我看見一個菲傭姐姐在逐朵摘下，我阻止了她。她摘去泡茶？此地花很多，摘去幾朵沒有人發覺。她是識貨之人，但不該這樣做。我禮貌地請她離開。

　　公園大門兩旁的花泥上，種的是馬纓丹和近色的秋英，秋英又叫做波斯菊。秋英花大而馬纓丹花小，葉子卻剛好相反。院內的樹木，有春天開花的羊蹄甲，夏天綻放的大花紫薇和清潔美麗的黃金雨。我還看見血桐、非洲棟、白千層、台灣相思、黃竹、火焰樹和九里香，以及許許多多大半年都不起眼的木棉。大葉榕原來又稱黃葛樹，這是我原來不知道的。洋紫荊長得特別高，生命力很強，給「山竹」折斷，又高速從根部長起來，一叢一叢 // 像小桌子，上面供奉着花。

　　　　　　　　　　　　　節選自胡燕青《荔枝角公園》

五、命題說話（共 30 分，限時 2 分鐘）

　　請從下列幾個題目中選擇一題作答。
　　1. 我尊敬的人
　　2. 我和圖畫藝術

香港小學普通話水平等級測試用材料

測試用聲母、韻母和音節材料

（一）普通話聲母

普通話共有21個聲母，不包含零聲母：

b	p	m	f
d	t	n	l
g	k	h	
j	q	x	
zh	ch	sh	r
z	c	s	

（二）普通話韻母

普通話韻母分單韻母和複韻母兩類，單韻母10個，複韻母13個，鼻韻母16個，加起來共39個。

1. 單韻母（10個）

a o e ê i u ü -i（前）-i（後）er

2. 複韻母（13個）

ai ei ao ou ia ie ua uo üe iao iou（iu）uai uei（ui）

3. 鼻韻母（16個）

an ian uan üan en in uen（un）ün ang iang uang
eng ing ueng ong iong

（三）普通話音節

「測試用單音節字詞表」和「測試用多音節詞語表」已對所有字詞進行了標音，普通話音節材料全部來自此。

測試用單音節字詞表和多音節詞語表

凡例

1. 本部分包括測試用單音節字詞表和多音節詞語表。其中，單音節字詞分三級，一級字詞 516 個，二級字詞 777 個，三級字詞 490 個，合計 1783 個；多音節詞語分三級，一級詞語 549 個，二級詞語 1420 個，三級詞語 2310 個，合計 4279 個。

2. 單音節字詞表和多音節詞語表均含兩種排列方式。第一種按照測試級別排列，每級收詞按音序排列；第二種按照音序排列，同時標註級別。

3. 本詞表的漢語拼音根據 2012 年中華人民共和國國家標準《漢語拼音正詞法基本規則》（GB/T 16159-2012）標註。

4. 本表條目除必讀輕聲音節外，一律只標註本調，不標註變調。

5. 本表中必讀輕聲音節不標聲調，如：包子 bāo zi。

    一般輕讀、間或重讀的音節，注音上標調號，注音前再加圓點提示，如：新鮮 xīn · xiān；條目中兒化音節在字詞後加漢字「兒」，在拼音基本形式後加「r」，如：一點兒 yī diǎnr。

單音節字詞表（按級別排列）

一級單音節字詞（516個）

1.	啊	ā	35.	別	bié	69.	穿	chuān
2.	阿	ā	36.	冰	bīng	70.	船	chuán
3.	愛	ài	37.	病	bìng	71.	傳	chuán
4.	安	ān	38.	波	bō	72.	窗	chuāng
5.	八	bā	39.	播	bō	73.	牀	chuáng
6.	巴	bā	40.	伯	bó	74.	吹	chuī
7.	吧	bā	41.	不	bù	75.	春	chūn
8.	把	bǎ	42.	布	bù	76.	詞	cí
9.	爸	bà	43.	步	bù	77.	次	cì
10.	白	bái	44.	才	cái	78.	刺	cì
11.	百	bǎi	45.	財	cái	79.	從	cóng
12.	板	bǎn	46.	彩	cǎi	80.	粗	cū
13.	半	bàn	47.	菜	cài	81.	村	cūn
14.	辦	bàn	48.	草	cǎo	82.	錯	cuò
15.	幫	bāng	49.	測	cè	83.	答	dā
16.	包	bāo	50.	層	céng	84.	打	dǎ
17.	飽	bǎo	51.	查	chá	85.	大	dà
18.	寶	bǎo	52.	茶	chá	86.	代	dài
19.	抱	bào	53.	長	cháng	87.	帶	dài
20.	報	bào	54.	常	cháng	88.	但	dàn
21.	杯	bēi	55.	場	chǎng	89.	蛋	dàn
22.	背	bēi	56.	唱	chàng	90.	刀	dāo
23.	北	běi	57.	超	chāo	91.	到	dào
24.	背	bèi	58.	吵	chǎo	92.	道	dào
25.	被	bèi	59.	車	chē	93.	登	dēng
26.	本	běn	60.	成	chéng	94.	等	děng
27.	鼻	bí	61.	乘	chéng	95.	燈	dēng
28.	比	bǐ	62.	吃	chī	96.	低	dī
29.	筆	bǐ	63.	遲	chí	97.	底	dǐ
30.	必	bì	64.	尺	chǐ	98.	第	dì
31.	避	bì	65.	醜	chǒu	99.	地	dì
32.	邊	biān	66.	臭	chòu	100.	弟	dì
33.	變	biàn	67.	出	chū	101.	電	diàn
34.	表	biǎo	68.	初	chū	102.	頂	dǐng

103.	定	dìng	141.	乾	gān	179.	很	hěn
104.	冬	dōng	142.	敢	gǎn	180.	猴	hóu
105.	東	dōng	143.	感	gǎn	181.	後	hòu
106.	動	dòng	144.	剛	gāng	182.	狐	hú
107.	都	dōu	145.	港	gǎng	183.	湖	hú
108.	豆	dòu	146.	高	gāo	184.	蝴	hú
109.	讀	dú	147.	告	gào	185.	花	huā
110.	肚	dù	148.	哥	gē	186.	畫	huà
111.	短	duǎn	149.	歌	gē	187.	話	huà
112.	段	duàn	150.	個	gè	188.	歡	huān
113.	隊	duì	151.	根	gēn	189.	換	huàn
114.	對	duì	152.	工	gōng	190.	黃	huáng
115.	多	duō	153.	公	gōng	191.	灰	huī
116.	朵	duǒ	154.	功	gōng	192.	回	huí
117.	惡	è	155.	共	gòng	193.	會	huì
118.	恩	ēn	156.	狗	gǒu	194.	活	huó
119.	而	ér	157.	姑	gū	195.	火	huǒ
120.	兒	ér	158.	古	gǔ	196.	機	jī
121.	耳	ěr	159.	骨	gǔ	197.	雞	jī
122.	發	fā	160.	關	guān	198.	急	jí
123.	法	fǎ	161.	管	guǎn	199.	幾	jǐ
124.	反	fǎn	162.	光	guāng	200.	季	jì
125.	飯	fàn	163.	國	guó	201.	計	jì
126.	方	fāng	164.	果	guǒ	202.	記	jì
127.	房	fáng	165.	過	guò	203.	加	jiā
128.	放	fàng	166.	孩	hái	204.	家	jiā
129.	飛	fēi	167.	還	hái	205.	假	jiǎ
130.	分	fēn	168.	海	hǎi	206.	假	jià
131.	粉	fěn	169.	行	háng	207.	間	jiān
132.	分	fèn	170.	好	hǎo	208.	檢	jiǎn
133.	風	fēng	171.	號	hào	209.	簡	jiǎn
134.	夫	fū	172.	喝	hē	210.	件	jiàn
135.	服	fú	173.	合	hé	211.	見	jiàn
136.	父	fù	174.	何	hé	212.	將	jiāng
137.	附	fù	175.	和	hé	213.	交	jiāo
138.	負	fù	176.	河	hé	214.	腳	jiǎo
139.	富	fù	177.	盒	hé	215.	叫	jiào
140.	改	gǎi	178.	黑	hēi	216.	教	jiào

217.	接	jiē	255.	理	lǐ	293.	奶	nǎi
218.	街	jiē	256.	裏	lǐ	294.	男	nán
219.	節	jié	257.	禮	lǐ	295.	南	nán
220.	姐	jiě	258.	力	lì	296.	難	nán
221.	今	jīn	259.	立	lì	297.	腦	nǎo
222.	金	jīn	260.	例	lì	298.	內	nèi
223.	緊	jǐn	261.	連	lián	299.	能	néng
224.	近	jìn	262.	練	liàn	300.	你	nǐ
225.	進	jìn	263.	涼	liáng	301.	年	nián
226.	經	jīng	264.	鈴	líng	302.	鳥	niǎo
227.	景	jǐng	265.	龍	lóng	303.	牛	niú
228.	救	jiù	266.	樓	lóu	304.	努	nǔ
229.	就	jiù	267.	路	lù	305.	女	nǚ
230.	居	jū	268.	旅	lǚ	306.	怕	pà
231.	舉	jǔ	269.	綠	lǜ	307.	拍	pāi
232.	句	jù	270.	落	luò	308.	跑	pǎo
233.	巨	jù	271.	馬	mǎ	309.	朋	péng
234.	具	jù	272.	螞	mǎ	310.	皮	pí
235.	決	jué	273.	買	mǎi	311.	片	piàn
236.	覺	jué	274.	賣	mài	312.	平	píng
237.	均	jūn	275.	貓	māo	313.	蘋	píng
238.	開	kāi	276.	毛	máo	314.	婆	pó
239.	看	kàn	277.	沒	méi	315.	破	pò
240.	棵	kē	278.	美	měi	316.	普	pǔ
241.	可	kě	279.	妹	mèi	317.	七	qī
242.	客	kè	280.	門	mén	318.	期	qī
243.	課	kè	281.	迷	mí	319.	奇	qí
244.	空	kōng	282.	米	mǐ	320.	企	qǐ
245.	口	kǒu	283.	蜜	mì	321.	起	qǐ
246.	哭	kū	284.	麵	miàn	322.	汽	qì
247.	苦	kǔ	285.	面	miàn	323.	氣	qì
248.	快	kuài	286.	名	míng	324.	千	qiān
249.	來	lái	287.	明	míng	325.	鉛	qiān
250.	藍	lán	288.	母	mǔ	326.	前	qián
251.	狼	láng	289.	木	mù	327.	錢	qián
252.	朗	lǎng	290.	目	mù	328.	青	qīng
253.	老	lǎo	291.	拿	ná	329.	清	qīng
254.	冷	lěng	292.	那	nà	330.	輕	qīng

331.	情	qíng	369.	事	shì	407.	位	wèi
332.	晴	qíng	370.	是	shì	408.	為	wèi
333.	請	qǐng	371.	收	shōu	409.	喂	wèi
334.	秋	qiū	372.	手	shǒu	410.	文	wén
335.	球	qiú	373.	書	shū	411.	問	wèn
336.	去	qù	374.	數	shù	412.	我	wǒ
337.	趣	qù	375.	樹	shù	413.	五	wǔ
338.	卻	què	376.	水	shuǐ	414.	舞	wǔ
339.	確	què	377.	睡	shuì	415.	物	wù
340.	然	rán	378.	說	shuō	416.	西	xī
341.	熱	rè	379.	思	sī	417.	希	xī
342.	人	rén	380.	死	sǐ	418.	習	xí
343.	認	rèn	381.	四	sì	419.	洗	xǐ
344.	日	rì	382.	送	sòng	420.	喜	xǐ
345.	肉	ròu	383.	歲	suì	421.	夏	xià
346.	入	rù	384.	所	suǒ	422.	先	xiān
347.	三	sān	385.	它	tā	423.	鮮	xiān
348.	傘	sǎn	386.	他	tā	424.	現	xiàn
349.	色	sè	387.	她	tā	425.	相	xiāng
350.	森	sēn	388.	台	tái	426.	香	xiāng
351.	沙	shā	389.	太	tài	427.	想	xiǎng
352.	殺	shā	390.	題	tí	428.	小	xiǎo
353.	山	shān	391.	天	tiān	429.	校	xiào
354.	傷	shāng	392.	田	tián	430.	笑	xiào
355.	上	shàng	393.	跳	tiào	431.	寫	xiě
356.	少	shǎo	394.	聽	tīng	432.	謝	xiè
357.	身	shēn	395.	停	tíng	433.	心	xīn
358.	深	shēn	396.	通	tōng	434.	新	xīn
359.	甚	shén	397.	同	tóng	435.	信	xìn
360.	生	shēng	398.	頭	tóu	436.	行	xíng
361.	聲	shēng	399.	圖	tú	437.	性	xìng
362.	失	shī	400.	土	tǔ	438.	興	xìng
363.	師	shī	401.	外	wài	439.	兄	xiōng
364.	石	shí	402.	完	wán	440.	熊	xióng
365.	食	shí	403.	玩	wán	441.	雪	xuě
366.	時	shí	404.	晚	wǎn	442.	學	xué
367.	始	shǐ	405.	王	wáng	443.	鴨	yā
368.	市	shì	406.	忘	wàng	444.	牙	yá

445.	言	yán	469.	右	yòu	493.	中	zhōng
446.	眼	yǎn	470.	魚	yú	494.	終	zhōng
447.	羊	yáng	471.	雨	yǔ	495.	重	zhòng
448.	陽	yáng	472.	語	yǔ	496.	主	zhǔ
449.	要	yào	473.	原	yuán	497.	住	zhù
450.	藥	yào	474.	園	yuán	498.	助	zhù
451.	爺	yé	475.	圓	yuán	499.	注	zhù
452.	也	yě	476.	遠	yuǎn	500.	專	zhuān
453.	夜	yè	477.	月	yuè	501.	追	zhuī
454.	衣	yī	478.	雲	yún	502.	準	zhǔn
455.	醫	yī	479.	再	zài	503.	桌	zhuō
456.	一	yī	480.	在	zài	504.	子	zǐ
457.	已	yǐ	481.	早	zǎo	505.	字	zì
458.	意	yì	482.	造	zào	506.	自	zì
459.	音	yīn	483.	張	zhāng	507.	祖	zǔ
460.	銀	yín	484.	照	zhào	508.	組	zǔ
461.	引	yǐn	485.	這	zhè	509.	嘴	zuǐ
462.	英	yīng	486.	真	zhēn	510.	最	zuì
463.	迎	yíng	487.	整	zhěng	511.	昨	zuó
464.	影	yǐng	488.	正	zhèng	512.	左	zuǒ
465.	用	yòng	489.	支	zhī	513.	作	zuò
466.	油	yóu	490.	知	zhī	514.	坐	zuò
467.	友	yǒu	491.	只	zhǐ	515.	座	zuò
468.	有	yǒu	492.	紙	zhǐ	516.	做	zuò

二級單音節字詞（777 個）

1.	矮	ǎi	12.	傍	bàng	23.	碧	bì
2.	岸	àn	13.	磅	bàng	24.	編	biān
3.	按	àn	14.	薄	báo	25.	鞭	biān
4.	暗	àn	15.	保	bǎo	26.	便	biàn
5.	疤	bā	16.	豹	bào	27.	遍	biàn
6.	拔	bá	17.	悲	bēi	28.	辨	biàn
7.	拜	bài	18.	貝	bèi	29.	標	biāo
8.	班	bān	19.	倍	bèi	30.	兵	bīng
9.	搬	bān	20.	奔	bēn	31.	餅	bǐng
10.	扮	bàn	21.	笨	bèn	32.	並	bìng
11.	榜	bǎng	22.	閉	bì	33.	玻	bō

34.	薄	bó	72.	翅	chì	110.	典	diǎn
35.	補	bǔ	73.	充	chōng	111.	點	diǎn
36.	部	bù	74.	衝	chōng	112.	店	diàn
37.	擦	cā	75.	重	chóng	113.	墊	diàn
38.	猜	cāi	76.	抽	chōu	114.	釣	diào
39.	材	cái	77.	除	chú	115.	跌	diē
40.	裁	cái	78.	廚	chú	116.	碟	dié
41.	採	cǎi	79.	處	chù	117.	疊	dié
42.	參	cān	80.	創	chuàng	118.	釘	dīng
43.	餐	cān	81.	垂	chuí	119.	釘	dìng
44.	慚	cán	82.	純	chún	120.	丟	diū
45.	燦	càn	83.	慈	cí	121.	懂	dǒng
46.	倉	cāng	84.	磁	cí	122.	洞	dòng
47.	蒼	cāng	85.	此	cǐ	123.	凍	dòng
48.	藏	cáng	86.	匆	cōng	124.	抖	dǒu
49.	操	cāo	87.	聰	cōng	125.	鬥	dòu
50.	冊	cè	88.	湊	còu	126.	逗	dòu
51.	側	cè	89.	促	cù	127.	獨	dú
52.	廁	cè	90.	催	cuī	128.	度	dù
53.	曾	céng	91.	脆	cuì	129.	渡	dù
54.	叉	chā	92.	存	cún	130.	端	duān
55.	插	chā	93.	搭	dā	131.	鍛	duàn
56.	察	chá	94.	答	dá	132.	斷	duàn
57.	差	chà	95.	達	dá	133.	堆	duī
58.	拆	chāi	96.	呆	dāi	134.	躲	duǒ
59.	產	chǎn	97.	待	dài	135.	罰	fá
60.	嘗	cháng	98.	戴	dài	136.	帆	fān
61.	廠	chǎng	99.	擔	dān	137.	翻	fān
62.	抄	chāo	100.	膽	dǎn	138.	凡	fán
63.	嘲	cháo	101.	當	dāng	139.	煩	fán
64.	撤	chè	102.	倒	dǎo	140.	繁	fán
65.	沉	chén	103.	島	dǎo	141.	返	fǎn
66.	陳	chén	104.	導	dǎo	142.	犯	fàn
67.	承	chéng	105.	得	dé	143.	範	fàn
68.	城	chéng	106.	的	dī	144.	防	fáng
69.	程	chéng	107.	的	dí	145.	訪	fǎng
70.	誠	chéng	108.	笛	dí	146.	非	fēi
71.	持	chí	109.	敵	dí	147.	肥	féi

148.	費	fèi	186.	冠	guàn	224.	皇	huáng
149.	廢	fèi	187.	貫	guàn	225.	謊	huǎng
150.	芬	fēn	188.	罐	guàn	226.	揮	huī
151.	紛	fēn	189.	廣	guǎng	227.	輝	huī
152.	糞	fèn	190.	規	guī	228.	婚	hūn
153.	封	fēng	191.	歸	guī	229.	貨	huò
154.	豐	fēng	192.	貴	guì	230.	獲	huò
155.	浮	fú	193.	櫃	guì	231.	飢	jī
156.	斧	fǔ	194.	滾	gǔn	232.	積	jī
157.	複	fù	195.	棍	gùn	233.	擊	jī
158.	蓋	gài	196.	害	hài	234.	及	jí
159.	杆	gān	197.	含	hán	235.	即	jí
160.	趕	gǎn	198.	寒	hán	236.	疾	jí
161.	鋼	gāng	199.	喊	hǎn	237.	級	jí
162.	糕	gāo	200.	汗	hàn	238.	集	jí
163.	搞	gǎo	201.	漢	hàn	239.	極	jí
164.	鴿	gē	202.	航	háng	240.	既	jì
165.	隔	gé	203.	毫	háo	241.	紀	jì
166.	各	gè	204.	好	hào	242.	寂	jì
167.	跟	gēn	205.	荷	hé	243.	寄	jì
168.	更	gēng	206.	喝	hè	244.	繼	jì
169.	更	gèng	207.	橫	héng	245.	夾	jiā
170.	供	gōng	208.	喉	hóu	246.	佳	jiā
171.	恭	gōng	209.	呼	hū	247.	嘉	jiā
172.	供	gòng	210.	忽	hū	248.	價	jià
173.	貢	gòng	211.	胡	hú	249.	駕	jià
174.	構	gòu	212.	壺	hú	250.	肩	jiān
175.	購	gòu	213.	糊	hú	251.	兼	jiān
176.	孤	gū	214.	互	hù	252.	堅	jiān
177.	鼓	gǔ	215.	護	hù	253.	艱	jiān
178.	固	gù	216.	華	huá	254.	剪	jiǎn
179.	故	gù	217.	化	huà	255.	減	jiǎn
180.	顧	gù	218.	懷	huái	256.	撿	jiǎn
181.	刮	guā	219.	還	huán	257.	建	jiàn
182.	掛	guà	220.	環	huán	258.	健	jiàn
183.	乖	guāi	221.	喚	huàn	259.	漸	jiàn
184.	拐	guǎi	222.	荒	huāng	260.	劍	jiàn
185.	官	guān	223.	慌	huāng	261.	箭	jiàn

262.	江	jiāng	300.	絕	jué	338.	粒	lì
263.	獎	jiǎng	301.	軍	jūn	339.	屬	lì
264.	講	jiǎng	302.	卡	kǎ	340.	歷	lì
265.	降	jiàng	303.	看	kān	341.	聯	lián
266.	醬	jiàng	304.	康	kāng	342.	臉	liǎn
267.	教	jiāo	305.	考	kǎo	343.	糧	liáng
268.	驕	jiāo	306.	靠	kào	344.	兩	liǎng
269.	角	jiǎo	307.	科	kē	345.	諒	liàng
270.	狡	jiǎo	308.	顆	kē	346.	輛	liàng
271.	餃	jiǎo	309.	咳	ké	347.	潦	liáo
272.	結	jiē	310.	渴	kě	348.	了	liǎo
273.	結	jié	311.	克	kè	349.	料	liào
274.	潔	jié	312.	刻	kè	350.	烈	liè
275.	解	jiě	313.	肯	kěn	351.	獵	liè
276.	介	jiè	314.	扣	kòu	352.	鄰	lín
277.	界	jiè	315.	褲	kù	353.	菱	líng
278.	借	jiè	316.	誇	kuā	354.	零	líng
279.	斤	jīn	317.	塊	kuài	355.	靈	líng
280.	禁	jìn	318.	筷	kuài	356.	領	lǐng
281.	盡	jìn	319.	寬	kuān	357.	另	lìng
282.	京	jīng	320.	狂	kuáng	358.	流	liú
283.	精	jīng	321.	昆	kūn	359.	留	liú
284.	驚	jīng	322.	困	kùn	360.	露	lòu
285.	井	jǐng	323.	括	kuò	361.	露	lù
286.	警	jǐng	324.	蠟	là	362.	卵	luǎn
287.	敬	jìng	325.	籃	lán	363.	亂	luàn
288.	境	jìng	326.	欄	lán	364.	輪	lún
289.	靜	jìng	327.	懶	lǎn	365.	論	lùn
290.	鏡	jìng	328.	爛	làn	366.	駱	luò
291.	競	jìng	329.	浪	làng	367.	抹	mā
292.	究	jiū	330.	勞	láo	368.	麻	má
293.	久	jiǔ	331.	雷	léi	369.	碼	mǎ
294.	酒	jiǔ	332.	累	lèi	370.	罵	mà
295.	局	jú	333.	類	lèi	371.	埋	mái
296.	拒	jù	334.	梨	lí	372.	滿	mǎn
297.	距	jù	335.	黎	lí	373.	漫	màn
298.	聚	jù	336.	離	lí	374.	忙	máng
299.	角	jué	337.	利	lì	375.	眉	méi

376.	梅	méi	414.	陪	péi	452.	親	qīn
377.	每	měi	415.	佩	pèi	453.	琴	qín
378.	悶	mēn	416.	配	pèi	454.	勤	qín
379.	夢	mèng	417.	噴	pēn	455.	慶	qìng
380.	謎	mí	418.	盆	pén	456.	窮	qióng
381.	密	mì	419.	捧	pěng	457.	求	qiú
382.	棉	mián	420.	碰	pèng	458.	曲	qū
383.	免	miǎn	421.	批	pī	459.	區	qū
384.	秒	miǎo	422.	疲	pí	460.	曲	qǔ
385.	民	mín	423.	脾	pí	461.	取	qǔ
386.	命	mìng	424.	屁	pì	462.	圈	quān
387.	摸	mō	425.	偏	piān	463.	全	quán
388.	模	mó	426.	便	pián	464.	泉	quán
389.	蘑	mó	427.	飄	piāo	465.	拳	quán
390.	魔	mó	428.	漂	piào	466.	權	quán
391.	陌	mò	429.	拼	pīn	467.	勸	quàn
392.	哪	nǎ	430.	貧	pín	468.	缺	quē
393.	耐	nài	431.	品	pǐn	469.	羣	qún
394.	鬧	nào	432.	瓶	píng	470.	裙	qún
395.	泥	ní	433.	評	píng	471.	讓	ràng
396.	唸	niàn	434.	妻	qī	472.	忍	rěn
397.	尿	niào	435.	欺	qī	473.	任	rèn
398.	您	nín	436.	其	qí	474.	仍	réng
399.	檸	níng	437.	棋	qí	475.	容	róng
400.	農	nóng	438.	旗	qí	476.	榮	róng
401.	濃	nóng	439.	器	qì	477.	柔	róu
402.	暖	nuǎn	440.	恰	qià	478.	如	rú
403.	偶	ǒu	441.	牽	qiān	479.	軟	ruǎn
404.	爬	pá	442.	簽	qiān	480.	若	ruò
405.	排	pái	443.	欠	qiàn	481.	弱	ruò
406.	牌	pái	444.	槍	qiāng	482.	塞	sāi
407.	派	pài	445.	強	qiáng	483.	賽	sài
408.	盤	pán	446.	牆	qiáng	484.	散	sàn
409.	判	pàn	447.	搶	qiǎng	485.	掃	sǎo
410.	盼	pàn	448.	悄	qiāo	486.	紗	shā
411.	旁	páng	449.	敲	qiāo	487.	傻	shǎ
412.	胖	pàng	450.	巧	qiǎo	488.	衫	shān
413.	培	péi	451.	切	qiè	489.	閃	shǎn

490.	扇	shàn	528.	似	sì	566.	投	tóu
491.	善	shàn	529.	飼	sì	567.	透	tòu
492.	商	shāng	530.	松	sōng	568.	突	tū
493.	燒	shāo	531.	艘	sōu	569.	吐	tǔ
494.	少	shào	532.	速	sù	570.	吐	tù
495.	哨	shào	533.	訴	sù	571.	兔	tù
496.	舌	shé	534.	酸	suān	572.	團	tuán
497.	捨	shě	535.	算	suàn	573.	推	tuī
498.	社	shè	536.	雖	suī	574.	退	tuì
499.	設	shè	537.	隨	suí	575.	挖	wā
500.	申	shēn	538.	碎	suì	576.	娃	wá
501.	神	shén	539.	孫	sūn	577.	襪	wà
502.	繩	shéng	540.	損	sǔn	578.	彎	wān
503.	勝	shèng	541.	縮	suō	579.	碗	wǎn
504.	詩	shī	542.	態	tài	580.	萬	wàn
505.	濕	shī	543.	談	tán	581.	往	wǎng
506.	實	shí	544.	歎	tàn	582.	網	wǎng
507.	識	shí	545.	湯	tāng	583.	望	wàng
508.	使	shǐ	546.	糖	táng	584.	危	wēi
509.	世	shì	547.	躺	tǎng	585.	微	wēi
510.	視	shì	548.	桃	táo	586.	為	wéi
511.	試	shì	549.	逃	táo	587.	圍	wéi
512.	適	shì	550.	討	tǎo	588.	尾	wěi
513.	首	shǒu	551.	套	tào	589.	偉	wěi
514.	受	shòu	552.	特	tè	590.	未	wèi
515.	瘦	shòu	553.	疼	téng	591.	味	wèi
516.	叔	shū	554.	踢	tī	592.	胃	wèi
517.	梳	shū	555.	提	tí	593.	衛	wèi
518.	蔬	shū	556.	替	tì	594.	餵	wèi
519.	輸	shū	557.	甜	tián	595.	溫	wēn
520.	熟	shú	558.	填	tián	596.	聞	wén
521.	數	shǔ	559.	條	tiáo	597.	握	wò
522.	刷	shuā	560.	調	tiáo	598.	屋	wū
523.	摔	shuāi	561.	貼	tiē	599.	烏	wū
524.	誰	shuí	562.	童	tóng	600.	無	wú
525.	順	shùn	563.	桶	tǒng	601.	武	wǔ
526.	司	sī	564.	痛	tòng	602.	吸	xī
527.	私	sī	565.	偷	tōu	603.	細	xì

604. 瞎	xiā	642. 壓	yā	680. 由	yóu
605. 下	xià	643. 亞	yà	681. 游	yóu
606. 仙	xiān	644. 煙	yān	682. 郵	yóu
607. 線	xiàn	645. 延	yán	683. 遊	yóu
608. 鄉	xiāng	646. 沿	yán	684. 魷	yóu
609. 箱	xiāng	647. 炎	yán	685. 幼	yòu
610. 詳	xiáng	648. 研	yán	686. 於	yú
611. 享	xiǎng	649. 顏	yán	687. 愉	yú
612. 響	xiǎng	650. 嚴	yán	688. 漁	yú
613. 向	xiàng	651. 鹽	yán	689. 羽	yǔ
614. 相	xiàng	652. 演	yǎn	690. 與	yǔ
615. 象	xiàng	653. 養	yǎng	691. 玉	yù
616. 項	xiàng	654. 樣	yàng	692. 浴	yù
617. 像	xiàng	655. 要	yāo	693. 寓	yù
618. 消	xiāo	656. 腰	yāo	694. 遇	yù
619. 效	xiào	657. 邀	yāo	695. 預	yù
620. 鞋	xié	658. 搖	yáo	696. 元	yuán
621. 辛	xīn	659. 遙	yáo	697. 院	yuàn
622. 欣	xīn	660. 咬	yǎo	698. 願	yuàn
623. 星	xīng	661. 野	yě	699. 約	yuē
624. 興	xīng	662. 頁	yè	700. 越	yuè
625. 形	xíng	663. 業	yè	701. 運	yùn
626. 醒	xǐng	664. 葉	yè	702. 雜	zá
627. 姓	xìng	665. 移	yí	703. 栽	zāi
628. 幸	xìng	666. 疑	yí	704. 暫	zàn
629. 兇	xiōng	667. 儀	yí	705. 贊	zàn
630. 休	xiū	668. 以	yǐ	706. 讚	zàn
631. 修	xiū	669. 椅	yǐ	707. 遭	zāo
632. 秀	xiù	670. 陰	yīn	708. 責	zé
633. 袖	xiù	671. 因	yīn	709. 怎	zěn
634. 虛	xū	672. 飲	yǐn	710. 增	zēng
635. 需	xū	673. 印	yìn	711. 炸	zhá
636. 許	xǔ	674. 嬰	yīng	712. 炸	zhà
637. 選	xuǎn	675. 應	yīng	713. 摘	zhāi
638. 血	xuè	676. 擁	yōng	714. 窄	zhǎi
639. 尋	xún	677. 永	yǒng	715. 債	zhài
640. 詢	xún	678. 勇	yǒng	716. 展	zhǎn
641. 訓	xùn	679. 優	yōu	717. 佔	zhàn

718.	戰	zhàn	738.	證	zhèng	758.	周	zhōu
719.	章	zhāng	739.	之	zhī	759.	逐	zhú
720.	長	zhǎng	740.	枝	zhī	760.	煮	zhǔ
721.	掌	zhǎng	741.	芝	zhī	761.	祝	zhù
722.	丈	zhàng	742.	隻	zhī	762.	著	zhù
723.	招	zhāo	743.	織	zhī	763.	抓	zhuā
724.	着	zháo	744.	直	zhí	764.	轉	zhuǎn
725.	爪	zhǎo	745.	值	zhí	765.	轉	zhuàn
726.	召	zhào	746.	植	zhí	766.	裝	zhuāng
727.	折	zhé	747.	職	zhí	767.	壯	zhuàng
728.	珍	zhēn	748.	指	zhǐ	768.	撞	zhuàng
729.	針	zhēn	749.	至	zhì	769.	捉	zhuō
730.	枕	zhěn	750.	制	zhì	770.	姿	zī
731.	振	zhèn	751.	治	zhì	771.	紫	zǐ
732.	震	zhèn	752.	秩	zhì	772.	總	zǒng
733.	鎮	zhèn	753.	智	zhì	773.	走	zǒu
734.	征	zhēng	754.	製	zhì	774.	阻	zǔ
735.	爭	zhēng	755.	鐘	zhōng	775.	罪	zuì
736.	蒸	zhēng	756.	種	zhǒng	776.	尊	zūn
737.	鄭	zhèng	757.	種	zhòng	777.	遵	zūn

三級單音節字詞（490 個）

1.	哎	āi	16.	絆	bàn	31.	貶	biǎn
2.	案	àn	17.	瓣	bàn	32.	辮	biàn
3.	昂	áng	18.	棒	bàng	33.	辯	biàn
4.	熬	áo	19.	剝	bāo	34.	賓	bīn
5.	奧	ào	20.	暴	bào	35.	剝	bō
6.	扒	bā	21.	爆	bào	36.	脖	bó
7.	罷	bà	22.	卑	bēi	37.	博	bó
8.	霸	bà	23.	輩	bèi	38.	搏	bó
9.	柏	bǎi	24.	逼	bī	39.	薄	bò
10.	擺	bǎi	25.	彼	bǐ	40.	佈	bù
11.	敗	bài	26.	庇	bì	41.	踩	cǎi
12.	斑	bān	27.	畢	bì	42.	殘	cán
13.	版	bǎn	28.	弊	bì	43.	差	chā
14.	伴	bàn	29.	蔽	bì	44.	顫	chàn
15.	拌	bàn	30.	匾	biǎn	45.	暢	chàng

46.	朝	cháo	84.	雕	diāo	122.	覆	fù
47.	潮	cháo	85.	調	diào	123.	該	gāi
48.	扯	chě	86.	訂	dìng	124.	概	gài
49.	徹	chè	87.	毒	dú	125.	干	gān
50.	塵	chén	88.	堵	dǔ	126.	甘	gān
51.	趁	chèn	89.	賭	dǔ	127.	崗	gǎng
52.	稱	chēng	90.	噸	dūn	128.	稿	gǎo
53.	懲	chéng	91.	蹲	dūn	129.	革	gé
54.	崇	chóng	92.	奪	duó	130.	格	gé
55.	仇	chóu	93.	舵	duò	131.	閣	gé
56.	處	chǔ	94.	額	é	132.	頸	gěng
57.	儲	chǔ	95.	餓	è	133.	攻	gōng
58.	觸	chù	96.	番	fān	134.	宮	gōng
59.	喘	chuǎn	97.	氾	fàn	135.	鞏	gǒng
60.	創	chuāng	98.	販	fàn	136.	鉤	gōu
61.	闖	chuǎng	99.	仿	fǎng	137.	溝	gōu
62.	瓷	cí	100.	沸	fèi	138.	估	gū
63.	辭	cí	101.	焚	fén	139.	穀	gǔ
64.	叢	cóng	102.	墳	fén	140.	颳	guā
65.	醋	cù	103.	憤	fèn	141.	怪	guài
66.	竄	cuàn	104.	奮	fèn	142.	觀	guān
67.	寸	cùn	105.	瘋	fēng	143.	觀	guàn
68.	挫	cuò	106.	鋒	fēng	144.	逛	guàng
69.	措	cuò	107.	逢	féng	145.	軌	guǐ
70.	待	dāi	108.	諷	fěng	146.	捍	hàn
71.	逮	dài	109.	奉	fèng	147.	豪	háo
72.	單	dān	110.	鳳	fèng	148.	核	hé
73.	誕	dàn	111.	縫	fèng	149.	痕	hén
74.	檔	dàng	112.	佛	fó	150.	恨	hèn
75.	搗	dǎo	113.	否	fǒu	151.	哼	hēng
76.	倒	dào	114.	敷	fū	152.	轟	hōng
77.	盜	dào	115.	符	fú	153.	弘	hóng
78.	稻	dào	116.	福	fú	154.	宏	hóng
79.	凳	dèng	117.	腐	fǔ	155.	洪	hóng
80.	提	dī	118.	輔	fǔ	156.	緩	huǎn
81.	抵	dǐ	119.	撫	fǔ	157.	幻	huàn
82.	帝	dì	120.	婦	fù	158.	患	huàn
83.	殿	diàn	121.	復	fù	159.	煥	huàn

160. 晃	huàng	198. 截	jié	236. 賴	lài		
161. 恢	huī	199. 竭	jié	237. 蘭	lán		
162. 毀	huǐ	200. 戒	jiè	238. 牢	láo		
163. 匯	huì	201. 屆	jiè	239. 樂	lè		
164. 昏	hūn	202. 藉	jiè	240. 累	lěi		
165. 渾	hún	203. 禁	jīn	241. 鯉	lǐ		
166. 混	hùn	204. 僅	jǐn	242. 聊	liáo		
167. 夥	huǒ	205. 儘	jǐn	243. 裂	liè		
168. 或	huò	206. 謹	jǐn	244. 臨	lín		
169. 禍	huò	207. 晶	jīng	245. 玲	líng		
170. 肌	jī	208. 頸	jǐng	246. 凌	líng		
171. 基	jī	209. 糾	jiū	247. 溜	liū		
172. 激	jī	210. 鞠	jū	248. 溜	liù		
173. 吉	jí	211. 橘	jú	249. 隆	lóng		
174. 嫉	jí	212. 劇	jù	250. 籠	lóng		
175. 給	jǐ	213. 據	jù	251. 摟	lǒu		
176. 技	jì	214. 捐	juān	252. 陸	lù		
177. 跡	jì	215. 倔	jué	253. 錄	lù		
178. 殲	jiān	216. 崛	jué	254. 率	lǜ		
179. 揀	jiǎn	217. 爵	jué	255. 脈	mài		
180. 間	jiàn	218. 嚼	jué	256. 邁	mài		
181. 賤	jiàn	219. 君	jūn	257. 盲	máng		
182. 鍵	jiàn	220. 俊	jùn	258. 矛	máo		
183. 濺	jiàn	221. 凱	kǎi	259. 枚	méi		
184. 鑒	jiàn	222. 刊	kān	260. 媒	méi		
185. 姜	jiāng	223. 抗	kàng	261. 魅	mèi		
186. 僵	jiāng	224. 恐	kǒng	262. 悶	mèn		
187. 漿	jiāng	225. 空	kòng	263. 萌	méng		
188. 薑	jiāng	226. 控	kòng	264. 蒙	méng		
189. 獎	jiàng	227. 枯	kū	265. 猛	měng		
190. 焦	jiāo	228. 酷	kù	266. 彌	mí		
191. 嬌	jiāo	229. 跨	kuà	267. 祕	mì		
192. 嚼	jiáo	230. 會	kuài	268. 勉	miǎn		
193. 矯	jiǎo	231. 款	kuǎn	269. 苗	miáo		
194. 攪	jiǎo	232. 筐	kuāng	270. 描	miáo		
195. 校	jiào	233. 況	kuàng	271. 瞄	miáo		
196. 覺	jiào	234. 擴	kuò	272. 渺	miǎo		
197. 揭	jiē	235. 辣	là	273. 敏	mǐn		

274.	摩	mó	312.	樸	pǔ	350.	審	shěn
275.	末	mò	313.	鋪	pù	351.	甚	shèn
276.	墨	mò	314.	瀑	pù	352.	慎	shèn
277.	謀	móu	315.	漆	qī	353.	升	shēng
278.	模	mú	316.	歧	qí	354.	盛	shèng
279.	拇	mǔ	317.	祈	qí	355.	示	shì
280.	牧	mù	318.	乞	qǐ	356.	室	shì
281.	幕	mù	319.	啟	qǐ	357.	逝	shì
282.	乃	nǎi	320.	遷	qiān	358.	勢	shì
283.	難	nàn	321.	謙	qiān	359.	釋	shì
284.	嫩	nèn	322.	潛	qián	360.	壽	shòu
285.	逆	nì	323.	歉	qiàn	361.	抒	shū
286.	溺	nì	324.	強	qiǎng	362.	舒	shū
287.	黏	nián	325.	瞧	qiáo	363.	鼠	shǔ
288.	捏	niē	326.	茄	qié	364.	耍	shuǎ
289.	寧	níng	327.	侵	qīn	365.	衰	shuāi
290.	凝	níng	328.	傾	qīng	366.	甩	shuǎi
291.	寧	nìng	329.	屈	qū	367.	率	shuài
292.	怒	nù	330.	趨	qū	368.	雙	shuāng
293.	毆	ōu	331.	渠	qú	369.	瞬	shùn
294.	嘔	ǒu	332.	繞	rào	370.	絲	sī
295.	趴	pā	333.	惹	rě	371.	寺	sì
296.	攀	pān	334.	仁	rén	372.	俗	sú
297.	龐	páng	335.	扔	rēng	373.	素	sù
298.	拋	pāo	336.	融	róng	374.	宿	sù
299.	炮	pào	337.	乳	rǔ	375.	塑	sù
300.	賠	péi	338.	撒	sā	376.	鎖	suǒ
301.	烹	pēng	339.	撒	sǎ	377.	貪	tān
302.	棚	péng	340.	散	sǎn	378.	坦	tǎn
303.	蓬	péng	341.	嗓	sǎng	379.	探	tàn
304.	膨	péng	342.	喪	sàng	380.	燙	tàng
305.	篇	piān	343.	擅	shàn	381.	淘	táo
306.	騙	piàn	344.	膳	shàn	382.	陶	táo
307.	撇	piě	345.	稍	shāo	383.	挑	tiāo
308.	頻	pín	346.	勺	sháo	384.	挑	tiǎo
309.	迫	pò	347.	射	shè	385.	鐵	tiě
310.	撲	pū	348.	涉	shè	386.	銅	tóng
311.	鋪	pū	349.	攝	shè	387.	統	tǒng

388.	統	tǒng	423.	懸	xuán	458.	災	zāi
389.	徒	tú	424.	巡	xún	459.	噪	zào
390.	途	tú	425.	迅	xùn	460.	贈	zèng
391.	腿	tuǐ	426.	淹	yān	461.	詐	zhà
392.	妥	tuǒ	427.	巖	yán	462.	嶄	zhǎn
393.	歪	wāi	428.	掩	yǎn	463.	障	zhàng
394.	頑	wán	429.	宴	yàn	464.	掙	zhēng
395.	挽	wǎn	430.	厭	yàn	465.	睜	zhēng
396.	威	wēi	431.	驗	yàn	466.	徵	zhēng
397.	唯	wéi	432.	妖	yāo	467.	政	zhèng
398.	違	wéi	433.	謠	yáo	468.	症	zhèng
399.	維	wéi	434.	耀	yào	469.	掙	zhèng
400.	委	wěi	435.	液	yè	470.	脂	zhī
401.	慰	wèi	436.	依	yī	471.	執	zhí
402.	嗡	wēng	437.	遺	yí	472.	質	zhì
403.	誤	wù	438.	異	yì	473.	忠	zhōng
404.	稀	xī	439.	義	yì	474.	衷	zhōng
405.	犧	xī	440.	億	yì	475.	眾	zhòng
406.	襲	xí	441.	毅	yì	476.	晝	zhòu
407.	系	xì	442.	藝	yì	477.	皺	zhòu
408.	戲	xì	443.	議	yì	478.	竹	zhú
409.	狹	xiá	444.	隱	yǐn	479.	註	zhù
410.	鮮	xiǎn	445.	營	yíng	480.	爪	zhuǎ
411.	顯	xiǎn	446.	贏	yíng	481.	傳	zhuàn
412.	限	xiàn	447.	應	yìng	482.	莊	zhuāng
413.	羨	xiàn	448.	悠	yōu	483.	憧	zhuàng
414.	嚮	xiàng	449.	尤	yóu	484.	着	zhuó
415.	銷	xiāo	450.	猶	yóu	485.	滋	zī
416.	協	xié	451.	誘	yòu	486.	資	zī
417.	斜	xié	452.	娛	yú	487.	宗	zōng
418.	洶	xiōng	453.	宇	yǔ	488.	綜	zōng
419.	雄	xióng	454.	冤	yuān	489.	鑽	zuān
420.	敘	xù	455.	樂	yuè	490.	醉	zuì
421.	宣	xuān	456.	閱	yuè			
422.	旋	xuán	457.	允	yǔn			

單音節字詞表（按音序排列）

1.	啊	ā	一級	37.	扮	bàn	二級
2.	阿	ā	一級	38.	伴	bàn	三級
3.	哎	āi	三級	39.	拌	bàn	三級
4.	矮	ǎi	二級	40.	絆	bàn	三級
5.	愛	ài	一級	41.	辦	bàn	三級
6.	安	ān	一級	42.	幫	bāng	一級
7.	岸	àn	二級	43.	榜	bǎng	二級
8.	按	àn	二級	44.	傍	bàng	二級
9.	暗	àn	二級	45.	磅	bàng	二級
10.	案	àn	三級	46.	棒	bàng	三級
11.	昂	áng	三級	47.	包	bāo	一級
12.	熬	áo	三級	48.	剝	bāo	三級
13.	奧	ào	三級	49.	薄	báo	二級
14.	八	bā	一級	50.	飽	bǎo	一級
15.	吧	bā	一級	51.	寶	bǎo	一級
16.	疤	bā	二級	52.	保	bǎo	二級
17.	扒	bā	三級	53.	抱	bào	一級
18.	巴	bā	一級	54.	報	bào	一級
19.	拔	bá	二級	55.	豹	bào	二級
20.	把	bǎ	一級	56.	暴	bào	三級
21.	爸	bà	一級	57.	爆	bào	三級
22.	罷	bà	三級	58.	杯	bēi	一級
23.	霸	bà	三級	59.	悲	bēi	二級
24.	白	bái	一級	60.	卑	bēi	三級
25.	百	bǎi	一級	61.	背	bēi	一級
26.	擺	bǎi	三級	62.	北	běi	一級
27.	柏	bǎi	三級	63.	背	bèi	一級
28.	拜	bài	二級	64.	被	bèi	一級
29.	敗	bài	三級	65.	貝	bèi	二級
30.	班	bān	二級	66.	倍	bèi	二級
31.	搬	bān	二級	67.	輩	bèi	三級
32.	斑	bān	三級	68.	奔	bēn	二級
33.	板	bǎn	一級	69.	本	běn	一級
34.	版	bǎn	三級	70.	笨	bèn	二級
35.	半	bàn	一級	71.	逼	bī	三級
36.	辦	bàn	一級	72.	鼻	bí	一級

73.	比	bǐ	一級	111.	博	bó	三級
74.	筆	bǐ	一級	112.	搏	bó	三級
75.	彼	bǐ	三級	113.	薄	bò	三級
76.	必	bì	一級	114.	補	bǔ	二級
77.	避	bì	一級	115.	不	bù	一級
78.	閉	bì	二級	116.	布	bù	一級
79.	碧	bì	二級	117.	步	bù	一級
80.	庇	bì	三級	118.	佈	bù	三級
81.	畢	bì	三級	119.	部	bù	二級
82.	弊	bì	三級	120.	擦	cā	二級
83.	蔽	bì	三級	121.	猜	cāi	二級
84.	邊	biān	一級	122.	才	cái	一級
85.	編	biān	二級	123.	財	cái	一級
86.	鞭	biān	二級	124.	材	cái	二級
87.	匾	biǎn	三級	125.	裁	cái	二級
88.	貶	biǎn	三級	126.	採	cǎi	二級
89.	變	biàn	一級	127.	踩	cǎi	三級
90.	便	biàn	二級	128.	彩	cǎi	一級
91.	辨	biàn	二級	129.	菜	cài	一級
92.	遍	biàn	二級	130.	參	cān	二級
93.	辮	biàn	三級	131.	餐	cān	二級
94.	辯	biàn	三級	132.	慚	cán	二級
95.	標	biāo	二級	133.	殘	cán	三級
96.	表	biǎo	一級	134.	燦	càn	二級
97.	別	bié	一級	135.	倉	cāng	二級
98.	賓	bīn	三級	136.	蒼	cāng	二級
99.	冰	bīng	一級	137.	藏	cáng	二級
100.	兵	bīng	二級	138.	操	cāo	二級
101.	餅	bǐng	二級	139.	草	cǎo	一級
102.	病	bìng	一級	140.	層	céng	一級
103.	並	bìng	二級	141.	曾	céng	二級
104.	波	bō	一級	142.	測	cè	一級
105.	播	bō	一級	143.	冊	cè	二級
106.	玻	bō	二級	144.	側	cè	二級
107.	剝	bō	三級	145.	廁	cè	二級
108.	伯	bó	一級	146.	詞	cí	一級
109.	薄	bó	二級	147.	慈	cí	二級
110.	脖	bó	三級	148.	磁	cí	二級

149.	瓷	cí	三級	187.	承	chéng	二級
150.	辭	cí	三級	188.	城	chéng	二級
151.	此	cǐ	二級	189.	程	chéng	二級
152.	次	cì	一級	190.	誠	chéng	二級
153.	刺	cì	一級	191.	懲	chéng	三級
154.	叉	chā	二級	192.	乘	chéng	一級
155.	插	chā	二級	193.	吃	chī	一級
156.	差	chā	三級	194.	遲	chí	一級
157.	查	chá	一級	195.	持	chí	二級
158.	茶	chá	一級	196.	尺	chǐ	一級
159.	察	chá	二級	197.	翅	chì	二級
160.	差	chà	二級	198.	充	chōng	二級
161.	拆	chāi	二級	199.	衝	chōng	二級
162.	產	chǎn	二級	200.	重	chóng	二級
163.	顫	chàn	三級	201.	崇	chóng	三級
164.	長	cháng	一級	202.	抽	chōu	二級
165.	常	cháng	一級	203.	仇	chóu	三級
166.	嘗	cháng	二級	204.	醜	chǒu	一級
167.	場	chǎng	一級	205.	臭	chòu	一級
168.	廠	chǎng	二級	206.	出	chū	一級
169.	唱	chàng	一級	207.	初	chū	一級
170.	暢	chàng	三級	208.	除	chú	二級
171.	超	chāo	一級	209.	廚	chú	二級
172.	抄	chāo	二級	210.	儲	chǔ	三級
173.	嘲	cháo	二級	211.	處	chǔ	三級
174.	朝	cháo	三級	212.	處	chù	二級
175.	潮	cháo	三級	213.	觸	chù	三級
176.	吵	chǎo	一級	214.	穿	chuān	一級
177.	車	chē	一級	215.	窗	chuāng	一級
178.	扯	chě	三級	216.	創	chuāng	三級
179.	徹	chè	三級	217.	船	chuán	一級
180.	撤	chè	二級	218.	傳	chuán	一級
181.	沉	chén	二級	219.	牀	chuáng	一級
182.	陳	chén	二級	220.	喘	chuǎn	三級
183.	塵	chén	三級	221.	闖	chuǎng	三級
184.	趁	chèn	三級	222.	創	chuàng	二級
185.	稱	chēng	三級	223.	吹	chuī	一級
186.	成	chéng	一級	224.	垂	chuí	二級

225. 春	chūn	一級	263. 當	dāng	二級
226. 純	chún	二級	264. 檔	dàng	三級
227. 匆	cōng	二級	265. 刀	dāo	一級
228. 聰	cōng	二級	266. 倒	dǎo	二級
229. 從	cóng	一級	267. 島	dǎo	二級
230. 叢	cóng	三級	268. 導	dǎo	二級
231. 湊	còu	二級	269. 搗	dǎo	三級
232. 粗	cū	一級	270. 到	dào	一級
233. 促	cù	二級	271. 道	dào	一級
234. 醋	cù	三級	272. 倒	dào	三級
235. 竄	cuàn	三級	273. 盜	dào	三級
236. 催	cuī	二級	274. 稻	dào	三級
237. 脆	cuì	二級	275. 得	dé	二級
238. 村	cūn	一級	276. 登	dēng	一級
239. 存	cún	二級	277. 燈	dēng	一級
240. 寸	cùn	三級	278. 等	děng	一級
241. 錯	cuò	一級	279. 凳	dèng	三級
242. 挫	cuò	三級	280. 低	dī	一級
243. 措	cuò	三級	281. 提	dī	三級
244. 搭	dā	二級	282. 的	dī	二級
245. 答	dā	一級	283. 的	dí	二級
246. 答	dá	二級	284. 笛	dí	二級
247. 達	dá	二級	285. 敵	dí	二級
248. 打	dǎ	一級	286. 底	dǐ	一級
249. 大	dà	一級	287. 抵	dǐ	三級
250. 呆	dāi	二級	288. 第	dì	一級
251. 待	dāi	三級	289. 帝	dì	三級
252. 代	dài	一級	290. 地	dì	一級
253. 帶	dài	一級	291. 弟	dì	一級
254. 戴	dài	二級	292. 典	diǎn	二級
255. 逮	dài	三級	293. 點	diǎn	二級
256. 待	dài	二級	294. 電	diàn	一級
257. 單	dān	三級	295. 店	diàn	二級
258. 擔	dān	二級	296. 墊	diàn	二級
259. 膽	dǎn	二級	297. 殿	diàn	三級
260. 但	dàn	一級	298. 雕	diāo	三級
261. 蛋	dàn	一級	299. 釣	diào	二級
262. 誕	dàn	三級	300. 調	diào	三級

301.	跌	diē	二級	339.	多	duō	一級
302.	碟	dié	二級	340.	奪	duó	三級
303.	疊	dié	二級	341.	朵	duǒ	一級
304.	釘	dīng	二級	342.	躲	duǒ	二級
305.	頂	dǐng	一級	343.	舵	duò	三級
306.	定	dìng	一級	344.	額	é	三級
307.	釘	dìng	二級	345.	惡	è	一級
308.	訂	dìng	三級	346.	餓	è	三級
309.	丟	diū	二級	347.	恩	ēn	一級
310.	冬	dōng	一級	348.	而	ér	一級
311.	東	dōng	一級	349.	兒	ér	一級
312.	懂	dǒng	二級	350.	耳	ěr	一級
313.	動	dòng	一級	351.	發	fā	一級
314.	洞	dòng	二級	352.	罰	fá	二級
315.	凍	dòng	二級	353.	法	fǎ	一級
316.	都	dōu	一級	354.	帆	fān	二級
317.	抖	dǒu	二級	355.	翻	fān	二級
318.	豆	dòu	一級	356.	番	fān	三級
319.	鬥	dòu	二級	357.	凡	fán	二級
320.	逗	dòu	二級	358.	煩	fán	二級
321.	讀	dú	一級	359.	繁	fán	二級
322.	獨	dú	二級	360.	反	fǎn	一級
323.	毒	dú	三級	361.	返	fǎn	二級
324.	堵	dǔ	三級	362.	飯	fàn	一級
325.	賭	dǔ	三級	363.	犯	fàn	二級
326.	度	dù	二級	364.	範	fàn	二級
327.	渡	dù	二級	365.	氾	fàn	三級
328.	肚	dù	一級	366.	販	fàn	三級
329.	端	duān	二級	367.	方	fāng	一級
330.	短	duǎn	一級	368.	房	fáng	一級
331.	段	duàn	一級	369.	防	fáng	二級
332.	鍛	duàn	二級	370.	訪	fǎng	二級
333.	斷	duàn	二級	371.	仿	fǎng	三級
334.	堆	duī	二級	372.	放	fàng	一級
335.	隊	duì	一級	373.	飛	fēi	一級
336.	對	duì	一級	374.	非	fēi	二級
337.	噸	dūn	三級	375.	肥	féi	二級
338.	蹲	dūn	三級	376.	廢	fèi	二級

377.	費	fèi	二級	415.	覆	fù	三級
378.	沸	fèi	三級	416.	父	fù	一級
379.	分	fēn	一級	417.	負	fù	一級
380.	芬	fēn	二級	418.	複	fù	二級
381.	紛	fēn	二級	419.	該	gāi	三級
382.	焚	fén	三級	420.	改	gǎi	一級
383.	墳	fén	三級	421.	概	gài	三級
384.	粉	fěn	一級	422.	蓋	gài	二級
385.	分	fèn	一級	423.	乾	gān	一級
386.	糞	fèn	二級	424.	杆	gān	二級
387.	奮	fèn	三級	425.	干	gān	三級
388.	憤	fèn	三級	426.	甘	gān	三級
389.	風	fēng	一級	427.	敢	gǎn	一級
390.	封	fēng	二級	428.	感	gǎn	一級
391.	豐	fēng	二級	429.	趕	gǎn	二級
392.	瘋	fēng	三級	430.	剛	gāng	一級
393.	鋒	fēng	三級	431.	鋼	gāng	二級
394.	逢	féng	三級	432.	港	gǎng	一級
395.	諷	fěng	三級	433.	崗	gǎng	三級
396.	奉	fèng	三級	434.	高	gāo	一級
397.	鳳	fèng	三級	435.	糕	gāo	二級
398.	縫	fèng	三級	436.	搞	gǎo	二級
399.	佛	fó	三級	437.	稿	gǎo	三級
400.	否	fǒu	三級	438.	告	gào	一級
401.	夫	fū	一級	439.	哥	gē	一級
402.	敷	fū	三級	440.	歌	gē	一級
403.	服	fú	一級	441.	鴿	gē	二級
404.	浮	fú	二級	442.	隔	gé	二級
405.	符	fú	三級	443.	革	gé	三級
406.	福	fú	三級	444.	閣	gé	三級
407.	斧	fǔ	二級	445.	格	gé	三級
408.	腐	fǔ	三級	446.	各	gè	二級
409.	輔	fǔ	三級	447.	個	gè	一級
410.	撫	fǔ	三級	448.	根	gēn	一級
411.	附	fù	一級	449.	跟	gēn	二級
412.	富	fù	一級	450.	更	gēng	二級
413.	婦	fù	三級	451.	頸	gěng	三級
414.	復	fù	三級	452.	更	gèng	二級

453. 工	gōng	一級	491. 罐	guàn	二級
454. 公	gōng	一級	492. 觀	guàn	三級
455. 供	gōng	二級	493. 光	guāng	一級
456. 攻	gōng	三級	494. 廣	guǎng	二級
457. 功	gōng	一級	495. 逛	guàng	三級
458. 恭	gōng	二級	496. 規	guī	二級
459. 宮	gōng	三級	497. 歸	guī	二級
460. 鞏	gǒng	三級	498. 軌	guǐ	三級
461. 鈎	gōu	三級	499. 櫃	guì	二級
462. 溝	gōu	三級	500. 貴	guì	二級
463. 供	gòng	二級	501. 國	guó	一級
464. 貢	gòng	二級	502. 果	guǒ	一級
465. 共	gòng	一級	503. 過	guò	一級
466. 狗	gǒu	一級	504. 滾	gǔn	二級
467. 構	gòu	二級	505. 棍	gùn	二級
468. 購	gòu	二級	506. 還	hái	一級
469. 姑	gū	一級	507. 孩	hái	一級
470. 孤	gū	二級	508. 海	hǎi	一級
471. 估	gū	三級	509. 害	hài	二級
472. 古	gǔ	一級	510. 含	hán	二級
473. 骨	gǔ	一級	511. 寒	hán	二級
474. 鼓	gǔ	二級	512. 喊	hǎn	二級
475. 穀	gǔ	三級	513. 汗	hàn	二級
476. 固	gù	二級	514. 漢	hàn	二級
477. 顧	gù	二級	515. 捍	hàn	三級
478. 故	gù	二級	516. 行	háng	一級
479. 刮	guā	二級	517. 航	háng	二級
480. 颳	guā	三級	518. 毫	háo	二級
481. 掛	guà	二級	519. 豪	háo	三級
482. 乖	guāi	二級	520. 好	hǎo	一級
483. 拐	guǎi	二級	521. 號	hào	一級
484. 怪	guài	三級	522. 好	hào	二級
485. 官	guān	二級	523. 喝	hē	一級
486. 觀	guān	三級	524. 何	hé	一級
487. 關	guān	一級	525. 盒	hé	一級
488. 管	guǎn	一級	526. 合	hé	一級
489. 冠	guàn	二級	527. 和	hé	一級
490. 貫	guàn	二級	528. 河	hé	一級

529.	荷	hé	二級	567.	幻	huàn	三級
530.	核	hé	三級	568.	患	huàn	三級
531.	喝	hè	二級	569.	煥	huàn	三級
532.	黑	hēi	一級	570.	荒	huāng	二級
533.	痕	hén	三級	571.	慌	huāng	二級
534.	很	hěn	一級	572.	黃	huáng	一級
535.	恨	hèn	三級	573.	皇	huáng	二級
536.	哼	hēng	三級	574.	謊	huǎng	二級
537.	橫	héng	二級	575.	晃	huàng	三級
538.	轟	hōng	三級	576.	灰	huī	一級
539.	弘	hóng	三級	577.	揮	huī	二級
540.	宏	hóng	三級	578.	輝	huī	二級
541.	洪	hóng	三級	579.	恢	huī	三級
542.	猴	hóu	一級	580.	回	huí	一級
543.	喉	hóu	二級	581.	毀	huǐ	三級
544.	後	hòu	一級	582.	會	huì	一級
545.	呼	hū	二級	583.	匯	huì	三級
546.	忽	hū	二級	584.	昏	hūn	三級
547.	狐	hú	一級	585.	婚	hūn	二級
548.	湖	hú	一級	586.	渾	hún	三級
549.	蝴	hú	一級	587.	混	hùn	三級
550.	胡	hú	二級	588.	活	huó	一級
551.	壺	hú	二級	589.	火	huǒ	一級
552.	糊	hú	二級	590.	夥	huǒ	三級
553.	互	hù	二級	591.	貨	huò	二級
554.	護	hù	二級	592.	獲	huò	二級
555.	花	huā	一級	593.	或	huò	三級
556.	華	huá	二級	594.	禍	huò	三級
557.	畫	huà	一級	595.	機	jī	一級
558.	話	huà	一級	596.	雞	jī	一級
559.	化	huà	二級	597.	飢	jī	二級
560.	懷	huái	二級	598.	積	jī	二級
561.	歡	huān	一級	599.	擊	jī	二級
562.	還	huán	二級	600.	肌	jī	三級
563.	環	huán	二級	601.	基	jī	三級
564.	緩	huǎn	三級	602.	激	jī	三級
565.	換	huàn	一級	603.	急	jí	一級
566.	喚	huàn	二級	604.	疾	jí	二級

605. 級	jí	二級	643. 揀	jiǎn	三級
606. 集	jí	二級	644. 剪	jiǎn	二級
607. 極	jí	二級	645. 件	jiàn	一級
608. 吉	jí	三級	646. 見	jiàn	一級
609. 嫉	jí	三級	647. 建	jiàn	二級
610. 及	jí	二級	648. 健	jiàn	二級
611. 即	jí	二級	649. 漸	jiàn	二級
612. 幾	jǐ	一級	650. 劍	jiàn	二級
613. 給	jǐ	三級	651. 箭	jiàn	二級
614. 計	jì	一級	652. 賤	jiàn	三級
615. 記	jì	一級	653. 鍵	jiàn	三級
616. 既	jì	二級	654. 濺	jiàn	三級
617. 紀	jì	二級	655. 鑒	jiàn	三級
618. 寄	jì	二級	656. 將	jiāng	一級
619. 繼	jì	二級	657. 江	jiāng	二級
620. 技	jì	三級	658. 姜	jiāng	三級
621. 季	jì	一級	659. 僵	jiāng	三級
622. 寂	jì	二級	660. 漿	jiāng	三級
623. 跡	jì	三級	661. 薑	jiāng	三級
624. 加	jiā	一級	662. 獎	jiǎng	二級
625. 家	jiā	一級	663. 講	jiǎng	二級
626. 夾	jiā	二級	664. 降	jiàng	二級
627. 佳	jiā	二級	665. 醬	jiàng	二級
628. 嘉	jiā	二級	666. 漿	jiàng	三級
629. 假	jiǎ	一級	667. 交	jiāo	一級
630. 假	jià	一級	668. 教	jiāo	二級
631. 價	jià	二級	669. 驕	jiāo	二級
632. 駕	jià	二級	670. 嬌	jiāo	三級
633. 間	jiān	一級	671. 焦	jiāo	三級
634. 肩	jiān	二級	672. 嚼	jiáo	三級
635. 兼	jiān	二級	673. 腳	jiǎo	一級
636. 堅	jiān	二級	674. 狡	jiǎo	二級
637. 艱	jiān	二級	675. 餃	jiǎo	二級
638. 殲	jiān	三級	676. 矯	jiǎo	三級
639. 檢	jiǎn	一級	677. 攪	jiǎo	三級
640. 簡	jiǎn	一級	678. 角	jiǎo	二級
641. 減	jiǎn	二級	679. 叫	jiào	一級
642. 撿	jiǎn	二級	680. 教	jiào	一級

681.	校	jiào	三級	719.	頸	jǐng	三級
682.	覺	jiào	三級	720.	警	jǐng	二級
683.	接	jiē	一級	721.	靜	jìng	二級
684.	街	jiē	一級	722.	競	jìng	二級
685.	結	jiē	二級	723.	敬	jìng	二級
686.	揭	jiē	三級	724.	境	jìng	二級
687.	結	jié	二級	725.	鏡	jìng	二級
688.	潔	jié	二級	726.	究	jiū	二級
689.	截	jié	三級	727.	糾	jiū	三級
690.	竭	jié	三級	728.	久	jiǔ	二級
691.	節	jié	一級	729.	酒	jiǔ	二級
692.	姐	jiě	一級	730.	救	jiù	一級
693.	解	jiě	二級	731.	就	jiù	一級
694.	界	jiè	二級	732.	居	jū	一級
695.	屆	jiè	三級	733.	鞠	jū	三級
696.	介	jiè	二級	734.	局	jú	二級
697.	借	jiè	二級	735.	橘	jú	三級
698.	戒	jiè	三級	736.	舉	jǔ	一級
699.	藉	jiè	三級	737.	具	jù	一級
700.	金	jīn	一級	738.	拒	jù	二級
701.	斤	jīn	二級	739.	距	jù	二級
702.	禁	jīn	三級	740.	劇	jù	三級
703.	今	jīn	一級	741.	據	jù	三級
704.	謹	jǐn	三級	742.	句	jù	一級
705.	緊	jǐn	一級	743.	巨	jù	一級
706.	僅	jǐn	三級	744.	聚	jù	二級
707.	儘	jǐn	三級	745.	捐	juān	三級
708.	近	jìn	一級	746.	覺	jué	一級
709.	禁	jìn	二級	747.	角	jué	二級
710.	進	jìn	一級	748.	絕	jué	二級
711.	盡	jìn	二級	749.	倔	jué	三級
712.	經	jīng	一級	750.	崛	jué	三級
713.	京	jīng	二級	751.	爵	jué	三級
714.	精	jīng	二級	752.	嚼	jué	三級
715.	驚	jīng	二級	753.	決	jué	一級
716.	晶	jīng	三級	754.	均	jūn	一級
717.	景	jǐng	一級	755.	軍	jūn	二級
718.	井	jǐng	二級	756.	君	jūn	三級

757. 俊	jùn	三級	795. 會	kuài	三級
758. 卡	kǎ	二級	796. 寬	kuān	二級
759. 開	kāi	一級	797. 款	kuǎn	三級
760. 凱	kǎi	三級	798. 筐	kuāng	三級
761. 刊	kān	三級	799. 狂	kuáng	二級
762. 看	kān	二級	800. 況	kuàng	三級
763. 看	kàn	一級	801. 昆	kūn	二級
764. 康	kāng	二級	802. 困	kùn	二級
765. 抗	kàng	三級	803. 括	kuò	二級
766. 考	kǎo	二級	804. 擴	kuò	三級
767. 靠	kào	二級	805. 蠟	là	二級
768. 棵	kē	一級	806. 辣	là	三級
769. 科	kē	二級	807. 來	lái	一級
770. 顆	kē	二級	808. 賴	lài	三級
771. 咳	ké	二級	809. 藍	lán	一級
772. 可	kě	一級	810. 籃	lán	二級
773. 渴	kě	二級	811. 欄	lán	二級
774. 課	kè	一級	812. 蘭	lán	三級
775. 刻	kè	二級	813. 懶	lǎn	二級
776. 客	kè	一級	814. 爛	làn	二級
777. 克	kè	二級	815. 狼	láng	一級
778. 肯	kěn	二級	816. 朗	lǎng	一級
779. 空	kōng	一級	817. 浪	làng	二級
780. 恐	kǒng	三級	818. 勞	láo	二級
781. 空	kòng	三級	819. 牢	láo	三級
782. 控	kòng	三級	820. 老	lǎo	一級
783. 口	kǒu	一級	821. 樂	lè	三級
784. 扣	kòu	二級	822. 雷	léi	二級
785. 哭	kū	一級	823. 累	lěi	三級
786. 枯	kū	三級	824. 累	lèi	二級
787. 苦	kǔ	一級	825. 類	lèi	二級
788. 褲	kù	二級	826. 冷	lěng	一級
789. 酷	kù	三級	827. 梨	lí	二級
790. 誇	kuā	二級	828. 黎	lí	二級
791. 跨	kuà	三級	829. 離	lí	二級
792. 快	kuài	一級	830. 理	lǐ	一級
793. 塊	kuài	二級	831. 鯉	lǐ	三級
794. 筷	kuài	二級	832. 裏	lǐ	一級

833.	禮	lǐ	一級	871.	龍	lóng	一級
834.	力	lì	一級	872.	籠	lóng	三級
835.	粒	lì	二級	873.	隆	lóng	三級
836.	立	lì	一級	874.	樓	lóu	一級
837.	例	lì	一級	875.	摟	lǒu	三級
838.	利	lì	二級	876.	露	lòu	二級
839.	屬	lì	二級	877.	路	lù	一級
840.	歷	lì	二級	878.	露	lù	二級
841.	連	lián	一級	879.	錄	lù	三級
842.	聯	lián	二級	880.	陸	lù	三級
843.	臉	liǎn	二級	881.	旅	lǚ	一級
844.	練	liàn	一級	882.	綠	lǜ	一級
845.	涼	liáng	一級	883.	率	lǜ	三級
846.	糧	liáng	二級	884.	卵	luǎn	二級
847.	兩	liǎng	二級	885.	亂	luàn	二級
848.	諒	liàng	二級	886.	輪	lún	二級
849.	輛	liàng	二級	887.	論	lùn	二級
850.	潦	liáo	二級	888.	落	luò	一級
851.	聊	liáo	三級	889.	駱	luò	二級
852.	了	liǎo	二級	890.	抹	mā	二級
853.	料	liào	二級	891.	麻	má	二級
854.	獵	liè	二級	892.	螞	mǎ	一級
855.	裂	liè	三級	893.	馬	mǎ	一級
856.	烈	liè	二級	894.	碼	mǎ	二級
857.	臨	lín	三級	895.	罵	mà	二級
858.	鄰	lín	二級	896.	埋	mái	二級
859.	鈴	líng	一級	897.	買	mǎi	一級
860.	菱	líng	二級	898.	賣	mài	一級
861.	零	líng	二級	899.	脈	mài	三級
862.	靈	líng	二級	900.	邁	mài	三級
863.	玲	líng	三級	901.	滿	mǎn	二級
864.	凌	líng	三級	902.	漫	màn	二級
865.	領	lǐng	二級	903.	忙	máng	二級
866.	另	lìng	二級	904.	盲	máng	三級
867.	溜	liū	三級	905.	貓	māo	一級
868.	留	liú	二級	906.	毛	máo	一級
869.	流	liú	二級	907.	矛	máo	三級
870.	溜	liù	三級	908.	沒	méi	一級

909. 眉	méi	二級	947. 模	mó	二級
910. 梅	méi	二級	948. 蘑	mó	二級
911. 枚	méi	三級	949. 魔	mó	二級
912. 媒	méi	三級	950. 摩	mó	三級
913. 美	měi	一級	951. 陌	mò	二級
914. 每	měi	二級	952. 末	mò	三級
915. 妹	mèi	一級	953. 墨	mò	三級
916. 魅	mèi	三級	954. 謀	móu	三級
917. 悶	mēn	二級	955. 模	mú	三級
918. 門	mén	一級	956. 母	mǔ	一級
919. 悶	mèn	三級	957. 拇	mǔ	三級
920. 萌	méng	三級	958. 木	mù	一級
921. 蒙	méng	三級	959. 目	mù	一級
922. 猛	měng	三級	960. 牧	mù	三級
923. 夢	mèng	二級	961. 幕	mù	三級
924. 迷	mí	一級	962. 拿	ná	一級
925. 謎	mí	二級	963. 哪	nǎ	二級
926. 彌	mí	三級	964. 那	nà	一級
927. 米	mǐ	一級	965. 奶	nǎi	一級
928. 蜜	mì	一級	966. 乃	nǎi	三級
929. 密	mì	二級	967. 耐	nài	二級
930. 祕	mì	三級	968. 男	nán	一級
931. 棉	miǎn	二級	969. 南	nán	一級
932. 免	miǎn	三級	970. 難	nán	一級
933. 勉	miàn	一級	971. 難	nàn	三級
934. 麵	miàn	一級	972. 腦	nǎo	一級
935. 面	miàn	三級	973. 鬧	nào	二級
936. 苗	miáo	三級	974. 內	nèi	一級
937. 描	miáo	三級	975. 嫩	nèn	三級
938. 瞄	miǎo	二級	976. 能	néng	一級
939. 秒	miǎo	三級	977. 泥	ní	二級
940. 渺	miǎo	二級	978. 你	nǐ	一級
941. 民	mín	二級	979. 逆	nì	三級
942. 敏	mǐn	三級	980. 溺	nì	三級
943. 名	míng	一級	981. 年	nián	一級
944. 明	míng	一級	982. 黏	nián	三級
945. 命	mìng	二級	983. 唸	niàn	二級
946. 摸	mō	二級	984. 鳥	niǎo	一級

985.	尿	niào	二級	1023.	佩	pèi	二級
986.	捏	niē	三級	1024.	噴	pēn	二級
987.	您	nín	二級	1025.	盆	pén	二級
988.	檸	níng	二級	1026.	烹	pēng	三級
989.	凝	níng	三級	1027.	朋	péng	一級
990.	寧	níng	三級	1028.	棚	péng	三級
991.	寧	nìng	三級	1029.	蓬	péng	三級
992.	牛	niú	一級	1030.	膨	péng	三級
993.	農	nóng	二級	1031.	捧	pěng	二級
994.	濃	nóng	二級	1032.	碰	pèng	二級
995.	努	nǔ	一級	1033.	批	pī	二級
996.	怒	nù	三級	1034.	皮	pí	一級
997.	女	nǚ	一級	1035.	疲	pí	二級
998.	暖	nuǎn	二級	1036.	脾	pí	二級
999.	毆	ōu	三級	1037.	屁	pì	二級
1000.	偶	ǒu	二級	1038.	偏	piān	二級
1001.	嘔	ǒu	三級	1039.	篇	piān	三級
1002.	趴	pā	三級	1040.	便	pián	二級
1003.	爬	pá	二級	1041.	片	piàn	一級
1004.	怕	pà	一級	1042.	騙	piàn	三級
1005.	拍	pāi	一級	1043.	飄	piāo	二級
1006.	牌	pái	二級	1044.	漂	piào	二級
1007.	排	pái	二級	1045.	撇	piě	三級
1008.	派	pài	二級	1046.	拼	pīn	二級
1009.	攀	pān	三級	1047.	貧	pín	二級
1010.	盤	pán	二級	1048.	頻	pín	三級
1011.	盼	pàn	二級	1049.	品	pǐn	二級
1012.	判	pàn	二級	1050.	平	píng	一級
1013.	旁	páng	二級	1051.	蘋	píng	一級
1014.	龐	páng	三級	1052.	瓶	píng	二級
1015.	胖	pàng	二級	1053.	評	píng	二級
1016.	拋	pāo	三級	1054.	婆	pó	一級
1017.	跑	pǎo	一級	1055.	迫	pò	三級
1018.	炮	pào	三級	1056.	破	pò	一級
1019.	培	péi	二級	1057.	鋪	pū	三級
1020.	陪	péi	二級	1058.	撲	pū	三級
1021.	賠	péi	三級	1059.	普	pǔ	一級
1022.	配	pèi	二級	1060.	模	pǔ	三級

1061.	鋪	pù	三級	1099.	悄	qiāo	二級
1062.	瀑	pù	三級	1100.	瞧	qiáo	三級
1063.	七	qī	一級	1101.	巧	qiǎo	二級
1064.	期	qī	一級	1102.	茄	qié	三級
1065.	妻	qī	二級	1103.	切	qiè	二級
1066.	欺	qī	二級	1104.	親	qīn	二級
1067.	漆	qī	三級	1105.	侵	qīn	三級
1068.	其	qí	二級	1106.	琴	qín	二級
1069.	奇	qí	一級	1107.	勤	qín	二級
1070.	棋	qí	二級	1108.	青	qīng	一級
1071.	旗	qí	二級	1109.	輕	qīng	一級
1072.	歧	qí	三級	1110.	清	qīng	一級
1073.	祈	qí	三級	1111.	傾	qīng	三級
1074.	起	qǐ	一級	1112.	情	qíng	一級
1075.	企	qǐ	一級	1113.	晴	qíng	一級
1076.	乞	qǐ	三級	1114.	請	qǐng	一級
1077.	啟	qǐ	三級	1115.	慶	qìng	二級
1078.	汽	qì	一級	1116.	窮	qióng	二級
1079.	氣	qì	一級	1117.	秋	qiū	一級
1080.	器	qì	二級	1118.	球	qiú	一級
1081.	恰	qià	二級	1119.	求	qiú	二級
1082.	千	qiān	一級	1120.	曲	qū	二級
1083.	牽	qiān	二級	1121.	區	qū	二級
1084.	簽	qiān	二級	1122.	屈	qū	三級
1085.	謙	qiān	三級	1123.	趨	qū	三級
1086.	鉛	qiān	一級	1124.	渠	qú	三級
1087.	遷	qiān	三級	1125.	曲	qǔ	二級
1088.	前	qián	一級	1126.	取	qǔ	二級
1089.	錢	qián	一級	1127.	趣	qù	一級
1090.	潛	qián	三級	1128.	去	qù	一級
1091.	欠	qiàn	二級	1129.	圈	quān	二級
1092.	歉	qiàn	三級	1130.	全	quán	二級
1093.	槍	qiāng	二級	1131.	泉	quán	二級
1094.	強	qiáng	二級	1132.	權	quán	二級
1095.	牆	qiáng	二級	1133.	拳	quán	二級
1096.	搶	qiǎng	二級	1134.	勸	quàn	二級
1097.	強	qiǎng	三級	1135.	缺	quē	二級
1098.	敲	qiāo	二級	1136.	卻	què	一級

1137.	確	què	一級	1175.	色	sè	一級
1138.	羣	qún	二級	1176.	森	sēn	一級
1139.	裙	qún	二級	1177.	沙	shā	一級
1140.	然	rán	一級	1178.	殺	shā	一級
1141.	讓	ràng	二級	1179.	紗	shā	二級
1142.	繞	rào	三級	1180.	傻	shǎ	二級
1143.	惹	rě	三級	1181.	山	shān	一級
1144.	熱	rè	一級	1182.	衫	shān	二級
1145.	人	rén	一級	1183.	閃	shǎn	二級
1146.	仁	rén	三級	1184.	扇	shàn	二級
1147.	忍	rěn	二級	1185.	善	shàn	二級
1148.	認	rèn	一級	1186.	擅	shàn	三級
1149.	任	rèn	二級	1187.	膳	shàn	三級
1150.	扔	rēng	三級	1188.	傷	shāng	一級
1151.	仍	réng	二級	1189.	商	shāng	二級
1152.	日	rì	一級	1190.	上	shàng	一級
1153.	容	róng	二級	1191.	燒	shāo	二級
1154.	榮	róng	二級	1192.	稍	shāo	三級
1155.	融	róng	三級	1193.	勺	sháo	三級
1156.	柔	róu	二級	1194.	少	shǎo	一級
1157.	肉	ròu	一級	1195.	少	shào	二級
1158.	如	rú	二級	1196.	哨	shào	二級
1159.	乳	rǔ	三級	1197.	舌	shé	二級
1160.	入	rù	一級	1198.	捨	shě	二級
1161.	軟	ruǎn	二級	1199.	社	shè	二級
1162.	若	ruò	二級	1200.	設	shè	二級
1163.	弱	ruò	二級	1201.	攝	shè	三級
1164.	撒	sā	三級	1202.	射	shè	三級
1165.	撒	sǎ	三級	1203.	涉	shè	三級
1166.	塞	sāi	二級	1204.	申	shēn	二級
1167.	賽	sài	二級	1205.	身	shēn	一級
1168.	三	sān	一級	1206.	深	shēn	一級
1169.	傘	sǎn	一級	1207.	神	shén	二級
1170.	散	sǎn	三級	1208.	甚	shén	一級
1171.	散	sàn	二級	1209.	審	shěn	三級
1172.	嗓	sǎng	三級	1210.	甚	shèn	三級
1173.	喪	sàng	三級	1211.	慎	shèn	三級
1174.	掃	sǎo	二級	1212.	生	shēng	一級

1213.	聲	shēng	一級	1251.	輸	shū	二級
1214.	升	shēng	三級	1252.	抒	shū	三級
1215.	繩	shéng	二級	1253.	舒	shū	三級
1216.	勝	shèng	二級	1254.	熟	shú	二級
1217.	盛	shèng	三級	1255.	數	shǔ	二級
1218.	師	shī	一級	1256.	鼠	shǔ	三級
1219.	詩	shī	二級	1257.	數	shù	一級
1220.	濕	shī	二級	1258.	樹	shù	一級
1221.	失	shī	一級	1259.	刷	shuā	二級
1222.	石	shí	一級	1260.	耍	shuǎ	三級
1223.	實	shí	二級	1261.	摔	shuāi	二級
1224.	識	shí	二級	1262.	衰	shuāi	三級
1225.	食	shí	一級	1263.	甩	shuǎi	三級
1226.	時	shí	一級	1264.	率	shuài	三級
1227.	使	shǐ	二級	1265.	雙	shuāng	三級
1228.	始	shǐ	一級	1266.	誰	shuí	二級
1229.	事	shì	一級	1267.	水	shuǐ	一級
1230.	是	shì	一級	1268.	睡	shuì	一級
1231.	世	shì	二級	1269.	順	shùn	二級
1232.	視	shì	二級	1270.	瞬	shùn	三級
1233.	試	shì	二級	1271.	說	shuō	一級
1234.	適	shì	二級	1272.	思	sī	一級
1235.	室	shì	三級	1273.	司	sī	二級
1236.	釋	shì	三級	1274.	私	sī	二級
1237.	市	shì	一級	1275.	絲	sī	三級
1238.	示	shì	三級	1276.	死	sǐ	一級
1239.	逝	shì	三級	1277.	四	sì	一級
1240.	勢	shì	三級	1278.	似	sì	二級
1241.	收	shōu	一級	1279.	飼	sì	二級
1242.	手	shǒu	一級	1280.	寺	sì	三級
1243.	首	shǒu	二級	1281.	松	sōng	二級
1244.	受	shòu	二級	1282.	送	sòng	一級
1245.	瘦	shòu	二級	1283.	艘	sōu	二級
1246.	壽	shòu	三級	1284.	俗	sú	三級
1247.	書	shū	一級	1285.	速	sù	二級
1248.	叔	shū	二級	1286.	訴	sù	二級
1249.	梳	shū	二級	1287.	素	sù	三級
1250.	蔬	shū	二級	1288.	宿	sù	三級

1289.	塑	sù	三級	1327.	替	tì	二級
1290.	酸	suān	二級	1328.	天	tiān	一級
1291.	算	suàn	二級	1329.	甜	tián	二級
1292.	雖	suī	二級	1330.	填	tián	二級
1293.	隨	suí	二級	1331.	田	tián	一級
1294.	碎	suì	二級	1332.	挑	tiāo	三級
1295.	歲	suì	一級	1333.	條	tiáo	二級
1296.	縮	suō	二級	1334.	調	tiáo	二級
1297.	所	suǒ	一級	1335.	挑	tiǎo	三級
1298.	鎖	suǒ	三級	1336.	跳	tiào	一級
1299.	孫	sūn	二級	1337.	貼	tiē	二級
1300.	損	sǔn	二級	1338.	鐵	tiě	三級
1301.	它	tā	一級	1339.	聽	tīng	一級
1302.	他	tā	一級	1340.	停	tíng	一級
1303.	她	tā	一級	1341.	通	tōng	一級
1304.	台	tái	一級	1342.	童	tóng	二級
1305.	態	tài	二級	1343.	銅	tóng	三級
1306.	太	tài	一級	1344.	同	tóng	一級
1307.	貪	tān	三級	1345.	桶	tǒng	二級
1308.	談	tán	二級	1346.	統	tǒng	三級
1309.	坦	tǎn	三級	1347.	統	tǒng	三級
1310.	歎	tàn	二級	1348.	痛	tòng	二級
1311.	探	tàn	三級	1349.	偷	tōu	二級
1312.	湯	tāng	二級	1350.	投	tóu	二級
1313.	躺	tǎng	二級	1351.	頭	tóu	一級
1314.	糖	táng	二級	1352.	透	tòu	二級
1315.	燙	tàng	三級	1353.	突	tū	二級
1316.	桃	táo	二級	1354.	圖	tú	一級
1317.	逃	táo	二級	1355.	徒	tú	三級
1318.	淘	táo	三級	1356.	途	tú	三級
1319.	陶	táo	三級	1357.	土	tǔ	一級
1320.	討	tǎo	二級	1358.	吐	tǔ	二級
1321.	套	tào	二級	1359.	吐	tù	二級
1322.	特	tè	二級	1360.	兔	tù	二級
1323.	疼	téng	二級	1361.	團	tuán	二級
1324.	踢	tī	二級	1362.	推	tuī	二級
1325.	題	tí	一級	1363.	腿	tuǐ	三級
1326.	提	tí	二級	1364.	退	tuì	二級

1365. 妥	tuǒ	三級	1403. 為	wèi	一級	
1366. 挖	wā	二級	1404. 溫	wēn	二級	
1367. 娃	wá	二級	1405. 聞	wén	二級	
1368. 襪	wà	二級	1406. 文	wén	一級	
1369. 歪	wāi	三級	1407. 問	wèn	一級	
1370. 外	wài	一級	1408. 嗡	wēng	三級	
1371. 彎	wān	二級	1409. 我	wǒ	一級	
1372. 完	wán	一級	1410. 握	wò	二級	
1373. 玩	wán	一級	1411. 屋	wū	二級	
1374. 頑	wán	三級	1412. 烏	wū	二級	
1375. 晚	wǎn	一級	1413. 無	wú	二級	
1376. 碗	wǎn	二級	1414. 五	wǔ	一級	
1377. 挽	wǎn	三級	1415. 舞	wǔ	一級	
1378. 萬	wàn	二級	1416. 武	wǔ	二級	
1379. 王	wáng	一級	1417. 物	wù	一級	
1380. 往	wǎng	二級	1418. 誤	wù	三級	
1381. 網	wǎng	二級	1419. 西	xī	一級	
1382. 忘	wàng	一級	1420. 希	xī	一級	
1383. 望	wàng	二級	1421. 吸	xī	二級	
1384. 危	wēi	二級	1422. 稀	xī	三級	
1385. 微	wēi	二級	1423. 犧	xī	三級	
1386. 威	wēi	三級	1424. 習	xí	一級	
1387. 為	wéi	二級	1425. 襲	xí	三級	
1388. 圍	wéi	二級	1426. 洗	xǐ	一級	
1389. 違	wéi	三級	1427. 喜	xǐ	一級	
1390. 維	wéi	三級	1428. 細	xì	二級	
1391. 唯	wéi	三級	1429. 系	xì	三級	
1392. 尾	wěi	二級	1430. 戲	xì	三級	
1393. 偉	wěi	二級	1431. 心	xīn	一級	
1394. 委	wěi	三級	1432. 新	xīn	一級	
1395. 喂	wèi	一級	1433. 辛	xīn	二級	
1396. 未	wèi	二級	1434. 欣	xīn	二級	
1397. 味	wèi	二級	1435. 信	xìn	一級	
1398. 胃	wèi	二級	1436. 星	xīng	二級	
1399. 衛	wèi	二級	1437. 興	xīng	二級	
1400. 餵	wèi	二級	1438. 行	xíng	二級	
1401. 慰	wèi	三級	1439. 形	xíng	二級	
1402. 位	wèi	一級	1440. 醒	xǐng	二級	

1441. 性	xìng	一級	1479. 協	xié	三級
1442. 興	xìng	一級	1480. 斜	xié	三級
1443. 姓	xìng	二級	1481. 寫	xiě	一級
1444. 幸	xìng	二級	1482. 謝	xiè	一級
1445. 瞎	xiā	二級	1483. 兇	xiōng	二級
1446. 狹	xiá	三級	1484. 兄	xiōng	一級
1447. 下	xià	二級	1485. 洶	xiōng	三級
1448. 夏	xià	一級	1486. 熊	xióng	一級
1449. 先	xiān	一級	1487. 雄	xióng	三級
1450. 仙	xiān	二級	1488. 休	xiū	二級
1451. 鮮	xiān	一級	1489. 修	xiū	二級
1452. 鮮	xiǎn	三級	1490. 秀	xiù	二級
1453. 顯	xiǎn	三級	1491. 袖	xiù	二級
1454. 現	xiàn	一級	1492. 虛	xū	二級
1455. 線	xiàn	二級	1493. 需	xū	二級
1456. 羨	xiàn	三級	1494. 許	xǔ	二級
1457. 限	xiàn	三級	1495. 敍	xù	三級
1458. 香	xiāng	一級	1496. 宣	xuān	三級
1459. 鄉	xiāng	二級	1497. 旋	xuán	三級
1460. 箱	xiāng	二級	1498. 懸	xuán	三級
1461. 相	xiāng	一級	1499. 選	xuǎn	二級
1462. 詳	xiáng	二級	1500. 學	xué	一級
1463. 想	xiǎng	一級	1501. 雪	xuě	一級
1464. 享	xiǎng	二級	1502. 血	xuè	二級
1465. 響	xiǎng	二級	1503. 尋	xún	二級
1466. 向	xiàng	二級	1504. 詢	xún	二級
1467. 相	xiàng	二級	1505. 巡	xún	三級
1468. 象	xiàng	二級	1506. 訓	xùn	二級
1469. 項	xiàng	二級	1507. 迅	xùn	三級
1470. 像	xiàng	二級	1508. 鴨	yā	一級
1471. 嚮	xiàng	三級	1509. 壓	yā	二級
1472. 消	xiāo	二級	1510. 牙	yá	一級
1473. 銷	xiāo	三級	1511. 亞	yà	二級
1474. 小	xiǎo	一級	1512. 煙	yān	二級
1475. 校	xiào	一級	1513. 淹	yān	三級
1476. 笑	xiào	一級	1514. 言	yán	一級
1477. 效	xiào	二級	1515. 延	yán	二級
1478. 鞋	xié	二級	1516. 沿	yán	二級

1517. 炎	yán	二級	1555. 衣	yī	一級
1518. 研	yán	二級	1556. 移	yí	二級
1519. 顏	yán	二級	1557. 疑	yí	二級
1520. 嚴	yán	二級	1558. 儀	yí	二級
1521. 鹽	yán	二級	1559. 遺	yí	三級
1522. 巖	yán	三級	1560. 已	yǐ	一級
1523. 眼	yǎn	一級	1561. 以	yǐ	二級
1524. 演	yǎn	二級	1562. 椅	yǐ	二級
1525. 掩	yǎn	三級	1563. 意	yì	一級
1526. 宴	yàn	三級	1564. 異	yì	三級
1527. 厭	yàn	三級	1565. 億	yì	三級
1528. 驗	yàn	三級	1566. 毅	yì	三級
1529. 羊	yáng	一級	1567. 藝	yì	三級
1530. 陽	yáng	一級	1568. 義	yì	三級
1531. 養	yǎng	二級	1569. 議	yì	三級
1532. 樣	yàng	二級	1570. 音	yīn	一級
1533. 要	yāo	二級	1571. 陰	yīn	二級
1534. 腰	yāo	二級	1572. 因	yīn	二級
1535. 邀	yāo	二級	1573. 銀	yín	一級
1536. 妖	yāo	三級	1574. 飲	yǐn	二級
1537. 搖	yáo	二級	1575. 引	yǐn	一級
1538. 遙	yáo	二級	1576. 隱	yǐn	三級
1539. 謠	yáo	三級	1577. 印	yìn	二級
1540. 咬	yǎo	二級	1578. 嬰	yīng	二級
1541. 要	yào	一級	1579. 應	yīng	二級
1542. 藥	yào	一級	1580. 英	yīng	一級
1543. 耀	yào	三級	1581. 迎	yíng	一級
1544. 爺	yé	一級	1582. 贏	yíng	三級
1545. 也	yě	一級	1583. 營	yíng	三級
1546. 野	yě	二級	1584. 影	yǐng	一級
1547. 夜	yè	一級	1585. 應	yìng	三級
1548. 頁	yè	二級	1586. 擁	yōng	二級
1549. 業	yè	二級	1587. 永	yǒng	二級
1550. 葉	yè	二級	1588. 勇	yǒng	二級
1551. 液	yè	三級	1589. 用	yòng	一級
1552. 醫	yī	一級	1590. 優	yōu	二級
1553. 一	yī	一級	1591. 悠	yōu	三級
1554. 依	yī	三級	1592. 油	yóu	一級

1593. 由	yóu	二級		1631. 越	yuè	二級	
1594. 遊	yóu	二級		1632. 樂	yuè	三級	
1595. 郵	yóu	二級		1633. 閱	yuè	三級	
1596. 游	yóu	二級		1634. 雲	yún	一級	
1597. 遊	yóu	二級		1635. 允	yǔn	三級	
1598. 魷	yóu	二級		1636. 運	yùn	二級	
1599. 尤	yóu	三級		1637. 雜	zá	二級	
1600. 猶	yóu	三級		1638. 栽	zāi	二級	
1601. 友	yǒu	一級		1639. 災	zāi	三級	
1602. 有	yǒu	一級		1640. 再	zài	一級	
1603. 右	yòu	一級		1641. 在	zài	一級	
1604. 幼	yòu	二級		1642. 暫	zàn	二級	
1605. 誘	yòu	三級		1643. 贊	zàn	二級	
1606. 魚	yú	一級		1644. 讚	zàn	二級	
1607. 於	yú	二級		1645. 遭	zāo	二級	
1608. 愉	yú	二級		1646. 早	zǎo	一級	
1609. 漁	yú	二級		1647. 造	zào	一級	
1610. 娛	yú	三級		1648. 噪	zào	三級	
1611. 雨	yǔ	一級		1649. 責	zé	二級	
1612. 語	yǔ	一級		1650. 怎	zěn	二級	
1613. 羽	yǔ	二級		1651. 增	zēng	二級	
1614. 與	yǔ	二級		1652. 贈	zèng	三級	
1615. 宇	yǔ	三級		1653. 炸	zhá	二級	
1616. 玉	yù	二級		1654. 炸	zhà	二級	
1617. 浴	yù	二級		1655. 詐	zhà	三級	
1618. 寓	yù	二級		1656. 摘	zhāi	二級	
1619. 遇	yù	二級		1657. 窄	zhǎi	二級	
1620. 預	yù	二級		1658. 債	zhài	二級	
1621. 冤	yuān	三級		1659. 展	zhǎn	二級	
1622. 原	yuán	一級		1660. 嶄	zhǎn	三級	
1623. 園	yuán	一級		1661. 佔	zhàn	二級	
1624. 圓	yuán	一級		1662. 戰	zhàn	二級	
1625. 元	yuán	二級		1663. 張	zhāng	一級	
1626. 遠	yuǎn	一級		1664. 章	zhāng	二級	
1627. 院	yuàn	二級		1665. 長	zhǎng	二級	
1628. 願	yuàn	二級		1666. 掌	zhǎng	二級	
1629. 約	yuē	二級		1667. 丈	zhàng	二級	
1630. 月	yuè	一級		1668. 障	zhàng	三級	

1669. 招	zhāo	二級	1707. 職	zhí	二級
1670. 着	zháo	二級	1708. 執	zhí	三級
1671. 爪	zhǎo	二級	1709. 只	zhǐ	一級
1672. 照	zhào	一級	1710. 紙	zhǐ	一級
1673. 召	zhào	二級	1711. 指	zhǐ	二級
1674. 折	zhé	二級	1712. 至	zhì	二級
1675. 這	zhè	一級	1713. 制	zhì	二級
1676. 真	zhēn	一級	1714. 治	zhì	二級
1677. 珍	zhēn	二級	1715. 秩	zhì	二級
1678. 針	zhēn	二級	1716. 智	zhì	二級
1679. 枕	zhěn	二級	1717. 製	zhì	二級
1680. 振	zhèn	二級	1718. 質	zhì	三級
1681. 震	zhèn	二級	1719. 中	zhōng	一級
1682. 鎮	zhèn	二級	1720. 終	zhōng	一級
1683. 征	zhēng	二級	1721. 鐘	zhōng	二級
1684. 爭	zhēng	二級	1722. 忠	zhōng	三級
1685. 蒸	zhēng	二級	1723. 衷	zhōng	三級
1686. 睜	zhēng	三級	1724. 種	zhǒng	二級
1687. 掙	zhēng	三級	1725. 重	zhòng	一級
1688. 徵	zhēng	三級	1726. 種	zhòng	二級
1689. 整	zhěng	一級	1727. 眾	zhòng	三級
1690. 正	zhèng	一級	1728. 周	zhōu	二級
1691. 鄭	zhèng	二級	1729. 晝	zhòu	三級
1692. 證	zhèng	二級	1730. 皺	zhòu	二級
1693. 掙	zhèng	三級	1731. 逐	zhú	二級
1694. 政	zhèng	三級	1732. 竹	zhú	三級
1695. 症	zhèng	三級	1733. 主	zhǔ	一級
1696. 支	zhī	一級	1734. 煮	zhǔ	二級
1697. 知	zhī	一級	1735. 住	zhù	一級
1698. 之	zhī	二級	1736. 助	zhù	一級
1699. 枝	zhī	二級	1737. 注	zhù	一級
1700. 芝	zhī	二級	1738. 祝	zhù	二級
1701. 隻	zhī	二級	1739. 著	zhù	二級
1702. 織	zhī	二級	1740. 註	zhù	三級
1703. 脂	zhī	三級	1741. 抓	zhuā	二級
1704. 直	zhí	二級	1742. 爪	zhuǎ	三級
1705. 值	zhí	二級	1743. 專	zhuān	一級
1706. 植	zhí	二級	1744. 轉	zhuǎn	二級

1745.	轉	zhuàn	二級	1765.	綜	zōng	三級
1746.	傳	zhuàn	三級	1766.	總	zǒng	二級
1747.	裝	zhuāng	二級	1767.	走	zǒu	二級
1748.	莊	zhuāng	三級	1768.	祖	zǔ	一級
1749.	壯	zhuàng	二級	1769.	組	zǔ	一級
1750.	撞	zhuàng	二級	1770.	阻	zǔ	二級
1751.	幢	zhuàng	三級	1771.	鑽	zuān	三級
1752.	追	zhuī	一級	1772.	嘴	zuǐ	一級
1753.	準	zhǔn	一級	1773.	最	zuì	一級
1754.	桌	zhuō	一級	1774.	罪	zuì	二級
1755.	捉	zhuō	二級	1775.	醉	zuì	三級
1756.	着	zhuó	三級	1776.	昨	zuó	一級
1757.	姿	zī	二級	1777.	左	zuǒ	一級
1758.	滋	zī	三級	1778.	作	zuò	一級
1759.	資	zī	三級	1779.	坐	zuò	一級
1760.	子	zǐ	一級	1780.	做	zuò	一級
1761.	紫	zǐ	二級	1781.	座	zuò	一級
1762.	自	zì	一級	1782.	尊	zūn	二級
1763.	字	zì	一級	1783.	遵	zūn	二級
1764.	宗	zōng	三級				

多音節詞語表（按級別排列）

一級多音節詞語（549 個）

1.	阿姨	ā yí	35.	必須	bì xū
2.	愛國	ài guó	36.	變化	biàn huà
3.	愛惜	ài xī	37.	表達	biǎo dá
4.	安排	ān pái	38.	表面	biǎo miàn
5.	安靜	ān jìng	39.	表情	biǎo qíng
6.	安全	ān quán	40.	表示	biǎo shì
7.	安心	ān xīn	41.	表現	biǎo xiàn
8.	巴士	bā shì	42.	表揚	biǎo yáng
9.	爸爸	bà ba	43.	別有用心	bié yǒu yòng xīn
10.	白天	bái tiān	44.	病人	bìng rén
11.	白菜	bái cài	45.	伯父	bó fù
12.	白色	bái sè	46.	伯母	bó mǔ
13.	班級	bān jí	47.	不成	bù chéng
14.	班主任	bān zhǔ rèn	48.	不過	bù guò
15.	半空	bàn kōng	49.	不如	bù rú
16.	半夜	bàn yè	50.	不惜	bù xī
17.	辦法	bàn fǎ	51.	不許	bù xǔ
18.	包圍	bāo wéi	52.	不用	bù yòng
19.	包裝	bāo zhuāng	53.	彩虹	cǎi hóng
20.	保險	bǎo xiǎn	54.	彩色	cǎi sè
21.	寶貝	bǎo bèi	55.	參考	cān kǎo
22.	寶石	bǎo shí	56.	草叢	cǎo cóng
23.	報復	bào·fù	57.	測試	cè shì
24.	報考	bào kǎo	58.	測驗	cè yàn
25.	杯子	bēi zi	59.	茶葉	chá yè
26.	北京	Běi jīng	60.	長度	cháng dù
27.	背後	bèi hòu	61.	常識	cháng shí
28.	背誦	bèi sòng	62.	常用	cháng yòng
29.	被子	bèi zi	63.	場合	chǎng hé
30.	本領	běn lǐng	64.	超級	chāo jí
31.	本人	běn rén	65.	超人	chāo rén
32.	鼻子	bí zi	66.	車站	chē zhàn
33.	比喻	bǐ yù	67.	成就	chéng jiù
34.	必定	bì dìng	68.	成熟	chéng shú

69.	成員	chéng yuán	107.	地方	dì fang
70.	乘坐	chéng zuò	108.	地區	dì qū
71.	吃飯	chī fàn	109.	地鐵	dì tiě
72.	遲到	chí dào	110.	地下	dì xià
73.	尺寸	chǐ cùn	111.	地址	dì zhǐ
74.	出醜	chū chǒu	112.	弟弟	dì di
75.	出口	chū kǒu	113.	電車	diàn chē
76.	出賣	chū mài	114.	電燈	diàn dēng
77.	出名	chū míng	115.	電話	diàn huà
78.	出席	chū xí	116.	電力	diàn lì
79.	春風	chūn fēng	117.	電視	diàn shì
80.	春光	chūn guāng	118.	冬天	dōng tiān
81.	詞語	cí yǔ	119.	東方	dōng fāng
82.	從而	cóng ér	120.	動手	dòng shǒu
83.	從來	cóng lái	121.	動物	dòng wù
84.	粗心	cū xīn	122.	動作	dòng zuò
85.	打工	dǎ gōng	123.	豆腐	dòu fu
86.	大地	dà dì	124.	讀書	dú shū
87.	大家	dà jiā	125.	肚子	dù zi
88.	大門	dà mén	126.	隊員	duì yuán
89.	大人	dà rén	127.	對不起	duì bu qǐ
90.	大小	dà xiǎo	128.	對話	duì huà
91.	大學	dà xué	129.	多麼	duō me
92.	大衣	dà yī	130.	多少	duō shao
93.	大約	dà yuē	131.	多謝	duō xiè
94.	代表	dài biǎo	132.	恩人	ēn rén
95.	單一	dān yī	133.	兒女	ér nǚ
96.	單元	dān yuán	134.	兒童	ér tóng
97.	但是	dàn shì	135.	發生	fā shēng
98.	蛋糕	dàn gāo	136.	發現	fā xiàn
99.	刀子	dāo zi	137.	反對	fǎn duì
100.	道具	dào jù	138.	飯店	fàn diàn
101.	道理	dào lǐ	139.	方便	fāng biàn
102.	得到	dé dào	140.	方法	fāng fǎ
103.	登山	dēng shān	141.	方向	fāng xiàng
104.	燈光	dēng guāng	142.	房間	fáng jiān
105.	等候	děng hòu	143.	房屋	fáng wū
106.	等於	děng yú	144.	放大	fàng dà

145. 放假	fàng jià	183. 故意	gù yì
146. 放心	fàng xīn	184. 關心	guān xīn
147. 放學	fàng xué	185. 觀看	guān kàn
148. 飛機	fēi jī	186. 光亮	guāng liàng
149. 飛快	fēi kuài	187. 光明	guāng míng
150. 分工	fēn gōng	188. 廣告	guǎng gào
151. 分開	fēn kāi	189. 國家	guó jiā
152. 風景	fēng jǐng	190. 國王	guó wáng
153. 夫婦	fū fù	191. 果樹	guǒ shù
154. 服務	fú wù	192. 果汁	guǒ zhī
155. 父親	fù · qīn	193. 過度	guò dù
156. 附近	fù jìn	194. 孩子	hái zi
157. 負責	fù zé	195. 海洋	hǎi yáng
158. 改正	gǎi zhèng	196. 害怕	hài pà
159. 乾淨	gān jìng	197. 汗水	hàn shuǐ
160. 感受	gǎn shòu	198. 漢字	hàn zì
161. 感謝	gǎn xiè	199. 好處	hǎo chù
162. 剛才	gāng cái	200. 好看	hǎo kàn
163. 高大	gāo dà	201. 好像	hǎo xiàng
164. 高低	gāo dī	202. 合作	hé zuò
165. 高興	gāo xìng	203. 河流	hé liú
166. 告別	gào bié	204. 和平	hé píng
167. 哥哥	gē ge	205. 黑白	hēi bái
168. 歌詞	gē cí	206. 後果	hòu guǒ
169. 個人	gè rén	207. 後來	hòu lái
170. 更加	gèng jiā	208. 狐狸	hú li
171. 工人	gōng rén	209. 蝴蝶	hú dié
172. 工作	gōng zuò	210. 花草	huā cǎo
173. 公共	gōng gòng	211. 花朵	huā duǒ
174. 公開	gōng kāi	212. 花生	huā shēng
175. 公路	gōng lù	213. 花園	huā yuán
176. 公司	gōng sī	214. 歡樂	huān lè
177. 公園	gōng yuán	215. 歡笑	huān xiào
178. 功課	gōng kè	216. 回答	huí dá
179. 共同	gòng tóng	217. 回收	huí shōu
180. 古代	gǔ dài	218. 會員	huì yuán
181. 古老	gǔ lǎo	219. 活潑	huó pō
182. 故事	gù shi	220. 火車	huǒ chē

221.	機構	jī gòu		259.	決定	jué dìng
222.	雞蛋	jī dàn		260.	覺得	jué de
223.	急忙	jí máng		261.	卡通	kǎ tōng
224.	計劃	jì huà		262.	開放	kāi fàng
225.	加快	jiā kuài		263.	開放日	kāi fàng rì
226.	加油	jiā yóu		264.	開會	kāi huì
227.	家人	jiā rén		265.	開始	kāi shǐ
228.	家庭	jiā tíng		266.	開心	kāi xīn
229.	家長	jiā zhǎng		267.	開學	kāi xué
230.	假期	jià qī		268.	看見	kàn jiàn
231.	假日	jià rì		269.	看病	kàn bìng
232.	檢查	jiǎn chá		270.	考試	kǎo shì
233.	簡單	jiǎn dān		271.	可愛	kě ài
234.	見面	jiàn miàn		272.	可口	kě kǒu
235.	將來	jiāng lái		273.	可能	kě néng
236.	交換	jiāo huàn		274.	可怕	kě pà
237.	交通	jiāo tōng		275.	可是	kě shì
238.	腳步	jiǎo bù		276.	可以	kě yǐ
239.	教室	jiào shì		277.	客人	kè rén
240.	教師	jiào shī		278.	課本	kè běn
241.	接受	jiē shòu		279.	課堂	kè táng
242.	街道	jiē dào		280.	課外	kè wài
243.	節目	jié mù		281.	課文	kè wén
244.	節日	jié rì		282.	空氣	kōng qì
245.	姐姐	jiě jie		283.	空中	kōng zhōng
246.	今天	jīn tiān		284.	快樂	kuài lè
247.	金黃	jīn huáng		285.	來回	lái huí
248.	進入	jìn rù		286.	藍色	lán sè
249.	進行	jìn xíng		287.	朗讀	lǎng dú
250.	經常	jīng cháng		288.	朗誦	lǎng sòng
251.	經過	jīng guò		289.	老虎	lǎo hǔ
252.	景色	jǐng sè		290.	老師	lǎo shī
253.	景物	jǐng wù		291.	老鼠	lǎo shǔ
254.	居住	jū zhù		292.	冷風	lěng fēng
255.	舉行	jǔ xíng		293.	理由	lǐ yóu
256.	句子	jù zi		294.	禮貌	lǐ mào
257.	巨大	jù dà		295.	禮物	lǐ wù
258.	具有	jù yǒu		296.	力量	lì · liàng

297.	例如	lì rú	335.	年級	nián jí
298.	例子	lì zi	336.	年齡	nián líng
299.	練習	liàn xí	337.	年輕	nián qīng
300.	路口	lù kǒu	338.	牛奶	niú nǎi
301.	旅客	lǚ kè	339.	努力	nǔ lì
302.	旅行	lǚ xíng	340.	女兒	nǚ ér
303.	綠色	lǜ sè	341.	女人	nǚ rén
304.	媽媽	mā ma	342.	女生	nǚ shēng
305.	馬上	mǎ shàng	343.	跑步	pǎo bù
306.	螞蟻	mǎ yǐ	344.	朋友	péng you
307.	毛筆	máo bǐ	345.	皮膚	pí fū
308.	毛巾	máo jīn	346.	平安	píng ān
309.	沒用	méi yòng	347.	平常	píng cháng
310.	沒有	méi yǒu	348.	平靜	píng jìng
311.	美好	měi hǎo	349.	平均	píng jūn
312.	美麗	měi lì	350.	平時	píng shí
313.	美味	měi wèi	351.	蘋果	píng guǒ
314.	妹妹	mèi mei	352.	婆婆	pó po
315.	門口	mén kǒu	353.	普通	pǔ tōng
316.	迷人	mí rén	354.	普通話	pǔ tōng huà
317.	蜜蜂	mì fēng	355.	其實	qí shí
318.	麵包	miàn bāo	356.	其他	qí tā
319.	名單	míng dān	357.	奇怪	qí guài
320.	名字	míng zi	358.	企鵝	qǐ é
321.	明白	míng bai	359.	汽車	qì chē
322.	明亮	míng liàng	360.	汽水	qì shuǐ
323.	明天	míng tiān	361.	氣候	qì hòu
324.	明星	míng xīng	362.	氣味	qì wèi
325.	母親	mǔ · qīn	363.	氣溫	qì wēn
326.	目光	mù guāng	364.	鉛筆	qiān bǐ
327.	哪個	nǎ ge	365.	簽名	qiān míng
328.	哪些	nǎ xiē	366.	青草	qīng cǎo
329.	那些	nà xiē	367.	清洗	qīng xǐ
330.	那樣	nà yàng	368.	輕鬆	qīng sōng
331.	奶粉	nǎi fěn	369.	請假	qǐng jià
332.	難過	nán guò	370.	秋季	qiū jì
333.	內容	nèi róng	371.	秋天	qiū tiān
334.	能夠	néng gòu	372.	球場	qiú chǎng

373. 去年	qù nián	411. 使用	shǐ yòng
374. 全部	quán bù	412. 市民	shì mín
375. 缺點	quē diǎn	413. 事件	shì jiàn
376. 缺少	quē shǎo	414. 事情	shì qing
377. 確定	què dìng	415. 手機	shǒu jī
378. 然後	rán hòu	416. 書包	shū bāo
379. 熱愛	rè ài	417. 書本	shū běn
380. 人口	rén kǒu	418. 數字	shù zì
381. 人們	rén men	419. 樹林	shù lín
382. 人物	rén wù	420. 樹木	shù mù
383. 認真	rèn zhēn	421. 水果	shuǐ guǒ
384. 日記	rì jì	422. 睡覺	shuì jiào
385. 日期	rì qī	423. 說話	shuō huà
386. 日用	rì yòng	424. 四周	sì zhōu
387. 如果	rú guǒ	425. 所以	suǒ yǐ
388. 色彩	sè cǎi	426. 所有	suǒ yǒu
389. 森林	sēn lín	427. 太空	tài kōng
390. 沙灘	shā tān	428. 太陽	tài · yáng
391. 山水	shān shuǐ	429. 題目	tí mù
392. 商場	shāng chǎng	430. 體育	tǐ yù
393. 商店	shāng diàn	431. 天地	tiān dì
394. 傷心	shāng xīn	432. 天空	tiān kōng
395. 上班	shàng bān	433. 天氣	tiān qì
396. 上課	shàng kè	434. 跳舞	tiào wǔ
397. 上去	shàng qù	435. 通知	tōng zhī
398. 上升	shàng shēng	436. 同學	tóng xué
399. 上學	shàng xué	437. 同意	tóng yì
400. 上衣	shàng yī	438. 圖畫	tú huà
401. 少數	shǎo shù	439. 圖片	tú piàn
402. 身體	shēn tǐ	440. 土地	tǔ dì
403. 甚麼	shén me	441. 外國	wài guó
404. 生活	shēng huó	442. 外婆	wài pó
405. 生命	shēng mìng	443. 完成	wán chéng
406. 生長	shēng zhǎng	444. 玩具	wán jù
407. 聲音	shēng yīn	445. 玩笑	wán xiào
408. 失去	shī qù	446. 晚飯	wǎn fàn
409. 食物	shí wù	447. 晚上	wǎn shang
410. 時間	shí jiān	448. 忘記	wàng jì

449.	文字	wén zì	487.	一定	yī dìng
450.	問答	wèn dá	488.	一共	yī gòng
451.	希望	xī wàng	489.	一些	yī xiē
452.	習慣	xí guàn	490.	一樣	yī yàng
453.	洗澡	xǐ zǎo	491.	醫生	yī shēng
454.	喜愛	xǐ ài	492.	醫院	yī yuàn
455.	下班	xià bān	493.	已經	yǐ jīng
456.	下課	xià kè	494.	意見	yì jiàn
457.	下午	xià wǔ	495.	因為	yīn · wèi
458.	夏季	xià jì	496.	音樂	yīn yuè
459.	夏天	xià tiān	497.	銀行	yín háng
460.	先後	xiān hòu	498.	英語	yīng yǔ
461.	鮮花	xiān huā	499.	影響	yǐng xiǎng
462.	現在	xiàn zài	500.	有名	yǒu míng
463.	相同	xiāng tóng	501.	有些	yǒu xiē
464.	相信	xiāng xìn	502.	雨傘	yǔ sǎn
465.	香蕉	xiāng jiāo	503.	語言	yǔ yán
466.	小心	xiǎo · xīn	504.	玉米	yù mǐ
467.	小巴	xiǎo bā	505.	原來	yuán lái
468.	小學	xiǎo xué	506.	原諒	yuán liàng
469.	校工	xiào gōng	507.	原因	yuán yīn
470.	校園	xiào yuán	508.	月亮	yuè liang
471.	笑容	xiào róng	509.	再見	zài jiàn
472.	寫作	xiě zuò	510.	早上	zǎo shang
473.	謝謝	xiè xie	511.	造句	zào jù
474.	心情	xīn qíng	512.	長者	zhǎng zhě
475.	新年	xīn nián	513.	照片	zhào piàn
476.	信心	xìn xīn	514.	真正	zhēn zhèng
477.	行人	xíng rén	515.	整齊	zhěng qí
478.	學習	xué xí	516.	正常	zhèng cháng
479.	學校	xué xiào	517.	正確	zhèng què
480.	雪花	xuě huā	518.	知道	zhī dào
481.	鴨子	yā zi	519.	只能	zhǐ néng
482.	牙齒	yá chǐ	520.	只要	zhǐ yào
483.	陽光	yáng guāng	521.	只有	zhǐ yǒu
484.	爺爺	yé ye	522.	中間	zhōng jiān
485.	夜晚	yè wǎn	523.	中文	zhōng wén
486.	一半	yī bàn	524.	中午	zhōng wǔ

525.	中心	zhōng xīn	538.	自己	zì jǐ
526.	中學	zhōng xué	539.	自由	zì yóu
527.	終於	zhōng yú	540.	足球	zú qiú
528.	重要	zhòng yào	541.	祖父	zǔ fù
529.	主要	zhǔ yào	542.	祖國	zǔ guó
530.	注意	zhù yì	543.	祖母	zǔ mǔ
531.	專心	zhuān xīn	544.	最後	zuì hòu
532.	追趕	zhuī gǎn	545.	昨天	zuó tiān
533.	準確	zhǔn què	546.	作文	zuò wén
534.	子孫	zǐ sūn	547.	作業	zuò yè
535.	仔細	zǐ xì	548.	作者	zuò zhě
536.	字母	zì mǔ	549.	做功課	zuò gōng kè
537.	自動	zì dòng			

二級多音節詞語（1420 個）

1.	愛護	ài hù	23.	辦事	bàn shì
2.	愛人	ài ren	24.	辦事處	bàn shì chù
3.	安老院	ān lǎo yuàn	25.	幫忙	bāng máng
4.	安裝	ān zhuāng	26.	幫手	bāng shou
5.	安慰	ān wèi	27.	榜樣	bǎng yàng
6.	按鈕	àn niǔ	28.	傍晚	bàng wǎn
7.	按照	àn zhào	29.	包含	bāo hán
8.	暗暗	àn àn	30.	包括	bāo kuò
9.	八達通	Bā dá tōng	31.	包子	bāo zi
10.	八達通卡	Bā dá tōng kǎ	32.	保持	bǎo chí
11.	八卦	bā guà	33.	保存	bǎo cún
12.	八號風球	bā hào fēng qiú	34.	保管	bǎo guǎn
13.	疤痕	bā hén	35.	保健	bǎo jiàn
14.	把握	bǎ wò	36.	保姆	bǎo mǔ
15.	白領	bái lǐng	37.	保姆車	bǎo mǔ chē
16.	百貨	bǎi huò	38.	保衞	bǎo wèi
17.	拜年	bài nián	39.	保證	bǎo zhèng
18.	斑馬線	bān mǎ xiàn	40.	寶貴	bǎo guì
19.	搬家	bān jiā	41.	報到	bào dào
20.	搬運	bān yùn	42.	報刊	bào kān
21.	頒獎典禮	bān jiǎng diǎn lǐ	43.	煲電話粥	bāo diàn huà zhōu
22.	辦公室	bàn gōng shì	44.	悲傷	bēi shāng

45.	北半球	běi bàn qiú	83.	不禁	bù jīn
46.	背景	bèi jǐng	84.	不僅	bù jǐn
47.	貝殼	bèi ké	85.	不良	bù liáng
48.	奔跑	bēn pǎo	86.	不論	bù lùn
49.	本身	běn shēn	87.	不行	bù xíng
50.	本事	běn shi	88.	不幸	bù xìng
51.	笨重	bèn zhòng	89.	不要	bù yào
52.	鼻涕	bí·tì	90.	不止	bù zhǐ
53.	比例	bǐ lì	91.	步行	bù xíng
54.	必然	bì rán	92.	部隊	bù duì
55.	碧綠	bì lǜ	93.	部分	bù fen
56.	避免	bì miǎn	94.	猜測	cāi cè
57.	編排	biān pái	95.	材料	cái liào
58.	鞭炮	biān pào	96.	財產	cái chǎn
59.	便利店	biàn lì diàn	97.	裁判	cái pàn
60.	標點	biāo diǎn	98.	採訪	cǎi fǎng
61.	標記	biāo jì	99.	採取	cǎi qǔ
62.	標語	biāo yǔ	100.	採用	cǎi yòng
63.	表演	biǎo yǎn	101.	菜單	cài dān
64.	冰涼	bīng liáng	102.	參加	cān jiā
65.	冰天雪地	bīng tiān xuě dì	103.	參賽	cān sài
66.	兵器	bīng qì	104.	餐廳	cān tīng
67.	餅乾	bǐng gān	105.	慚愧	cán kuì
68.	並且	bìng qiě	106.	燦爛	càn làn
69.	病毒	bìng dú	107.	倉庫	cāng kù
70.	病房	bìng fáng	108.	倉鼠	cāng shǔ
71.	玻璃	bō li	109.	蒼白	cāng bái
72.	播放	bō fàng	110.	蒼蠅	cāng ying
73.	波濤	bō tāo	111.	操練	cāo liàn
74.	波紋	bō wén	112.	操心	cāo xīn
75.	補償	bǔ cháng	113.	草案	cǎo àn
76.	補助	bǔ zhù	114.	草地	cǎo dì
77.	不一定	bù·yī dìng	115.	草原	cǎo yuán
78.	不安	bù ān	116.	廁所	cè suǒ
79.	不必	bù bì	117.	曾經	céng jīng
80.	不錯	bù cuò	118.	叉子	chā zi
81.	不得不	bù dé bù	119.	差不多	chà bu duō
82.	不管	bù guǎn	120.	茶餐廳	chá cān tīng

121. 察覺	chá jué	159. 船隻	chuán zhī
122. 產品	chǎn pǐn	160. 傳送	chuán sòng
123. 長方形	cháng fāng xíng	161. 傳統	chuán tǒng
124. 常見	cháng jiàn	162. 窗口	chuāng kǒu
125. 場所	chǎng suǒ	163. 垂直	chuí zhí
126. 超過	chāo guò	164. 春節	chūn jié
127. 嘲笑	cháo xiào	165. 春色	chūn sè
128. 吵架	chǎo jià	166. 詞典	cí diǎn
129. 車隊	chē duì	167. 慈善	cí shàn
130. 車禍	chē huò	168. 磁鐵	cí tiě
131. 車輛	chē liàng	169. 次序	cì xù
132. 車廂	chē xiāng	170. 匆忙	cōng máng
133. 撤軍	chè jūn	171. 聰明	cōng míng
134. 成立	chéng lì	172. 從此	cóng cǐ
135. 成為	chéng wéi	173. 從事	cóng shì
136. 成長	chéng zhǎng	174. 促使	cù shǐ
137. 承受	chéng shòu	175. 村莊	cūn zhuāng
138. 城市	chéng shì	176. 村子	cūn zi
139. 乘客	chéng kè	177. 存款	cún kuǎn
140. 誠實	chéng shí	178. 錯誤	cuò wù
141. 吃苦	chī kǔ	179. 答應	dā ying
142. 翅膀	chì bǎng	180. 答案	dá àn
143. 充滿	chōng mǎn	181. 達到	dá dào
144. 充足	chōng zú	182. 打敗	dǎ bài
145. 重疊	chóng dié	183. 打扮	dǎ ban
146. 重逢	chóng féng	184. 打架	dǎ jià
147. 重新	chóng xīn	185. 打破	dǎ pò
148. 出動	chū dòng	186. 打擾	dǎ rǎo
149. 出發	chū fā	187. 打掃	dǎ sǎo
150. 出門	chū mén	188. 打算	dǎ · suàn
151. 出走	chū zǒu	189. 打仗	dǎ zhàng
152. 出租	chū zū	190. 打招呼	dǎ zhāo hu
153. 除了	chú le	191. 打針	dǎ zhēn
154. 除外	chú wài	192. 大便	dà biàn
155. 廚房	chú fáng	193. 大都	dà dōu
156. 處境	chǔ jìng	194. 大多	dà duō
157. 船夫	chuán fū	195. 大量	dà liàng
158. 船民	chuán mín	196. 大賽	dà sài

197.	大廈	dà shà	235.	點心	diǎn xin
198.	大眾	dà zhòng	236.	點心紙	diǎn xin zhǐ
199.	大自然	dà zì rán	237.	店鋪	diàn pù
200.	代價	dài jià	238.	電池	diàn chí
201.	帶領	dài lǐng	239.	電腦	diàn nǎo
202.	單車徑	dān chē jìng	240.	電器	diàn qì
203.	單詞	dān cí	241.	電梯	diàn tī
204.	單獨	dān dú	242.	電線	diàn xiàn
205.	擔心	dān xīn	243.	電影	diàn yǐng
206.	蛋卷	dàn juǎn	244.	電郵	diàn yóu
207.	當然	dāng rán	245.	電子郵件	diàn zǐ yóu jiàn
208.	當時	dāng shí	246.	電子遊戲	diàn zǐ yóu xì
209.	當時	dàng shí	247.	電子郵箱	diàn zǐ yóu xiāng
210.	當中	dāng zhōng	248.	釣魚	diào yú
211.	當作	dàng zuò	249.	碟子	dié zi
212.	導遊	dǎo yóu	250.	冬季	dōng jì
213.	到達	dào dá	251.	冬眠	dōng mián
214.	到底	dào dǐ	252.	東西	dōng xī
215.	道歉	dào qiàn	253.	東西	dōng xi
216.	得知	dé zhī	254.	懂得	dǒng · dé
217.	登記	dēng jì	255.	動人	dòng rén
218.	燈火	dēng huǒ	256.	獨特	dú tè
219.	燈籠	dēng long	257.	獨一無二	dú yī wú èr
220.	等待	děng dài	258.	獨自	dú zì
221.	等級	děng jí	259.	讀者	dú zhě
222.	的士	dī shì	260.	度假屋	dù jià wū
223.	低下	dī xià	261.	端正	duān zhèng
224.	的確	dí què	262.	鍛煉	duàn liàn
225.	笛子	dí zi	263.	隊伍	duì wu
226.	敵對	dí duì	264.	對岸	duì àn
227.	敵人	dí rén	265.	對比	duì bǐ
228.	底下	dǐ · xià	266.	對稱	duì chèn
229.	地點	dì diǎn	267.	對待	duì dài
230.	地球	dì qiú	268.	對方	duì fāng
231.	地毯	dì tǎn	269.	對面	duì miàn
232.	地圖	dì tú	270.	對手	duì shǒu
233.	典禮	diǎn lǐ	271.	對於	duì yú
234.	點頭	diǎn tóu	272.	多半	duō bàn

273. 多數	duō shù		311. 分別	fēn bié
274. 多餘	duō yú		312. 分類	fēn lèi
275. 額頭	é tóu		313. 分配	fēn pèi
276. 而且	ér qiě		314. 芬芳	fēn fāng
277. 兒子	ér zi		315. 紛紛	fēn fēn
278. 耳朵	ěr duo		316. 粉紅	fěn hóng
279. 二手	èr shǒu		317. 封面	fēng miàn
280. 發達	fā dá		318. 風車	fēng chē
281. 發抖	fā dǒu		319. 風光	fēng guāng
282. 發明	fā míng		320. 風球	fēng qiú
283. 發燒	fā shāo		321. 瘋子	fēng zi
284. 發射	fā shè		322. 豐富	fēng fù
285. 法官	fǎ guān		323. 豐收	fēng shōu
286. 髮型屋	fà xíng wū		324. 夫妻	fū qī
287. 番茄	fān qié		325. 夫人	fū · rén
288. 帆船	fān chuán		326. 敷衍	fū yǎn
289. 凡是	fán shì		327. 服從	fú cóng
290. 煩惱	fán nǎo		328. 服裝	fú zhuāng
291. 繁華	fán huá		329. 斧頭	fǔ tóu
292. 繁忙	fán máng		330. 負擔	fù dān
293. 繁榮	fán róng		331. 副學士	fù xué shì
294. 犯人	fàn rén		332. 富翁	fù wēng
295. 飯碗	fàn wǎn		333. 富裕	fù yù
296. 範圍	fàn wéi		334. 複習	fù xí
297. 方面	fāng miàn		335. 改變	gǎi biàn
298. 防止	fáng zhǐ		336. 改善	gǎi shàn
299. 房東	fáng dōng		337. 蓋子	gài zi
300. 房子	fáng zi		338. 感動	gǎn dòng
301. 訪問	fǎng wèn		339. 感覺	gǎn jué
302. 放棄	fàng qì		340. 感冒	gǎn mào
303. 放手	fàng shǒu		341. 感情	gǎn qíng
304. 飛舞	fēi wǔ		342. 趕緊	gǎn jǐn
305. 飛行	fēi xíng		343. 趕快	gǎn kuài
306. 菲傭	fēi yōng		344. 趕路	gǎn lù
307. 肥料	féi liào		345. 剛好	gāng hǎo
308. 肥胖	féi pàng		346. 鋼筆	gāng bǐ
309. 肥皂	féi zào		347. 鋼琴	gāng qín
310. 費用	fèi yong		348. 鋼鐵	gāng tiě

349.	港幣	gǎng bì	387.	鼓掌	gǔ zhǎng
350.	高手	gāo shǒu	388.	固定	gù dìng
351.	糕點	gāo diǎn	389.	故鄉	gù xiāng
352.	告訴	gào su	390.	顧客	gù kè
353.	歌唱	gē chàng	391.	拐彎	guǎi wān
354.	歌迷	gē mí	392.	關懷	guān huái
355.	歌曲	gē qǔ	393.	關於	guān yú
356.	歌手	gē shǒu	394.	觀察	guān chá
357.	歌星	gē xīng	395.	觀眾	guān zhòng
358.	鴿子	gē zi	396.	管理	guǎn lǐ
359.	隔壁	gé bì	397.	冠軍	guàn jūn
360.	各種	gè zhǒng	398.	貫穿	guàn chuān
361.	各自	gè zì	399.	罐頭	guàn tou
362.	個別	gè bié	400.	光滑	guāng huá
363.	根本	gēn běn	401.	光芒	guāng máng
364.	跟蹤	gēn zōng	402.	光線	guāng xiàn
365.	耕地	gēng dì	403.	廣播	guǎng bō
366.	更改	gēng gǎi	404.	廣場	guǎng chǎng
367.	工廠	gōng chǎng	405.	廣大	guǎng dà
368.	工具	gōng jù	406.	廣闊	guǎng kuò
369.	工業	gōng yè	407.	規定	guī dìng
370.	公尺	gōng chǐ	408.	規矩	guī ju
371.	公斤	gōng jīn	409.	歸還	guī huán
372.	公里	gōng lǐ	410.	櫃子	guì zi
373.	公平	gōng píng	411.	滾動	gǔn dòng
374.	公用	gōng yòng	412.	棍子	gùn zi
375.	公眾	gōng zhòng	413.	國歌	guó gē
376.	供應	gōng yìng	414.	國籍	guó jí
377.	恭賀	gōng hè	415.	國家主席	guó jiā zhǔ xí
378.	恭喜	gōng xǐ	416.	國旗	guó qí
379.	貢獻	gòng xiàn	417.	國慶	guó qìng
380.	構成	gòu chéng	418.	果實	guǒ shí
381.	購買	gòu mǎi	419.	果子	guǒ zi
382.	姑娘	gū niang	420.	過來	guò · lái
383.	孤獨	gū dú	421.	過敏	guò mǐn
384.	孤兒	gū ér	422.	過年	guò nián
385.	古怪	gǔ guài	423.	海報	hǎi bào
386.	骨頭	gǔ tou	424.	海灘	hǎi tān

425.	海豚	hǎi tún	463.	壞蛋	huài dàn
426.	害蟲	hài chóng	464.	懷念	huái niàn
427.	害羞	hài xiū	465.	歡呼	huān hū
428.	寒假	hán jià	466.	歡喜	huān xǐ
429.	寒冷	hán lěng	467.	歡迎	huān yíng
430.	喊叫	hǎn jiào	468.	環境	huán jìng
431.	航海	háng hǎi	469.	喚醒	huàn xǐng
432.	毫米	háo mǐ	470.	荒地	huāng dì
433.	好笑	hǎo xiào	471.	慌忙	huāng máng
434.	好意	hǎo yì	472.	慌張	huāng zhāng
435.	好奇	hào qí	473.	皇帝	huáng dì
436.	號碼	hào mǎ	474.	皇后	huáng hòu
437.	合格	hé gé	475.	黃昏	huáng hūn
438.	合理	hé lǐ	476.	黃金	huáng jīn
439.	合適	hé shì	477.	灰塵	huī chén
440.	何必	hé bì	478.	灰心	huī xīn
441.	荷花	hé huā	479.	揮手	huī shǒu
442.	盒子	hé zi	480.	回復	huí fù
443.	和藹	hé ǎi	481.	回想	huí xiǎng
444.	和尚	hé shang	482.	回鄉證	huí xiāng zhèng
445.	黑暗	hēi àn	483.	彗星	huì xīng
446.	黑板	hēi bǎn	484.	會場	huì chǎng
447.	黑夜	hēi yè	485.	活躍	huó yuè
448.	喉嚨	hóu·lóng	486.	火花	huǒ huā
449.	猴子	hóu zi	487.	火箭	huǒ jiàn
450.	後悔	hòu huǐ	488.	火熱	huǒ rè
451.	後退	hòu tuì	489.	火災	huǒ zāi
452.	呼叫	hū jiào	490.	貨幣	huò bì
453.	呼吸	hū xī	491.	貨物	huò wù
454.	忽然	hū rán	492.	獲得	huò dé
455.	胡亂	hú luàn	493.	飢餓	jī è
456.	糊塗	hú tu	494.	幾乎	jī hū
457.	互相	hù xiāng	495.	機器	jī·qì
458.	互助	hù zhù	496.	機靈	jī ling
459.	護士	hù shi	497.	積累	jī lěi
460.	花瓣	huā bàn	498.	積木	jī mù
461.	花瓶	huā píng	499.	擊敗	jī bài
462.	畫家	huà jiā	500.	及格	jí gé

501.	及時	jí shí	539.	建築	jiàn zhù
502.	即時	jí shí	540.	健康	jiàn kāng
503.	即食麵	jí shí miàn	541.	漸漸	jiàn jiàn
504.	急救	jí jiù	542.	箭頭	jiàn tóu
505.	疾病	jí bìng	543.	獎金	jiǎng jīn
506.	集合	jí hé	544.	獎品	jiǎng pǐn
507.	集中	jí zhōng	545.	講話	jiǎng huà
508.	寂寞	jì mò	546.	降落	jiàng luò
509.	季節	jì jié	547.	醬油	jiàng yóu
510.	既然	jì rán	548.	郊區	jiāo qū
511.	紀錄	jì lù	549.	郊外	jiāo wài
512.	紀律	jì lǜ	550.	郊野公園	jiāo yě gōng yuán
513.	紀念	jì niàn	551.	教書	jiāo shū
514.	計較	jì jiào	552.	驕傲	jiāo ào
515.	記得	jì · dé	553.	角落	jiǎo luò
516.	記憶	jì yì	554.	狡猾	jiǎo huá
517.	繼續	jì xù	555.	腳趾	jiǎo zhǐ
518.	加強	jiā qiáng	556.	餃子	jiǎo zi
519.	加入	jiā rù	557.	叫喊	jiào hǎn
520.	佳節	jiā jié	558.	叫喚	jiào huan
521.	家鄉	jiā xiāng	559.	教堂	jiào táng
522.	家政	jiā zhèng	560.	教育局	jiào yù jú
523.	嘉年華	jiā nián huá	561.	接近	jiē jìn
524.	假如	jiǎ rú	562.	街頭	jiē tóu
525.	價格	jià gé	563.	結實	jiē shi
526.	價錢	jià · qián	564.	結果	jié guǒ
527.	價值	jià zhí	565.	結婚	jié hūn
528.	駕駛	jià shǐ	566.	結束	jié shù
529.	肩膀	jiān bǎng	567.	節省	jié shěng
530.	堅固	jiān gù	568.	節約	jié yuē
531.	堅強	jiān qiáng	569.	潔白	jié bái
532.	堅硬	jiān yìng	570.	潔淨	jié jìng
533.	艱難	jiān nán	571.	解除	jiě chú
534.	剪刀	jiǎn dāo	572.	解答	jiě dá
535.	減少	jiǎn shǎo	573.	解決	jiě jué
536.	建設	jiàn shè	574.	解釋	jiě shì
537.	建議	jiàn yì	575.	解說	jiě shuō
538.	建造	jiàn zào	576.	介紹	jiè shào

577.	今後	jīn hòu		615.	巨人	jù rén
578.	金融	jīn róng		616.	拒絕	jù jué
579.	金屬	jīn shǔ		617.	距離	jù lí
580.	金魚	jīn yú		618.	角色	jué sè
581.	金子	jīn zi		619.	決賽	jué sài
582.	緊張	jǐn zhāng		620.	決心	jué xīn
583.	近來	jìn lái		621.	均勻	jūn yún
584.	近視	jìn shì		622.	軍隊	jūn duì
585.	進步	jìn bù		623.	軍官	jūn guān
586.	進出	jìn chū		624.	軍人	jūn rén
587.	進口	jìn kǒu		625.	卡車	kǎ chē
588.	禁區	jìn qū		626.	卡片	kǎ piàn
589.	禁止	jìn zhǐ		627.	開車	kāi chē
590.	盡力	jìn lì		628.	開除	kāi chú
591.	經驗	jīng yàn		629.	開朗	kāi lǎng
592.	精力	jīng lì		630.	開展	kāi zhǎn
593.	精美	jīng měi		631.	看法	kàn fǎ
594.	精神	jīng shen		632.	靠近	kào jìn
595.	精神	jīng shén		633.	科學	kē xué
596.	驚人	jīng rén		634.	咳嗽	ké sou
597.	警告	jǐng gào		635.	可憐	kě lián
598.	警署	jǐng shǔ		636.	可惜	kě xī
599.	警員	jǐng yuán		637.	渴望	kě wàng
600.	鏡子	jìng zi		638.	克服	kè fú
601.	競賽	jìng sài		639.	客氣	kè qi
602.	競爭	jìng zhēng		640.	客廳	kè tīng
603.	究竟	jiū jìng		641.	課程	kè chéng
604.	酒店	jiǔ diàn		642.	課室	kè shì
605.	酒家	jiǔ jiā		643.	刻苦	kè kǔ
606.	酒樓	jiǔ lóu		644.	肯定	kěn dìng
607.	救命	jiù mìng		645.	空間	kōng jiān
608.	救災	jiù zāi		646.	口袋	kǒu dai
609.	就是	jiù shì		647.	口水	kǒu shuǐ
610.	居民	jū mín		648.	口味	kǒu wèi
611.	居屋	jū wū		649.	哭泣	kū qì
612.	舉辦	jǔ bàn		650.	苦難	kǔ nàn
613.	舉報	jǔ bào		651.	褲子	kù zi
614.	舉例	jǔ lì		652.	快遞	kuài dì

653.	快活	kuài huo	691.	涼快	liáng kuai
654.	筷子	kuài zi	692.	涼鞋	liáng xié
655.	寬闊	kuān kuò	693.	糧食	liáng shi
656.	狂風	kuáng fēng	694.	潦草	liáo cǎo
657.	昆蟲	kūn chóng	695.	了不起	liǎo bu qǐ
658.	困難	kùn nan	696.	列車	liè chē
659.	括號	kuò hào	697.	烈火	liè huǒ
660.	垃圾	lā jī	698.	獵人	liè rén
661.	喇叭	lǎ ba	699.	鄰居	lín jū
662.	蠟燭	là zhú	700.	菱形	líng xíng
663.	來信	lái xìn	701.	靈活	líng huó
664.	籃球	lán qiú	702.	領帶	lǐng dài
665.	籃子	lán zi	703.	領先	lǐng xiān
666.	欄杆	lán gān	704.	另外	lìng wài
667.	浪費	làng fèi	705.	流動	liú dòng
668.	勞動	láo dòng	706.	流浪	liú làng
669.	老實	lǎo shi	707.	流水	liú shuǐ
670.	樂趣	lè qù	708.	流行	liú xíng
671.	樂意	lè yì	709.	樓梯	lóu tī
672.	樂園	lè yuán	710.	路程	lù chéng
673.	雷雨	léi yǔ	711.	路過	lù guò
674.	類別	lèi bié	712.	路人	lù rén
675.	類型	lèi xíng	713.	錄音	lù yīn
676.	冷氣	lěng qì	714.	露水	lù shuǐ
677.	冷飲	lěng yǐn	715.	旅遊	lǚ yóu
678.	黎明	lí míng	716.	輪船	lún chuán
679.	厘米	lí mǐ	717.	蘿蔔	luó bo
680.	離開	lí kāi	718.	駱駝	luò tuo
681.	理髮	lǐ fà	719.	麻煩	má fan
682.	理想	lǐ xiǎng	720.	馬鈴薯	mǎ líng shǔ
683.	禮堂	lǐ táng	721.	馬路	mǎ lù
684.	力氣	lì qi	722.	馬匹	mǎ pǐ
685.	立即	lì jí	723.	碼頭	mǎ tóu
686.	立刻	lì kè	724.	買賣	mǎi mai
687.	利用	lì yòng	725.	滿意	mǎn yì
688.	厲害	lì hai	726.	滿足	mǎn zú
689.	連忙	lián máng	727.	漫畫	màn huà
690.	聯合	lián hé	728.	貓頭鷹	māo tóu yīng

729.	毛病	máo · bìng	767.	奶奶	nǎi nai
730.	茂密	mào mì	768.	耐心	nài xīn
731.	茂盛	mào shèng	769.	耐用	nài yòng
732.	帽子	mào zi	770.	男人	nán rén
733.	沒關係	méi guān xi	771.	男子	nán zǐ
734.	玫瑰	méi gui	772.	南瓜	nán guā
735.	眉毛	méi mao	773.	難得	nán dé
736.	梅花	méi huā	774.	難怪	nán guài
737.	美觀	měi guān	775.	難看	nán kàn
738.	美景	měi jǐng	776.	難受	nán shòu
739.	美妙	měi miào	777.	腦袋	nǎo dai
740.	美術	měi shù	778.	腦子	nǎo zi
741.	美中不足	měi zhōng bù zú	779.	哪兒	nǎr
742.	悶熱	mēn rè	780.	那兒	nàr
743.	門票	mén piào	781.	能力	néng lì
744.	夢想	mèng xiǎng	782.	泥土	ní tǔ
745.	迷糊	mí hu	783.	你們	nǐ men
746.	迷信	mí xìn	784.	年紀	nián jì
747.	謎語	mí yǔ	785.	唸書	niàn shū
748.	棉花	mián huā	786.	檸檬	níng méng
749.	面具	miàn jù	787.	農場	nóng chǎng
750.	面孔	miàn kǒng	788.	農村	nóng cūn
751.	面前	miàn qián	789.	農夫	nóng fū
752.	麵粉	miàn fěn	790.	農曆	nóng lì
753.	名稱	míng chēng	791.	農民	nóng mín
754.	名牌	míng pái	792.	農業	nóng yè
755.	名人	míng rén	793.	女子	nǚ zǐ
756.	明顯	míng xiǎn	794.	暖和	nuǎn huo
757.	命令	mìng lìng	795.	偶然	ǒu rán
758.	模仿	mó fǎng	796.	拍照	pāi zhào
759.	蘑菇	mó gu	797.	排隊	pái duì
760.	魔術	mó shù	798.	排列	pái liè
761.	陌生	mò shēng	799.	牌子	pái zi
762.	木偶	mù ǒu	800.	盤子	pán zi
763.	木頭	mù tou	801.	盼望	pàn wàng
764.	目的	mù dì	802.	旁邊	páng biān
765.	目前	mù qián	803.	跑道	pǎo dào
766.	那麼	nà me	804.	培養	péi yǎng

805.	佩服	pèi·fú	843.	強烈	qiáng liè
806.	配合	pèi hé	844.	強壯	qiáng zhuàng
807.	配角	pèi jué	845.	牆壁	qiáng bì
808.	噴嚏	pēn tì	846.	搶救	qiǎng jiù
809.	盆栽	pén zāi	847.	悄悄	qiāo qiāo
810.	碰見	pèng jiàn	848.	巧妙	qiǎo miào
811.	皮帶	pí dài	849.	親愛	qīn ài
812.	疲勞	pí láo	850.	親密	qīn mì
813.	脾氣	pí qi	851.	親戚	qīn qi
814.	屁股	pì gu	852.	親切	qīn qiè
815.	偏僻	piān pì	853.	親人	qīn rén
816.	便宜	pián yi	854.	親眼	qīn yǎn
817.	飄揚	piāo yáng	855.	親友	qīn yǒu
818.	漂亮	piào liang	856.	勤奮	qín fèn
819.	貧窮	pín qióng	857.	勤勞	qín láo
820.	品嚐	pǐn cháng	858.	青年	qīng nián
821.	品德	pǐn dé	859.	清晨	qīng chén
822.	平等	píng děng	860.	清楚	qīng chu
823.	瓶子	píng zi	861.	清潔	qīng jié
824.	評核	píng hé	862.	晴朗	qíng lǎng
825.	破壞	pò huài	863.	請教	qǐng jiào
826.	葡萄	pú tao	864.	請求	qǐng qiú
827.	妻子	qī zǐ	865.	慶祝	qìng zhù
828.	欺負	qī fu	866.	秋風	qiū fēng
829.	欺騙	qī piàn	867.	求救	qiú jiù
830.	其餘	qí yú	868.	求學	qiú xué
831.	其中	qí zhōng	869.	求助	qiú zhù
832.	奇妙	qí miào	870.	球隊	qiú duì
833.	棋子	qí zǐ	871.	球迷	qiú mí
834.	旗子	qí zi	872.	球賽	qiú sài
835.	起飛	qǐ fēi	873.	取得	qǔ dé
836.	起來	qǐ·lái	874.	取消	qǔ xiāo
837.	汽油	qì yóu	875.	趣味	qù wèi
838.	氣球	qì qiú	876.	全體	quán tǐ
839.	氣體	qì tǐ	877.	全心全意	quán xīn quán yì
840.	器具	qì jù	878.	泉水	quán shuǐ
841.	恰當	qià dàng	879.	拳頭	quán tou
842.	千方百計	qiān fāng bǎi jì	880.	權力	quán lì

881.	缺席	quē xí	919.	商品	shāng pǐn
882.	裙子	qún zi	920.	商人	shāng rén
883.	燃燒	rán shāo	921.	商業	shāng yè
884.	熱烈	rè liè	922.	傷口	shāng kǒu
885.	熱鬧	rè nao	923.	少量	shǎo liàng
886.	熱情	rè qíng	924.	少年	shào nián
887.	熱心	rè xīn	925.	哨子	shào zi
888.	人類	rén lèi	926.	舌頭	shé tou
889.	人民	rén mín	927.	捨不得	shě bu dé
890.	人民幣	rén mín bì	928.	社會	shè huì
891.	人體	rén tǐ	929.	設備	shè bèi
892.	忍耐	rěn nài	930.	設計	shè jì
893.	任何	rèn hé	931.	申請	shēn qǐng
894.	認識	rèn shi	932.	深夜	shēn yè
895.	認為	rèn wéi	933.	神話	shén huà
896.	仍然	réng rán	934.	神奇	shén qí
897.	日常	rì cháng	935.	神仙	shén xiān
898.	日夜	rì yè	936.	生動	shēng dòng
899.	日子	rì zi	937.	升國旗	shēng guó qí
900.	容易	róng yì	938.	生意	shēng yi
901.	柔和	róu hé	939.	生意	shēng yì
902.	柔軟	róu ruǎn	940.	繩子	shéng zi
903.	入睡	rù shuì	941.	剩餘	shèng yú
904.	入學	rù xué	942.	勝利	shèng lì
905.	撒嬌	sā jiāo	943.	失敗	shī bài
906.	賽跑	sài pǎo	944.	失望	shī wàng
907.	散步	sàn bù	945.	詩歌	shī gē
908.	沙漠	shā mò	946.	石頭	shí tou
909.	沙子	shā zi	947.	食品	shí pǐn
910.	殺害	shā hài	948.	時候	shí hou
911.	傻子	shǎ zi	949.	實現	shí xiàn
912.	山峯	shān fēng	950.	始終	shǐ zhōng
913.	山谷	shān gǔ	951.	市場	shì chǎng
914.	閃電	shǎn diàn	952.	示範	shì fàn
915.	閃耀	shǎn yào	953.	事業	shì yè
916.	扇子	shàn zi	954.	侍應生	shì yīng shēng
917.	善良	shàn liáng	955.	試驗	shì yàn
918.	商量	shāng liang	956.	適當	shì dàng

957. 適合	shì hé		995. 四處	sì chù
958. 收穫	shōu huò		996. 四面	sì miàn
959. 收集	shōu jí		997. 飼養	sì yǎng
960. 收入	shōu rù		998. 松鼠	sōng shǔ
961. 收拾	shōu shi		999. 松樹	sōng shù
962. 手臂	shǒu bì		1000. 速度	sù dù
963. 手錶	shǒu biǎo		1001. 雖然	suī rán
964. 手工	shǒu gōng		1002. 隨便	suí biàn
965. 手勢	shǒu shì		1003. 隨時	suí shí
966. 手術	shǒu shù		1004. 孫子	sūn zi
967. 手信	shǒu xìn		1005. 損害	sǔn hài
968. 手指	shǒu zhǐ		1006. 損失	sǔn shī
969. 守法	shǒu fǎ		1007. 縮小	suō xiǎo
970. 首席	shǒu xí		1008. 他們	tā men
971. 首先	shǒu xiān		1009. 他人	tā rén
972. 受傷	shòu shāng		1010. 它們	tā men
973. 書寫	shū xiě		1011. 她們	tā men
974. 梳子	shū zi		1012. 踏實	tā shi
975. 舒服	shū fu		1013. 颱風	tái fēng
976. 蔬菜	shū cài		1014. 太平	tài píng
977. 輸出	shū chū		1015. 太太	tài tai
978. 輸入	shū rù		1016. 態度	tài · dù
979. 叔叔	shū shu		1017. 談話	tán huà
980. 熟練	shú liàn		1018. 唐樓	táng lóu
981. 暑期工	shǔ qī gōng		1019. 糖水	táng shuǐ
982. 數量	shù liàng		1020. 逃跑	táo pǎo
983. 數學	shù xué		1021. 逃走	táo zǒu
984. 水分	shuǐ fèn		1022. 桃花	táo huā
985. 水晶	shuǐ jīng		1023. 討論	tǎo lùn
986. 睡眠	shuì mián		1024. 討厭	tǎo yàn
987. 順利	shùn lì		1025. 特別	tè bié
988. 順序	shùn xù		1026. 特點	tè diǎn
989. 司機	sī jī		1027. 特區護照	tè qū hù zhào
990. 私家	sī jiā		1028. 特首	tè shǒu
991. 私家車	sī jiā chē		1029. 提倡	tí chàng
992. 私人	sī rén		1030. 提供	tí gōng
993. 思想	sī xiǎng		1031. 提前	tí qián
994. 死亡	sǐ wáng		1032. 提醒	tí xǐng

1033.	體力	tǐ lì	1071.	完全	wán quán
1034.	體重	tǐ zhòng	1072.	完整	wán zhěng
1035.	替換	tì huàn	1073.	晚餐	wǎn cān
1036.	天然	tiān rán	1074.	晚會	wǎn huì
1037.	天生	tiān shēng	1075.	王子	wáng zǐ
1038.	天真	tiān zhēn	1076.	網球	wǎng qiú
1039.	田野	tián yě	1077.	危險	wēi xiǎn
1040.	條件	tiáo jiàn	1078.	微小	wēi xiǎo
1041.	調皮	tiáo pí	1079.	微笑	wēi xiào
1042.	跳躍	tiào yuè	1080.	圍巾	wéi jīn
1043.	貼士	tiē shì	1081.	圍牆	wéi qiáng
1044.	鐵路	tiě lù	1082.	尾巴	wěi ba
1045.	聽見	tīng jiàn	1083.	偉大	wěi dà
1046.	聽眾	tīng zhòng	1084.	未來	wèi lái
1047.	停留	tíng liú	1085.	味道	wèi dào
1048.	停止	tíng zhǐ	1086.	為了	wèi le
1049.	通順	tōng shùn	1087.	為甚麼	wèi shén me
1050.	同伴	tóng bàn	1088.	衛生	wèi shēng
1051.	同情	tóng qíng	1089.	衛星	wèi xīng
1052.	同時	tóng shí	1090.	溫度	wēn dù
1053.	同樣	tóng yàng	1091.	溫暖	wēn nuǎn
1054.	痛苦	tòng kǔ	1092.	溫習	wēn xí
1055.	投票	tóu piào	1093.	蚊子	wén zi
1056.	頭髮	tóu fa	1094.	聞名	wén míng
1057.	透明	tòu míng	1095.	問候	wèn hòu
1058.	突然	tū rán	1096.	我們	wǒ men
1059.	圖案	tú àn	1097.	握手	wò shǒu
1060.	圖表	tú biǎo	1098.	屋邨	wū cūn
1061.	圖形	tú xíng	1099.	屋子	wū zi
1062.	兔子	tù zi	1100.	烏鴉	wū yā
1063.	團結	tuán jié	1101.	烏雲	wū yún
1064.	團聚	tuán jù	1102.	舞蹈	wǔ dǎo
1065.	退休	tuì xiū	1103.	物品	wù pǐn
1066.	娃娃	wá wa	1104.	西餅	xī bǐng
1067.	襪子	wà zi	1105.	西方	xī fāng
1068.	外邊	wài biān	1106.	西服	xī fú
1069.	外表	wài biǎo	1107.	吸收	xī shōu
1070.	彎曲	wān qū	1108.	吸引	xī yǐn

1109.	喜歡	xǐ huan	1147.	新娘	xīn niáng
1110.	細心	xì xīn	1148.	新聞	xīn wén
1111.	瞎子	xiā zi	1149.	新鮮	xīn · xiān
1112.	下降	xià jiàng	1150.	信封	xìn fēng
1113.	下來	xià lai	1151.	信件	xìn jiàn
1114.	下來	xià lái	1152.	信任	xìn rèn
1115.	下午茶	xià wǔ chá	1153.	星期	xīng qī
1116.	仙女	xiān nǚ	1154.	星星	xīng xing
1117.	先生	xiān sheng	1155.	興奮	xīng fèn
1118.	鮮血	xiān xuè	1156.	行李	xíng li
1119.	鮮豔	xiān yàn	1157.	行為	xíng wéi
1120.	相等	xiāng děng	1158.	行政長官	xíng zhèng zhǎng guǎn
1121.	相反	xiāng fǎn	1159.	形容	xíng róng
1122.	相關	xiāng guān	1160.	形狀	xíng zhuàng
1123.	相似	xiāng sì	1161.	姓名	xìng míng
1124.	鄉村	xiāng cūn	1162.	幸福	xìng fú
1125.	鄉下	xiāng xia	1163.	幸虧	xìng kuī
1126.	箱子	xiāng zi	1164.	幸運	xìng yùn
1127.	詳細	xiáng xì	1165.	性別	xìng bié
1128.	享受	xiǎng shòu	1166.	性格	xìng gé
1129.	想法	xiǎng · fǎ	1167.	性質	xìng zhì
1130.	響亮	xiǎng liàng	1168.	兄弟	xiōng dì
1131.	消費	xiāo fèi	1169.	兄弟	xiōng di
1132.	消滅	xiāo miè	1170.	兇惡	xiōng è
1133.	消失	xiāo shī	1171.	兇猛	xiōng měng
1134.	消息	xiāo xi	1172.	熊貓	xióng māo
1135.	小姐	xiǎo · jiě	1173.	休假	xiū jià
1136.	小時	xiǎo shí	1174.	休息	xiū xi
1137.	小組	xiǎo zǔ	1175.	秀麗	xiù lì
1138.	效果	xiào guǒ	1176.	袖子	xiù zi
1139.	校董	xiào dǒng	1177.	需要	xū yào
1140.	校友	xiào yǒu	1178.	許多	xǔ duō
1141.	笑話	xiào hua	1179.	選擇	xuǎn zé
1142.	寫字樓	xiě zì lóu	1180.	血液	xuè yè
1143.	辛苦	xīn kǔ	1181.	學期	xué qī
1144.	辛勤	xīn qín	1182.	學生	xué shēng
1145.	欣賞	xīn shǎng	1183.	學位	xué wèi
1146.	新郎	xīn láng	1184.	雪白	xuě bái

1185.	尋找	xún zhǎo	1223.	以為	yǐ wéi
1186.	詢問	xún wèn	1224.	椅子	yǐ zi
1187.	訓練	xùn liàn	1225.	意思	yì si
1188.	牙膏	yá gāo	1226.	因此	yīn cǐ
1189.	牙刷	yá shuā	1227.	陰暗	yīn àn
1190.	牙醫	yá yī	1228.	引導	yǐn dǎo
1191.	亞軍	yà jūn	1229.	飲料	yǐn liào
1192.	延長	yán cháng	1230.	飲食	yǐn shí
1193.	炎熱	yán rè	1231.	印象	yìn xiàng
1194.	顏色	yán sè	1232.	英勇	yīng yǒng
1195.	嚴重	yán zhòng	1233.	嬰兒	yīng ér
1196.	眼睛	yǎn jing	1234.	應當	yīng dāng
1197.	眼鏡	yǎn jìng	1235.	應該	yīng gāi
1198.	眼淚	yǎn lèi	1236.	迎接	yíng jiē
1199.	演唱	yǎn chàng	1237.	影迷	yǐng mí
1200.	演員	yǎn yuán	1238.	影片	yǐng piàn
1201.	養育	yǎng yù	1239.	影子	yǐng zi
1202.	樣子	yàng zi	1240.	永遠	yǒng yuǎn
1203.	要求	yāo qiú	1241.	勇敢	yǒng gǎn
1204.	邀請	yāo qǐng	1242.	勇氣	yǒng qì
1205.	搖擺	yáo bǎi	1243.	擁有	yōng yǒu
1206.	遙遠	yáo yuǎn	1244.	用處	yòng chù
1207.	要不然	yào bù rán	1245.	用功	yòng gōng
1208.	藥品	yào pǐn	1246.	用品	yòng pǐn
1209.	野獸	yě shòu	1247.	用途	yòng tú
1210.	野外	yě wài	1248.	用心	yòng xīn
1211.	葉子	yè zi	1249.	優點	yōu diǎn
1212.	一般	yī bān	1250.	優良	yōu liáng
1213.	一邊	yī biān	1251.	優美	yōu měi
1214.	一模一樣	yī mú yī yàng	1252.	由於	yóu yú
1215.	一切	yī qiè	1253.	油污	yóu wū
1216.	一同	yī tóng	1254.	郵局	yóu jú
1217.	一心	yī xīn	1255.	郵票	yóu piào
1218.	一直	yī zhí	1256.	游泳	yóu yǒng
1219.	衣服	yī fu	1257.	遊客	yóu kè
1220.	移動	yí dòng	1258.	遊人	yóu rén
1221.	疑問	yí wèn	1259.	遊艇	yóu tǐng
1222.	儀式	yí shì	1260.	遊戲	yóu xì

1261.	魷魚	yóu yú	1299.	災難	zāi nàn
1262.	友愛	yǒu ài	1300.	栽種	zāi zhòng
1263.	友情	yǒu qíng	1301.	暫時	zàn shí
1264.	友誼	yǒu yì	1302.	贊成	zàn chéng
1265.	有關	yǒu guān	1303.	讚美	zàn měi
1266.	有害	yǒu hài	1304.	早餐	zǎo cān
1267.	有力	yǒu lì	1305.	早晨	zǎo chen
1268.	有趣	yǒu qù	1306.	造成	zào chéng
1269.	幼兒園	yòu ér yuán	1307.	責備	zé bèi
1270.	於是	yú shì	1308.	責怪	zé guài
1271.	愉快	yú kuài	1309.	責任	zé rèn
1272.	漁民	yú mín	1310.	怎麼	zěn me
1273.	羽毛	yǔ máo	1311.	怎樣	zěn yàng
1274.	雨水	yǔ shuǐ	1312.	增加	zēng jiā
1275.	語氣	yǔ qì	1313.	增進	zēng jìn
1276.	語文	yǔ wén	1314.	增強	zēng qiáng
1277.	浴室	yù shì	1315.	展覽	zhǎn lǎn
1278.	寓言	yù yán	1316.	佔用	zhàn yòng
1279.	遇見	yù jiàn	1317.	戰鬥	zhàn dòu
1280.	預備	yù bèi	1318.	戰士	zhàn shì
1281.	預訂	yù dìng	1319.	掌聲	zhǎng shēng
1282.	預防	yù fáng	1320.	丈夫	zhàng fu
1283.	預先	yù xiān	1321.	長輩	zhǎng bèi
1284.	元旦	yuán dàn	1322.	招待	zhāo dài
1285.	遠方	yuǎn fāng	1323.	招呼	zhāo hu
1286.	院子	yuàn zi	1324.	招生	zhāo shēng
1287.	願望	yuàn wàng	1325.	召集	zhào jí
1288.	願意	yuàn yì	1326.	照射	zhào shè
1289.	樂隊	yuè duì	1327.	照相	zhào xiàng
1290.	樂器	yuè qì	1328.	這個	zhè ge
1291.	月光	yuè guāng	1329.	這麼	zhè me
1292.	月球	yuè qiú	1330.	這些	zhè xiē
1293.	越過	yuè guò	1331.	這樣	zhè yàng
1294.	運動	yùn dòng	1332.	珍貴	zhēn guì
1295.	運輸	yùn shū	1333.	珍惜	zhēn xī
1296.	運送	yùn sòng	1334.	珍珠	zhēn zhū
1297.	運算	yùn suàn	1335.	真心	zhēn xīn
1298.	運用	yùn yòng	1336.	枕頭	zhěn tou

1337.	爭吵	zhēng chǎo	1375.	重點	zhòng diǎn
1338.	爭取	zhēng qǔ	1376.	重量	zhòng liàng
1339.	掙扎	zhēng zhá	1377.	種植	zhòng zhí
1340.	整潔	zhěng jié	1378.	周圍	zhōu wéi
1341.	整理	zhěng lǐ	1379.	著名	zhù míng
1342.	整天	zhěng tiān	1380.	逐漸	zhú jiàn
1343.	正好	zhèng hǎo	1381.	主動	zhǔ dòng
1344.	正面	zhèng miàn	1382.	主人	zhǔ · rén
1345.	正式	zhèng shì	1383.	住院	zhù yuàn
1346.	證件	zhèng jiàn	1384.	助手	zhù shǒu
1347.	證明	zhèng míng	1385.	祝福	zhù fú
1348.	這兒	zhèr	1386.	祝賀	zhù hè
1349.	支付	zhī fù	1387.	祝願	zhù yuàn
1350.	芝麻	zhī ma	1388.	專長	zhuān cháng
1351.	知識	zhī shi	1389.	專線小巴	zhuān xiàn xiǎo bā
1352.	蜘蛛	zhī zhū	1390.	轉變	zhuǎn biàn
1353.	直接	zhí jiē	1391.	轉動	zhuàn dòng
1354.	直線	zhí xiàn	1392.	轉動	zhuǎn dòng
1355.	值得	zhí · dé	1393.	追問	zhuī wèn
1356.	植物	zhí wù	1394.	桌子	zhuō zi
1357.	職業	zhí yè	1395.	準備	zhǔn bèi
1358.	職員	zhí yuán	1396.	準時	zhǔn shí
1359.	只好	zhǐ hǎo	1397.	姿勢	zī shì
1360.	指出	zhǐ chū	1398.	子女	zǐ nǚ
1361.	指導	zhǐ dǎo	1399.	字典	zì diǎn
1362.	指揮	zhǐ huī	1400.	自從	zì cóng
1363.	紙張	zhǐ zhāng	1401.	自然	zì rán
1364.	至少	zhì shǎo	1402.	自私	zì sī
1365.	制服	zhì fú	1403.	自學	zì xué
1366.	秩序	zhì xù	1404.	自由行	zì yóu xíng
1367.	智慧	zhì huì	1405.	自願	zì yuàn
1368.	製造	zhì zào	1406.	走廊	zǒu láng
1369.	製作	zhì zuò	1407.	奏國歌	zòu guó gē
1370.	中央	zhōng yāng	1408.	總共	zǒng gòng
1371.	終點	zhōng diǎn	1409.	總數	zǒng shù
1372.	種類	zhǒng lèi	1410.	阻止	zǔ zhǐ
1373.	種子	zhǒng zi	1411.	祖先	zǔ xiān
1374.	重大	zhòng dà	1412.	嘴巴	zuǐ ba

1413. 最初	zuì chū	1417. 遵守	zūn shǒu
1414. 最近	zuì jìn	1418. 作品	zuò pǐn
1415. 尊敬	zūn jìng	1419. 座位	zuò·wei
1416. 尊重	zūn zhòng	1420. 做法	zuò fǎi

三級多音節詞語（2310 個）

1. 哎呀	āi yā	32. 拜訪	bài fǎng
2. 矮小	ǎi xiǎo	33. 敗壞	bài huài
3. 愛戴	ài dài	34. 班車	bān chē
4. 愛好	ài hào	35. 班長	bān zhǎng
5. 愛情	ài qíng	36. 斑白	bān bái
6. 安定	ān dìng	37. 斑馬	bān mǎ
7. 安寧	ān níng	38. 斑點	bān diǎn
8. 安居樂業	ān jū lè yè	39. 斑斕	bān lán
9. 安置	ān zhì	40. 板間房	bǎn jiàn fáng
10. 按摩	àn mó	41. 版圖	bǎn tú
11. 按揭	àn jiē	42. 版權	bǎn quán
12. 按金	àn jīn	43. 半島	bàn dǎo
13. 按時	àn shí	44. 半路	bàn lù
14. 案件	àn jiàn	45. 半天	bàn tiān
15. 案情	àn qíng	46. 伴侶	bàn lǚ
16. 暗號	àn hào	47. 伴奏	bàn zòu
17. 暗自	àn zì	48. 扮演	bàn yǎn
18. 昂貴	áng guì	49. 辦公	bàn gōng
19. 奧祕	ào mì	50. 辦理	bàn lǐ
20. 奧妙	ào miào	51. 幫助	bāng zhù
21. 巴掌	bā zhang	52. 包裹	bāo guǒ
22. 把手	bǎ shou	53. 保安	bǎo ān
23. 罷工	bà gōng	54. 保安員	bǎo ān yuán
24. 霸道	bà dào	55. 保護	bǎo hù
25. 霸佔	bà zhàn	56. 保良局	Bǎo liáng jú
26. 白費	bái fèi	57. 保留	bǎo liú
27. 白人	bái rén	58. 保密	bǎo mì
28. 百花齊放	bǎi huā qí fàng	59. 保守	bǎo shǒu
29. 百姓	bǎi xìng	60. 保溫	bǎo wēn
30. 柏油	bǎi yóu	61. 保養	bǎo yǎng
31. 擺動	bǎi dòng	62. 保佑	bǎo yòu

63.	保障	bǎo zhàng	101.	本地	běn dì
64.	飽滿	bǎo mǎn	102.	本來	běn lái
65.	寶藏	bǎo zàng	103.	本事	běn shì
66.	抱歉	bào qiàn	104.	本土	běn tǔ
67.	抱怨	bào yuàn	105.	本子	běn zi
68.	報仇	bào chóu	106.	逼近	bī jìn
69.	報酬	bào chóu	107.	比分	bǐ fēn
70.	報答	bào dá	108.	比較	bǐ jiào
71.	報告	bào gào	109.	比率	bǐ lǜ
72.	報警	bào jǐng	110.	比如	bǐ rú
73.	報名	bào míng	111.	比賽	bǐ sài
74.	報社	bào shè	112.	比重	bǐ zhòng
75.	報紙	bào zhǐ	113.	彼岸	bǐ àn
76.	暴風雪	bào fēng xuě	114.	彼此	bǐ cǐ
77.	暴力	bào lì	115.	筆畫	bǐ huà
78.	暴露	bào lù	116.	筆記	bǐ jì
79.	暴雨	bào yǔ	117.	筆試	bǐ shì
80.	爆發	bào fā	118.	筆直	bǐ zhí
81.	爆冷	bào lěng	119.	必需	bì xū
82.	爆料	bào liào	120.	必要	bì yào
83.	爆炸	bào zhà	121.	庇護	bì hù
84.	曝光	bào guāng	122.	畢竟	bì jìng
85.	卑鄙	bēi bǐ	123.	畢業	bì yè
86.	背包	bēi bāo	124.	閉幕	bì mù
87.	悲哀	bēi āi	125.	弊病	bì bìng
88.	悲慘	bēi cǎn	126.	編號	biān hào
89.	悲憤	bēi fèn	127.	編輯	biān jí
90.	悲觀	bēi guān	128.	編碼	biān mǎ
91.	悲劇	bēi jù	129.	編寫	biān xiě
92.	悲痛	bēi tòng	130.	編者	biān zhě
93.	北方	běi fāng	131.	邊疆	biān jiāng
94.	北極	běi jí	132.	邊界	biān jiè
95.	背心	bèi xīn	133.	邊境	biān jìng
96.	背影	bèi yǐng	134.	鞭子	biān zi
97.	被動	bèi dòng	135.	貶義	biǎn yì
98.	被迫	bèi pò	136.	便飯	biàn fàn
99.	奔波	bēn bō	137.	便利	biàn lì
100.	奔走	bēn zǒu	138.	辨別	biàn bié

139. 辨認	biàn rèn	177. 不平	bù píng
140. 辮子	biàn zi	178. 不然	bù rán
141. 辯護	biàn hù	179. 不容	bù róng
142. 辯論	biàn lùn	180. 不少	bù shǎo
143. 變動	biàn dòng	181. 不聞不問	bù wén bù wèn
144. 變換	biàn huàn	182. 不翼而飛	bù yì ér fēi
145. 變遷	biàn qiān	183. 不由自主	bù yóu zì zhǔ
146. 變色	biàn sè	184. 不約而同	bù yuē ér tóng
147. 標籤	biāo qiān	185. 不只	bù zhǐ
148. 標題	biāo tí	186. 不足	bù zú
149. 標誌	biāo zhì	187. 布匹	bù pǐ
150. 標準	biāo zhǔn	188. 佈置	bù zhì
151. 表格	biǎo gé	189. 步伐	bù fá
152. 別人	bié·rén	190. 步驟	bù zhòu
153. 別緻	bié zhì	191. 部件	bù jiàn
154. 賓館	bīn guǎn	192. 部門	bù mén
155. 賓客	bīn kè	193. 部署	bù shǔ
156. 冰冷	bīng lěng	194. 部位	bù wèi
157. 冰箱	bīng xiāng	195. 猜想	cāi xiǎng
158. 並列	bìng liè	196. 才幹	cái gàn
159. 並排	bìng pái	197. 才華	cái huá
160. 病情	bìng qíng	198. 才能	cái néng
161. 波浪	bō làng	199. 才智	cái zhì
162. 脖子	bó zi	200. 財富	cái fù
163. 博士	bó shì	201. 財務	cái wù
164. 博物館	bó wù guǎn	202. 財政	cái zhèng
165. 搏鬥	bó dòu	203. 菜刀	cài dāo
166. 補充	bǔ chōng	204. 菜園	cài yuán
167. 補習	bǔ xí	205. 參與	cān yù
168. 不但	bù dàn	206. 餐桌	cān zhuō
169. 不得了	bù dé liǎo	207. 殘疾	cán jí
170. 不敢當	bù gǎn dāng	208. 殘酷	cán kù
171. 不好意思	bù hǎo yì si	209. 殘忍	cán rěn
172. 不計其數	bù jì qí shù	210. 蒼翠	cāng cuì
173. 不見得	bù jiàn·dé	211. 蒼老	cāng lǎo
174. 不久	bù jiǔ	212. 操場	cāo chǎng
175. 不滿	bù mǎn	213. 操縱	cāo zòng
176. 不免	bù miǎn	214. 操作	cāo zuò

215. 草坪	cǎo píng	253. 沉着	chén zhuó
216. 側面	cè miàn	254. 陳舊	chén jiù
217. 測量	cè liáng	255. 陳列	chén liè
218. 層次	céng cì	256. 陳述	chén shù
219. 差別	chā bié	257. 塵土	chén tǔ
220. 差錯	chā cuò	258. 稱號	chēng hào
221. 差點兒	chà diǎnr	259. 稱呼	chēng hu
222. 差距	chā jù	260. 稱讚	chēng zàn
223. 差異	chā yì	261. 成敗	chéng bài
224. 插圖	chā tú	262. 成本	chéng běn
225. 查看	chá kàn	263. 成分	chéng fèn
226. 查詢	chá xún	264. 成功	chéng gōng
227. 查找	chá zhǎo	265. 成果	chéng guǒ
228. 察看	chá kàn	266. 成績	chéng jì
229. 顫抖	chàn dǒu	267. 成年	chéng nián
230. 產生	chǎn shēng	268. 成人	chéng rén
231. 產物	chǎn wù	269. 成效	chéng xiào
232. 長期	cháng qī	270. 承擔	chéng dān
233. 長壽	cháng shòu	271. 承認	chéng rèn
234. 長途	cháng tú	272. 城堡	chéng bǎo
235. 長遠	cháng yuǎn	273. 乘法	chéng fǎ
236. 常常	cháng cháng	274. 程度	chéng dù
237. 場地	chǎng dì	275. 程式	chéng shì
238. 場面	chǎng miàn	276. 程序	chéng xù
239. 廠房	chǎng fáng	277. 誠意	chéng yì
240. 暢銷	chàng xiāo	278. 懲罰	chéng fá
241. 超越	chāo yuè	279. 吃虧	chī kuī
242. 朝代	cháo dài	280. 吃力	chī lì
243. 潮流	cháo liú	281. 持久	chí jiǔ
244. 潮濕	cháo shī	282. 持續	chí xù
245. 潮水	cháo shuǐ	283. 尺子	chǐ zi
246. 徹底	chè dǐ	284. 充分	chōng fèn
247. 撤退	chè tuì	285. 充沛	chōng pèi
248. 沉悶	chén mèn	286. 充實	chōng shí
249. 沉默	chén mò	287. 衝鋒	chōng fēng
250. 沉睡	chén shuì	288. 衝擊	chōng jī
251. 沉思	chén sī	289. 衝突	chōng tū
252. 沉重	chén zhòng	290. 重複	chóng fù

291.	崇拜	chóng bài	329.	窗簾	chuāng lián
292.	崇高	chóng gāo	330.	創辦	chuàng bàn
293.	抽空	chōu kòng	331.	創立	chuàng lì
294.	抽屜	chōu ti	332.	創傷	chuāng shāng
295.	抽象	chōu xiàng	333.	創新	chuàng xīn
296.	仇恨	chóu hèn	334.	創業	chuàng yè
297.	出版	chū bǎn	335.	創意	chuàng yì
298.	出差	chū chāi	336.	創造	chuàng zào
299.	出國	chū guó	337.	創作	chuàng zuò
300.	出來	chū lái	338.	春季	chūn jì
301.	出色	chū sè	339.	春天	chūn tiān
302.	出身	chū shēn	340.	純潔	chún jié
303.	出生	chū shēng	341.	純淨	chún jìng
304.	出事	chū shì	342.	純真	chún zhēn
305.	出售	chū shòu	343.	瓷器	cí qì
306.	出現	chū xiàn	344.	詞彙	cí huì
307.	出院	chū yuàn	345.	詞句	cí jù
308.	初步	chū bù	346.	慈祥	cí xiáng
309.	初級	chū jí	347.	磁石	cí shí
310.	初期	chū qī	348.	辭職	cí zhí
311.	初中	chū zhōng	349.	此刻	cǐ kè
312.	除非	chú fēi	350.	此外	cǐ wài
313.	除夕	chú xī	351.	次要	cì yào
314.	儲存	chǔ cún	352.	刺激	cì jī
315.	儲蓄	chǔ xù	353.	刺蝟	cì wei
316.	處罰	chǔ fá	354.	從前	cóng qián
317.	處分	chǔ fèn	355.	從容	cóng róng
318.	處理	chǔ lǐ	356.	從小	cóng xiǎo
319.	處處	chù chù	357.	叢林	cóng lín
320.	處於	chǔ yú	358.	湊巧	còu qiǎo
321.	穿戴	chuān dài	359.	粗暴	cū bào
322.	傳播	chuán bō	360.	促進	cù jìn
323.	傳達	chuán dá	361.	摧毀	cuī huǐ
324.	傳遞	chuán dì	362.	脆弱	cuì ruò
325.	傳染	chuán rǎn	363.	村落	cūn luò
326.	傳說	chuán shuō	364.	存放	cún fàng
327.	傳真	chuán zhēn	365.	存在	cún zài
328.	窗戶	chuāng hu	366.	挫折	cuò zhé

367.	措施	cuò shī	405.	檔案	dàng àn
368.	錯過	cuò guò	406.	倒閉	dǎo bì
369.	錯覺	cuò jué	407.	倒霉	dǎo méi
370.	搭配	dā pèi	408.	倒退	dào tuì
371.	答覆	dá fù	409.	島嶼	dǎo yǔ
372.	打倒	dǎ dǎo	410.	搗亂	dǎo luàn
373.	打動	dǎ dòng	411.	導彈	dǎo dàn
374.	打量	dǎ liang	412.	導師	dǎo shī
375.	打印	dǎ yìn	413.	導演	dǎo yǎn
376.	大膽	dà dǎn	414.	導致	dǎo zhì
377.	大方	dà fang	415.	到處	dào chù
378.	大概	dà gài	416.	盜竊	dào qiè
379.	大會	dà huì	417.	盜賊	dào zéi
380.	大理石	dà lǐ shí	418.	道德	dào dé
381.	大陸	dà lù	419.	道路	dào lù
382.	大腦	dà nǎo	420.	稻草	dào cǎo
383.	大使	dà shǐ	421.	得當	dé dàng
384.	大選	dà xuǎn	422.	得意	dé yì
385.	逮捕	dài bǔ	423.	得罪	dé zuì
386.	代理	dài lǐ	424.	登場	dēng chǎng
387.	代替	dài tì	425.	燈塔	dēng tǎ
388.	待遇	dài yù	426.	低級	dī jí
389.	帶子	dài zi	427.	提防	dī fang
390.	單純	dān chún	428.	抵達	dǐ dá
391.	單調	dān diào	429.	抵抗	dǐ kàng
392.	單位	dān wèi	430.	抵消	dǐ xiāo
393.	擔當	dān dāng	431.	地標	dì biāo
394.	擔任	dān rèn	432.	地步	dì bù
395.	膽子	dǎn zi	433.	地帶	dì dài
396.	誕辰	dàn chén	434.	地道	dì dào
397.	誕生	dàn shēng	435.	地道	dì dao
398.	當場	dāng chǎng	436.	地理	dì lǐ
399.	當初	dāng chū	437.	地盤	dì pán
400.	當代	dāng dài	438.	地平線	dì píng xiàn
401.	當地	dāng dì	439.	地位	dì wèi
402.	當面	dāng miàn	440.	地震	dì zhèn
403.	當日	dàng rì	441.	帝王	dì wáng
404.	當日	dāng rì	442.	典型	diǎn xíng

443. 點燃	diǎn rán		481. 頓時	dùn shí
444. 點綴	diǎn zhuì		482. 多虧	duō kuī
445. 殿堂	diàn táng		483. 奪目	duó mù
446. 電台	diàn tái		484. 奪取	duó qǔ
447. 電源	diàn yuán		485. 躲避	duǒ bì
448. 電子貨幣	diàn zǐ huò bì		486. 舵手	duò shǒu
449. 雕刻	diāo kè		487. 額外	é wài
450. 雕塑	diāo sù		488. 惡臭	è chòu
451. 調查	diào chá		489. 惡化	è huà
452. 調動	diào dòng		490. 惡劣	è liè
453. 跌倒	diē dǎo		491. 噁心	ě xīn
454. 丁屋	dīng wū		492. 恩情	ēn qíng
455. 頂點	dǐng diǎn		493. 而已	ér yǐ
456. 定價	dìng jià		494. 兒孫	ér sūn
457. 定居	dìng jū		495. 發表	fā biǎo
458. 定義	dìng yì		496. 發呆	fā dāi
459. 訂購	dìng gòu		497. 發電	fā diàn
460. 訂立	dìng lì		498. 發動	fā dòng
461. 丟失	diū shī		499. 發放	fā fàng
462. 洞穴	dòng xué		500. 發揮	fā huī
463. 動機	dòng jī		501. 發火	fā huǒ
464. 動力	dòng lì		502. 發誓	fā shì
465. 鬥爭	dòu zhēng		503. 發言	fā yán
466. 鬥志	dòu zhì		504. 發揚	fā yáng
467. 毒品	dú pǐn		505. 發育	fā yù
468. 獨立	dú lì		506. 發展	fā zhǎn
469. 賭博	dǔ bó		507. 罰款	fá kuǎn
470. 端午	Duān wǔ		508. 法規	fǎ guī
471. 短期	duǎn qī		509. 法令	fǎ lìng
472. 短暫	duǎn zàn		510. 法律	fǎ lǜ
473. 堆放	duī fàng		511. 法庭	fǎ tíng
474. 堆填區	duī tián qū		512. 法院	fǎ yuàn
475. 隊列	duì liè		513. 法制	fǎ zhì
476. 對付	duì fu		514. 法治	fǎ zhì
477. 對立	duì lì		515. 翻身	fān shēn
478. 對聯	duì lián		516. 翻譯	fān yì
479. 對象	duì xiàng		517. 繁體字	fán tǐ zì
480. 對應	duì yìng		518. 反正	fǎn · zhèng

519.	反常	fǎn cháng	557.	分擔	fēn dān
520.	反而	fǎn ér	558.	分割	fēn gē
521.	反覆	fǎn fù	559.	分解	fēn jiě
522.	反擊	fǎn jī	560.	分離	fēn lí
523.	反抗	fǎn kàng	561.	分明	fēn míng
524.	反面	fǎn miàn	562.	分散	fēn sàn
525.	反射	fǎn shè	563.	分手	fēn shǒu
526.	反應	fǎn yìng	564.	分數	fēn shù
527.	反映	fǎn yìng	565.	分析	fēn xī
528.	返還	fǎn huán	566.	分享	fēn xiǎng
529.	返回	fǎn huí	567.	焚燒	fén shāo
530.	氾濫	fàn làn	568.	墳墓	fén mù
531.	犯罪	fàn zuì	569.	粉碎	fěn suì
532.	販賣	fàn mài	570.	分外	fèn wài
533.	飯菜	fàn cài	571.	憤怒	fèn nù
534.	方案	fāng àn	572.	奮鬥	fèn dòu
535.	方式	fāng shì	573.	奮戰	fèn zhàn
536.	方言	fāng yán	574.	封閉	fēng bì
537.	防範	fáng fàn	575.	封鎖	fēng suǒ
538.	防禦	fáng yù	576.	風波	fēng bō
539.	房地產	fáng dì chǎn	577.	風浪	fēng làng
540.	房租	fáng zū	578.	風氣	fēng qì
541.	仿照	fǎng zhào	579.	風沙	fēng shā
542.	放鬆	fàng sōng	580.	風險	fēng xiǎn
543.	放置	fàng zhì	581.	蜂蜜	fēng mì
544.	非常	fēi cháng	582.	瘋狂	fēng kuáng
545.	非牟利機構	fēi móu lì jī gòu	583.	鋒利	fēng lì
546.	飛翔	fēi xiáng	584.	諷刺	fěng cì
547.	飛揚	fēi yáng	585.	縫隙	fèng xì
548.	飛躍	fēi yuè	586.	奉獻	fèng xiàn
549.	肥大	féi dà	587.	鳳凰	fèng huáng
550.	肥沃	féi wò	588.	佛教	fó jiào
551.	沸騰	fèi téng	589.	否定	fǒu dìng
552.	費力	fèi lì	590.	否認	fǒu rèn
553.	廢除	fèi chú	591.	否則	fǒu zé
554.	廢物	fèi wù	592.	符號	fú hào
555.	分辨	fēn biàn	593.	符合	fú hé
556.	分佈	fēn bù	594.	福利	fú lì

595. 福氣	fú qi	633. 高潮	gāo cháo
596. 腐敗	fǔ bài	634. 高檔	gāo dàng
597. 輔導	fǔ dǎo	635. 高等	gāo děng
598. 輔警	fǔ jǐng	636. 高度	gāo dù
599. 輔助	fǔ zhù	637. 高峯	gāo fēng
600. 撫摸	fǔ mō	638. 高貴	gāo guì
601. 撫養	fǔ yǎng	639. 高級	gāo jí
602. 附加	fù jiā	640. 高空	gāo kōng
603. 附件	fù jiàn	641. 高明	gāo míng
604. 附屬	fù shǔ	642. 高尚	gāo shàng
605. 負債	fù zhài	643. 高速	gāo sù
606. 婦女	fù nǚ	644. 高雅	gāo yǎ
607. 富強	fù qiáng	645. 高壓	gāo yā
608. 富有	fù yǒu	646. 稿子	gǎo zi
609. 復活	fù huó	647. 告辭	gào cí
610. 復興	fù xīng	648. 革命	gé mìng
611. 複印	fù yìn	649. 格式	gé shì
612. 複雜	fù zá	650. 格外	gé wài
613. 覆蓋	fù gài	651. 格言	gé yán
614. 改進	gǎi jìn	652. 隔絕	gé jué
615. 改良	gǎi liáng	653. 隔離	gé lí
616. 改造	gǎi zào	654. 閣下	gé xià
617. 概括	gài kuò	655. 個體	gè tǐ
618. 概念	gài niàn	656. 個性	gè xìng
619. 干擾	gān rǎo	657. 個子	gè zi
620. 干涉	gān shè	658. 根據	gēn jù
621. 甘甜	gān tián	659. 根源	gēn yuán
622. 甘心	gān xīn	660. 跟隨	gēn suí
623. 乾脆	gān cuì	661. 耕種	gēng zhòng
624. 乾旱	gān hàn	662. 更換	gēng huàn
625. 乾枯	gān kū	663. 更新	gēng xīn
626. 感到	gǎn dào	664. 工程	gōng chéng
627. 感激	gǎn jī	665. 公佈	gōng bù
628. 感染	gǎn rǎn	666. 公民	gōng mín
629. 感想	gǎn xiǎng	667. 公認	gōng rèn
630. 崗位	gǎng wèi	668. 公式	gōng shì
631. 港口	gǎng kǒu	669. 公務員	gōng wù yuán
632. 港人治港	Gǎng rén zhì Gǎng	670. 公益	gōng yì

671. 公寓	gōng yù	709. 關注	guān zhù
672. 功夫	gōng fu	710. 觀點	guān diǎn
673. 功勞	gōng láo	711. 觀念	guān niàn
674. 功能	gōng néng	712. 管用	guǎn yòng
675. 攻擊	gōng jī	713. 光彩	guāng cǎi
676. 宮殿	gōng diàn	714. 光輝	guāng huī
677. 鞏固	gǒng gù	715. 光榮	guāng róng
678. 共和國	gòng hé guó	716. 光陰	guāng yīn
679. 鈎子	gōu zi	717. 廣泛	guǎng fàn
680. 溝通	gōu tōng	718. 規範	guī fàn
681. 構造	gòu zào	719. 規律	guī lǜ
682. 估計	gū jì	720. 規模	guī mó
683. 估算	gū suàn	721. 規則	guī zé
684. 姑姑	gū gu	722. 歸納	guī nà
685. 孤單	gū dān	723. 軌道	guǐ dào
686. 孤立	gū lì	724. 貴賓	guì bīn
687. 古典	gǔ diǎn	725. 貴重	guì zhòng
688. 古董	gǔ dǒng	726. 貴族	guì zú
689. 古人	gǔ rén	727. 櫃台	guì tái
690. 古往今來	gǔ wǎng jīn lái	728. 國防	guó fáng
691. 骨髓	gǔ suǐ	729. 國畫	guó huà
692. 骨折	gǔ zhé	730. 國徽	guó huī
693. 鼓動	gǔ dòng	731. 國際	guó jì
694. 鼓勵	gǔ lì	732. 國家安全	guó jiā ān quán
695. 鼓舞	gǔ wǔ	733. 國民	guó mín
696. 穀物	gǔ wù	734. 國民教育	guó mín jiào yù
697. 固體	gù tǐ	735. 國土	guó tǔ
698. 固執	gù zhi	736. 過去	guò · qù
699. 故宮	gù gōng	737. 過程	guò chéng
700. 顧問	gù wèn	738. 過分	guò fèn
701. 颱風	guā fēng	739. 過於	guò yú
702. 掛念	guà niàn	740. 海岸	hǎi àn
703. 怪不得	guài bu de	741. 海濱	hǎi bīn
704. 官方	guān fāng	742. 海島	hǎi dǎo
705. 官員	guān yuán	743. 海關	hǎi guān
706. 關閉	guān bì	744. 海軍	hǎi jūn
707. 關鍵	guān jiàn	745. 海外	hǎi wài
708. 關係	guān xì	746. 海峽	hǎi xiá

747.	海嘯	hǎi xiào	785.	轟動	hōng dòng
748.	含糊	hán hu	786.	弘揚	hóng yáng
749.	含量	hán liàng	787.	宏偉	hóng wěi
750.	含義	hán yì	788.	洪亮	hóng liàng
751.	捍衛	hàn wèi	789.	洪水	hóng shuǐ
752.	漢語	Hàn yǔ	790.	後代	hòu dài
753.	漢族	Hàn zú	791.	後面	hòu miàn
754.	航班	háng bān	792.	忽略	hū lüè
755.	航空	háng kōng	793.	忽視	hū shì
756.	航天	háng tiān	794.	胡鬧	hú nào
757.	航線	háng xiàn	795.	胡說八道	hú shuō bā dào
758.	航行	háng xíng	796.	鬍鬚	hú xū
759.	行列	háng liè	797.	護理	hù lǐ
760.	行業	háng yè	798.	護照	hù zhào
761.	豪華	háo huá	799.	花叢	huā cóng
762.	好感	hǎo gǎn	800.	花費	huā fèi
763.	好事	hào shì	801.	花言巧語	huā yán qiǎo yǔ
764.	好事	hǎo shì	802.	花樣	huā yàng
765.	好心	hǎo xīn	803.	華麗	huá lì
766.	號稱	hào chēng	804.	華僑	huá qiáo
767.	號令	hào lìng	805.	華人	huá rén
768.	號召	hào zhào	806.	化石	huà shí
769.	合同	hé tóng	807.	化學	huà xué
770.	合併	hé bìng	808.	畫面	huà miàn
771.	合唱	hé chàng	809.	話劇	huà jù
772.	合法	hé fǎ	810.	懷疑	huái yí
773.	核桃	hé tao	811.	環節	huán jié
774.	核心	hé xīn	812.	環繞	huán rào
775.	和解	hé jiě	813.	緩慢	huǎn màn
776.	和睦	hé mù	814.	幻想	huàn xiǎng
777.	和氣	hé qì	815.	患者	huàn zhě
778.	和諧	hé xié	816.	換取	huàn qǔ
779.	喝彩	hè cǎi	817.	煥然一新	huàn rán yī xīn
780.	黑人	hēi rén	818.	荒涼	huāng liáng
781.	痕跡	hén jì	819.	慌亂	huāng luàn
782.	狠心	hěn xīn	820.	黃帝	Huáng dì
783.	恨不得	hèn bu de	821.	黃色	huáng sè
784.	橫行	héng xíng	822.	謊言	huǎng yán

823.	晃動	huàng dòng	861.	基金	jī jīn
824.	灰白	huī bái	862.	機場	jī chǎng
825.	恢復	huī fù	863.	機會	jī huì
826.	揮舞	huī wǔ	864.	機械	jī xiè
827.	輝煌	huī huáng	865.	機智	jī zhì
828.	回顧	huí gù	866.	激動	jī dòng
829.	回頭	huí tóu	867.	激勵	jī lì
830.	回憶	huí yì	868.	激烈	jī liè
831.	回應	huí yìng	869.	積極	jī jí
832.	毀壞	huǐ huài	870.	及早	jí zǎo
833.	毀滅	huǐ miè	871.	吉利	jí lì
834.	匯報	huì bào	872.	吉祥	jí xiáng
835.	會見	huì jiàn	873.	即將	jí jiāng
836.	會談	huì tán	874.	即刻	jí kè
837.	會議	huì yì	875.	即使	jí shǐ
838.	昏暗	hūn àn	876.	急促	jí cù
839.	昏迷	hūn mí	877.	急速	jí sù
840.	婚禮	hūn lǐ	878.	急躁	jí zào
841.	婚姻	hūn yīn	879.	急診	jí zhěn
842.	渾身	hún shēn	880.	級別	jí bié
843.	混合	hùn hé	881.	極度	jí dù
844.	混亂	hùn luàn	882.	極端	jí duān
845.	活動	huó dòng	883.	極其	jí qí
846.	活力	huó lì	884.	集會	jí huì
847.	火把	huǒ bǎ	885.	集體	jí tǐ
848.	火紅	huǒ hóng	886.	集郵	jí yóu
849.	火焰	huǒ yàn	887.	嫉妒	jí dù
850.	夥伴	huǒ bàn	888.	給予	jǐ yǔ
851.	或者	huò zhě	889.	技能	jì néng
852.	貨輪	huò lún	890.	技巧	jì qiǎo
853.	禍害	huò hai	891.	技術	jì shù
854.	肌肉	jī ròu	892.	寂靜	jì jìng
855.	基本	jī běn	893.	季度	jì dù
856.	基本法	Jī běn fǎ	894.	跡象	jì xiàng
857.	基層	jī céng	895.	紀律部隊	jì lǜ bù duì
858.	基礎	jī chǔ	896.	計算	jì suàn
859.	基地	jī dì	897.	記錄	jì lù
860.	基督教	Jī dū jiào	898.	記者	jì zhě

899.	寄宿	jì sù	937.	簡短	jiǎn duǎn
900.	寄託	jì tuō	938.	簡潔	jiǎn jié
901.	繼承	jì chéng	939.	簡介	jiǎn jiè
902.	繼母	jì mǔ	940.	簡要	jiǎn yào
903.	加法	jiā fǎ	941.	簡易	jiǎn yì
904.	加工	jiā gōng	942.	簡直	jiǎn zhí
905.	加深	jiā shēn	943.	間諜	jiàn dié
906.	加速	jiā sù	944.	見識	jiàn shi
907.	家常	jiā cháng	945.	見聞	jiàn wén
908.	家教	jiā jiào	946.	建立	jiàn lì
909.	家境	jiā jìng	947.	健身	jiàn shēn
910.	家具	jiā jù	948.	健壯	jiàn zhuàng
911.	家用	jiā yòng	949.	鍵盤	jiàn pán
912.	家園	jiā yuán	950.	鑒定	jiàn dìng
913.	假設	jiǎ shè	951.	江山	jiāng shān
914.	假使	jiǎ shǐ	952.	將近	jiāng jìn
915.	假裝	jiǎ zhuāng	953.	將要	jiāng yào
916.	肩頭	jiān tóu	954.	僵硬	jiāng yìng
917.	兼職	jiān zhí	955.	獎勵	jiǎng lì
918.	堅持	jiān chí	956.	獎學金	jiǎng xué jīn
919.	堅定	jiān dìng	957.	獎章	jiǎng zhāng
920.	堅決	jiān jué	958.	講究	jiǎng jiu
921.	堅信	jiān xìn	959.	講課	jiǎng kè
922.	監督	jiān dū	960.	講師	jiǎng shī
923.	監視	jiān shì	961.	講台	jiǎng tái
924.	監獄	jiān yù	962.	講座	jiǎng zuò
925.	艱巨	jiān jù	963.	降低	jiàng dī
926.	艱苦	jiān kǔ	964.	降溫	jiàng wēn
927.	艱辛	jiān xīn	965.	交代	jiāo dài
928.	殲滅	jiān miè	966.	交際	jiāo jì
929.	減輕	jiǎn qīng	967.	交界	jiāo jiè
930.	減弱	jiǎn ruò	968.	交流	jiāo liú
931.	減速	jiǎn sù	969.	交談	jiāo tán
932.	儉樸	jiǎn pǔ	970.	交替	jiāo tì
933.	檢測	jiǎn cè	971.	交往	jiāo wǎng
934.	檢控	jiǎn kòng	972.	交易	jiāo yì
935.	檢討	jiǎn tǎo	973.	教授	jiāo shòu
936.	檢驗	jiǎn yàn	974.	教學	jiāo xué

975.	焦點	jiāo diǎn	1013.	解渴	jiě kě
976.	焦急	jiāo jí	1014.	介入	jiè rù
977.	嬌嫩	jiāo nèn	1015.	介意	jiè yì
978.	角度	jiǎo dù	1016.	戒指	jiè zhi
979.	腳印	jiǎo yìn	1017.	界限	jiè xiàn
980.	矯正	jiǎo zhèng	1018.	藉口	jiè kǒu
981.	攪拌	jiǎo bàn	1019.	今年	jīn nián
982.	叫好	jiào hǎo	1020.	僅僅	jǐn jǐn
983.	教材	jiào cái	1021.	緊急	jǐn jí
984.	教導	jiào dǎo	1022.	緊縮	jǐn suō
985.	教科書	jiào kē shū	1023.	謹慎	jǐn shèn
986.	教授	jiào shòu	1024.	儘管	jǐn guǎn
987.	教學	jiào xué	1025.	儘快	jǐn kuài
988.	教訓	jiào xùn	1026.	儘量	jǐn liàng
989.	教育	jiào yù	1027.	近代	jìn dài
990.	接觸	jiē chù	1028.	近郊	jìn jiāo
991.	接待	jiē dài	1029.	近期	jìn qī
992.	接見	jiē jiàn	1030.	近似	jìn sì
993.	階段	jiē duàn	1031.	進度	jìn dù
994.	階級	jiē jí	1032.	進攻	jìn gōng
995.	階梯	jiē tī	1033.	進化	jìn huà
996.	揭發	jiē fā	1034.	進展	jìn zhǎn
997.	揭露	jiē lù	1035.	京城	jīng chéng
998.	街坊	jiē fang	1036.	京劇	jīng jù
999.	傑出	jié chū	1037.	晶瑩	jīng yíng
1000.	傑作	jié zuò	1038.	經濟	jīng jì
1001.	結伴	jié bàn	1039.	經歷	jīng lì
1002.	結構	jié gòu	1040.	經理	jīng lǐ
1003.	結合	jié hé	1041.	經銷	jīng xiāo
1004.	結論	jié lùn	1042.	精彩	jīng cǎi
1005.	節制	jié zhì	1043.	精華	jīng huá
1006.	節奏	jié zòu	1044.	精明	jīng míng
1007.	截止	jié zhǐ	1045.	精品	jīng pǐn
1008.	截至	jié zhì	1046.	精確	jīng què
1009.	竭力	jié lì	1047.	精通	jīng tōng
1010.	姐妹	jiě mèi	1048.	精心	jīng xīn
1011.	解放	jiě fàng	1049.	精英	jīng yīng
1012.	解救	jiě jiù	1050.	精緻	jīng zhì

1051. 驚慌	jīng huāng		1089. 捐血	juān xuè
1052. 驚險	jīng xiǎn		1090. 捐贈	juān zèng
1053. 驚訝	jīng yà		1091. 決策	jué cè
1054. 景觀	jǐng guān		1092. 決戰	jué zhàn
1055. 景象	jǐng xiàng		1093. 崛起	jué qǐ
1056. 警察	jǐng chá		1094. 絕對	jué duì
1057. 警惕	jǐng tì		1095. 絕望	jué wàng
1058. 敬愛	jìng ài		1096. 爵士	jué shì
1059. 敬禮	jìng lǐ		1097. 覺悟	jué wù
1060. 敬業	jìng yè		1098. 倔強	jué jiàng
1061. 敬意	jìng yì		1099. 君子	jūn zǐ
1062. 境界	jìng jiè		1100. 軍備	jūn bèi
1063. 靜止	jìng zhǐ		1101. 軍事	jūn shì
1064. 競選	jìng xuǎn		1102. 俊美	jùn měi
1065. 糾正	jiū zhèng		1103. 開場	kāi chǎng
1066. 久遠	jiǔ yuǎn		1104. 開端	kāi duān
1067. 酒席	jiǔ xí		1105. 開發	kāi fā
1068. 救護	jiù hù		1106. 開工	kāi gōng
1069. 救援	jiù yuán		1107. 開關	kāi guān
1070. 救助	jiù zhù		1108. 開闊	kāi kuò
1071. 就餐	jiù cān		1109. 開幕	kāi mù
1072. 就讀	jiù dú		1110. 開通	kāi tōng
1073. 就業	jiù yè		1111. 開頭	kāi tóu
1074. 居然	jū rán		1112. 開玩笑	kāi wán xiào
1075. 鞠躬	jū gōng		1113. 開業	kāi yè
1076. 局部	jú bù		1114. 開張	kāi zhāng
1077. 局面	jú miàn		1115. 凱旋	kǎi xuán
1078. 橘子	jú zi		1116. 刊物	kān wù
1079. 舉止	jǔ zhǐ		1117. 看管	kān guǎn
1080. 舉重	jǔ zhòng		1118. 看護	kān hù
1081. 具備	jù bèi		1119. 看守	kān shǒu
1082. 具體	jù tǐ		1120. 看望	kàn wàng
1083. 聚會	jù huì		1121. 康復	kāng fù
1084. 劇場	jù chǎng		1122. 抗擊	kàng jī
1085. 劇烈	jù liè		1123. 考查	kǎo chá
1086. 劇院	jù yuàn		1124. 考慮	kǎo lǜ
1087. 據說	jù shuō		1125. 考生	kǎo shēng
1088. 捐款	juān kuǎn		1126. 考驗	kǎo yàn

1127.	科技	kē jì	1165.	寬敞	kuān chang
1128.	科目	kē mù	1166.	寬大	kuān dà
1129.	科普	kē pǔ	1167.	寬廣	kuān guǎng
1130.	顆粒	kē lì	1168.	款式	kuǎn shì
1131.	可悲	kě bēi	1169.	狂熱	kuáng rè
1132.	可恥	kě chǐ	1170.	況且	kuàng qiě
1133.	可貴	kě guì	1171.	困擾	kùn rǎo
1134.	可靠	kě kào	1172.	擴充	kuò chōng
1135.	可惡	kě wù	1173.	擴大	kuò dà
1136.	可笑	kě xiào	1174.	擴張	kuò zhāng
1137.	可疑	kě yí	1175.	辣椒	là jiāo
1138.	客房	kè fáng	1176.	來歷	lái lì
1139.	空洞	kōng dòng	1177.	來往	lái wǎng
1140.	空調	kōng tiáo	1178.	來源	lái yuán
1141.	恐怖	kǒng bù	1179.	來自	lái zì
1142.	空隙	kòng xì	1180.	藍領	lán lǐng
1143.	空閒	kòng xián	1181.	蘭花	lán huā
1144.	控制	kòng zhì	1182.	懶惰	lǎn duò
1145.	口才	kǒu cái	1183.	狼狽	láng bèi
1146.	口號	kǒu hào	1184.	浪潮	làng cháo
1147.	口令	kǒu lìng	1185.	浪漫	làng màn
1148.	口吻	kǒu wěn	1186.	牢固	láo gù
1149.	口音	kǒu yīn	1187.	牢記	láo jì
1150.	口語	kǒu yǔ	1188.	勞累	láo lèi
1151.	口罩	kǒu zhào	1189.	勞作	láo zuò
1152.	扣除	kòu chú	1190.	老人	lǎo rén
1153.	扣子	kòu zi	1191.	樂觀	lè guān
1154.	枯竭	kū jié	1192.	雷電	léi diàn
1155.	枯燥	kū zào	1193.	累積	lěi jī
1156.	苦惱	kǔ nǎo	1194.	類比	lèi bǐ
1157.	苦笑	kǔ xiào	1195.	類似	lèi sì
1158.	酷愛	kù ài	1196.	冷淡	lěng dàn
1159.	酷暑	kù shǔ	1197.	冷汗	lěng hàn
1160.	誇大	kuā dà	1198.	冷靜	lěng jìng
1161.	誇獎	kuā jiǎng	1199.	冷落	lěng luò
1162.	快餐	kuài cān	1200.	離別	lí bié
1163.	快速	kuài sù	1201.	理會	lǐ huì
1164.	會計	kuài jì	1202.	理解	lǐ jiě

1203.	理論	lǐ lùn	1241.	領隊	lǐng duì
1204.	裏面	lǐ miàn	1242.	領會	lǐng huì
1205.	禮節	lǐ jié	1243.	領取	lǐng qǔ
1206.	禮品	lǐ pǐn	1244.	領土	lǐng tǔ
1207.	禮儀	lǐ yí	1245.	領悟	lǐng wù
1208.	鯉魚	lǐ yú	1246.	領袖	lǐng xiù
1209.	力爭	lì zhēng	1247.	流暢	liú chàng
1210.	立場	lì chǎng	1248.	流利	liú lì
1211.	立志	lì zhì	1249.	流通	liú tōng
1212.	利弊	lì bì	1250.	流星	liú xīng
1213.	利益	lì yì	1251.	留學	liú xué
1214.	例外	lì wài	1252.	留意	liú yì
1215.	歷來	lì lái	1253.	隆重	lóng zhòng
1216.	歷史	lì shǐ	1254.	龍捲風	lóng juǎn fēng
1217.	連接	lián jiē	1255.	籠子	lóng zi
1218.	連同	lián tóng	1256.	樓房	lóu fáng
1219.	連續	lián xù	1257.	陸續	lù xù
1220.	連衣裙	lián yī qún	1258.	路線	lù xiàn
1221.	聯繫	lián xì	1259.	錄取	lù qǔ
1222.	聯想	lián xiǎng	1260.	露珠	lù zhū
1223.	臉頰	liǎn jiá	1261.	旅程	lǚ chéng
1224.	涼爽	liáng shuǎng	1262.	旅店	lǚ diàn
1225.	諒解	liàng jiě	1263.	旅館	lǚ guǎn
1226.	聊天兒	liáo tiānr	1264.	旅途	lǚ tú
1227.	潦倒	liáo dǎo	1265.	律師	lǜ shī
1228.	了解	liǎo jiě	1266.	綠化	lǜ huà
1229.	料理	liào lǐ	1267.	綠卡	lǜ kǎ
1230.	烈日	liè rì	1268.	亂七八糟	luàn qī bā zāo
1231.	裂縫	liè fèng	1269.	輪流	lún liú
1232.	獵物	liè wù	1270.	論文	lùn wén
1233.	臨時	lín shí	1271.	落後	luò hòu
1234.	玲瓏	líng lóng	1272.	落空	luò kōng
1235.	凌晨	líng chén	1273.	落日	luò rì
1236.	零錢	líng qián	1274.	落實	luò shí
1237.	零售	líng shòu	1275.	麻木	má mù
1238.	靈感	líng gǎn	1276.	馬虎	mǎ hu
1239.	靈魂	líng hún	1277.	埋伏	mái fú
1240.	靈巧	líng qiǎo	1278.	埋頭	mái tóu

1279.	埋葬	mái zàng		1317.	蜜月	mì yuè
1280.	脈搏	mài bó		1318.	免費	miǎn fèi
1281.	賣力	mài lì		1319.	勉強	miǎn qiǎng
1282.	邁進	mài jìn		1320.	面對	miàn duì
1283.	滿載	mǎn zài		1321.	面紅耳赤	miàn hóng ěr chì
1284.	漫步	màn bù		1322.	面積	miàn jī
1285.	漫長	màn cháng		1323.	面臨	miàn lín
1286.	漫遊	màn yóu		1324.	面貌	miàn mào
1287.	蔓延	màn yán		1325.	面容	miàn róng
1288.	忙碌	máng lù		1326.	苗條	miáo tiao
1289.	忙亂	máng luàn		1327.	描繪	miáo huì
1290.	盲目	máng mù		1328.	描述	miáo shù
1291.	盲人	máng rén		1329.	描寫	miáo xiě
1292.	毛茸茸	máo róng róng		1330.	瞄準	miáo zhǔn
1293.	矛盾	máo dùn		1331.	渺小	miǎo xiǎo
1294.	冒險	mào xiǎn		1332.	民間	mín jiān
1295.	貿易	mào yì		1333.	民俗	mín sú
1296.	媒體	méi tǐ		1334.	民眾	mín zhòng
1297.	美德	měi dé		1335.	民主	mín zhǔ
1298.	美酒	měi jiǔ		1336.	民族	mín zú
1299.	美滿	měi mǎn		1337.	敏感	mǐn gǎn
1300.	美容	měi róng		1338.	敏捷	mǐn jié
1301.	魅力	mèi lì		1339.	名額	míng é
1302.	門診	mén zhěn		1340.	名副其實	míng fù qí shí
1303.	萌生	méng shēng		1341.	名貴	míng guì
1304.	萌芽	méng yá		1342.	名片	míng piàn
1305.	蒙受	méng shòu		1343.	名譽	míng yù
1306.	猛烈	měng liè		1344.	名著	míng zhù
1307.	猛然	měng rán		1345.	明媚	míng mèi
1308.	夢幻	mèng huàn		1346.	明年	míng nián
1309.	夢鄉	mèng xiāng		1347.	明確	míng què
1310.	迷惑	mí huò		1348.	命運	mìng yùn
1311.	迷路	mí lù		1349.	摸索	mō suǒ
1312.	彌補	mí bǔ		1350.	模範	mó fàn
1313.	米飯	mǐ fàn		1351.	模糊	mó hu
1314.	祕密	mì mì		1352.	模擬	mó nǐ
1315.	密碼	mì mǎ		1353.	模式	mó shì
1316.	密切	mì qiè		1354.	模型	mó xíng

1355.	摩擦	mó cā	1393.	凝固	níng gù
1356.	魔法	mó fǎ	1394.	寧靜	níng jìng
1357.	末日	mò rì	1395.	寧願	nìng yuàn
1358.	墨水	mò shuǐ	1396.	寧可	nìng kě
1359.	謀生	móu shēng	1397.	濃厚	nóng hòu
1360.	模樣	mú yàng	1398.	濃烈	nóng liè
1361.	母愛	mǔ ài	1399.	濃密	nóng mì
1362.	母語	mǔ yǔ	1400.	怒火	nù huǒ
1363.	拇指	mǔ zhǐ	1401.	女士	nǚ shì
1364.	目標	mù biāo	1402.	毆打	ōu dǎ
1365.	目瞪口呆	mù dèng kǒu dāi	1403.	偶爾	ǒu ěr
1366.	牧場	mù chǎng	1404.	偶像	ǒu xiàng
1367.	幕後	mù hòu	1405.	嘔吐	ǒu tù
1368.	哪裏	nǎ · lǐ	1406.	拍賣	pāi mài
1369.	哪怕	nǎ pà	1407.	拍攝	pāi shè
1370.	那裏	nà · lǐ	1408.	排除	pái chú
1371.	奶牛	nǎi niú	1409.	排練	pái liàn
1372.	南方	nán fāng	1410.	排泄	pái xiè
1373.	難道	nán dào	1411.	派遣	pài qiǎn
1374.	難度	nán dù	1412.	攀登	pān dēng
1375.	難關	nán guān	1413.	盤問	pán wèn
1376.	難免	nán miǎn	1414.	盤旋	pán xuán
1377.	難題	nán tí	1415.	判斷	pàn duàn
1378.	腦海	nǎo hǎi	1416.	判決	pàn jué
1379.	鬧鐘	nào zhōng	1417.	叛徒	pàn tú
1380.	內部	nèi bù	1418.	龐大	páng dà
1381.	內地	nèi dì	1419.	胖子	pàng zi
1382.	內向	nèi xiàng	1420.	拋棄	pāo qì
1383.	內心	nèi xīn	1421.	炮彈	pào dàn
1384.	嫩綠	nèn lǜ	1422.	炮火	pào huǒ
1385.	能幹	néng gàn	1423.	陪伴	péi bàn
1386.	能量	néng liàng	1424.	陪同	péi tóng
1387.	能源	néng yuán	1425.	培訓	péi xùn
1388.	逆轉	nì zhuǎn	1426.	賠償	péi cháng
1389.	溺愛	nì ài	1427.	配備	pèi bèi
1390.	年代	nián dài	1428.	配套	pèi tào
1391.	年輪	nián lún	1429.	噴泉	pēn quán
1392.	鳥語花香	niǎo yǔ huā xiāng	1430.	噴射	pēn shè

1431.	烹調	pēng tiáo	1469.	評判	píng pàn
1432.	蓬勃	péng bó	1470.	評選	píng xuǎn
1433.	膨脹	péng zhàng	1471.	評語	píng yǔ
1434.	碰撞	pèng zhuàng	1472.	迫不及待	pò bù jí dài
1435.	批發	pī fā	1473.	迫切	pò qiè
1436.	批判	pī pàn	1474.	破產	pò chǎn
1437.	批評	pī píng	1475.	破舊	pò jiù
1438.	批准	pī zhǔn	1476.	破碎	pò suì
1439.	皮毛	pí máo	1477.	撲滅	pū miè
1440.	疲乏	pí fá	1478.	樸實	pǔ shí
1441.	疲倦	pí juàn	1479.	樸素	pǔ sù
1442.	啤酒	pí jiǔ	1480.	普遍	pǔ biàn
1443.	偏愛	piān ài	1481.	普及	pǔ jí
1444.	偏見	piān jiàn	1482.	瀑布	pù bù
1445.	偏心	piān xīn	1483.	漆黑	qī hēi
1446.	篇幅	piān fú	1484.	其次	qí cì
1447.	片段	piàn duàn	1485.	奇觀	qí guān
1448.	片刻	piàn kè	1486.	奇蹟	qí jì
1449.	片面	piàn miàn	1487.	奇特	qí tè
1450.	騙子	piàn zi	1488.	歧視	qí shì
1451.	飄落	piāo luò	1489.	祈禱	qí dǎo
1452.	拼搏	pīn bó	1490.	祈求	qí qiú
1453.	拼命	pīn mìng	1491.	期待	qī dài
1454.	貧困	pín kùn	1492.	期間	qī jiān
1455.	頻繁	pín fán	1493.	旗幟	qí zhì
1456.	品格	pǐn gé	1494.	乞丐	qǐ gài
1457.	品味	pǐn wèi	1495.	起草	qǐ cǎo
1458.	品質	pǐn zhì	1496.	起牀	qǐ chuáng
1459.	品種	pǐn zhǒng	1497.	起伏	qǐ fú
1460.	乒乓球	pīng pāng qiú	1498.	起碼	qǐ mǎ
1461.	平淡	píng dàn	1499.	起源	qǐ yuán
1462.	平凡	píng fán	1500.	啟迪	qǐ dí
1463.	平方米	píng fāng mǐ	1501.	啟發	qǐ fā
1464.	平坦	píng tǎn	1502.	啟示	qǐ shì
1465.	平行	píng xíng	1503.	啟事	qǐ shì
1466.	平易近人	píng yì jìn rén	1504.	企圖	qǐ tú
1467.	評價	píng jià	1505.	氣憤	qì fèn
1468.	評論	píng lùn	1506.	氣氛	qì fēn

1507.	氣質	qì zhì	1545.	清白	qīng bái
1508.	器材	qì cái	1546.	清澈	qīng chè
1509.	器官	qì guān	1547.	清除	qīng chú
1510.	遷就	qiān jiù	1548.	清脆	qīng cuì
1511.	謙虛	qiān xū	1549.	清明	qīng míng
1512.	簽訂	qiān dìng	1550.	清爽	qīng shuǎng
1513.	簽證	qiān zhèng	1551.	清晰	qīng xī
1514.	前輩	qián bèi	1552.	清醒	qīng xǐng
1515.	前後	qián hòu	1553.	傾向	qīng xiàng
1516.	前進	qián jìn	1554.	傾斜	qīng xié
1517.	前面	qián · miàn	1555.	蜻蜓	qīng tíng
1518.	前提	qián tí	1556.	輕便	qīng biàn
1519.	前途	qián tú	1557.	輕視	qīng shì
1520.	潛伏	qián fú	1558.	輕易	qīng yì
1521.	潛力	qián lì	1559.	情感	qíng gǎn
1522.	錢包	qián bāo	1560.	情懷	qíng huái
1523.	欠缺	qiàn quē	1561.	情節	qíng jié
1524.	歉意	qiàn yì	1562.	情景	qíng jǐng
1525.	槍斃	qiāng bì	1563.	情況	qíng kuàng
1526.	強大	qiáng dà	1564.	情形	qíng xíng
1527.	強盜	qiáng dào	1565.	情緒	qíng xù
1528.	強調	qiáng diào	1566.	窮苦	qióng kǔ
1529.	強盛	qiáng shèng	1567.	窮人	qióng rén
1530.	強硬	qiáng yìng	1568.	屈服	qū fú
1531.	強迫	qiǎng pò	1569.	屈辱	qū rǔ
1532.	搶奪	qiǎng duó	1570.	區別	qū bié
1533.	搶劫	qiǎng jié	1571.	區分	qū fēn
1534.	搶先	qiǎng xiān	1572.	區域	qū yù
1535.	敲打	qiāo dǎ	1573.	趨勢	qū shì
1536.	茄子	qié zi	1574.	渠道	qú dào
1537.	切實	qiè shí	1575.	曲折	qū zhé
1538.	侵犯	qīn fàn	1576.	曲調	qǔ diào
1539.	侵略	qīn lüè	1577.	曲子	qǔ zi
1540.	侵入	qīn rù	1578.	取代	qǔ dài
1541.	親身	qīn shēn	1579.	取暖	qǔ nuǎn
1542.	親自	qīn zì	1580.	取勝	qǔ shèng
1543.	勤儉	qín jiǎn	1581.	取笑	qǔ xiào
1544.	青春	qīng chūn	1582.	去世	qù shì

1583. 圈子	quān zi	
1584. 全面	quán miàn	
1585. 全球	quán qiú	
1586. 權利	quán lì	
1587. 權威	quán wēi	
1588. 權益	quán yì	
1589. 勸告	quàn gào	
1590. 勸說	quàn shuō	
1591. 缺乏	quē fá	
1592. 缺陷	quē xiàn	
1593. 確保	què bǎo	
1594. 確立	què lì	
1595. 確認	què rèn	
1596. 確實	què shí	
1597. 羣體	qún tǐ	
1598. 然而	rán ér	
1599. 讓步	ràng bù	
1600. 熱血	rè xuè	
1601. 人才	rén cái	
1602. 人生	rén shēng	
1603. 人造	rén zào	
1604. 仁慈	rén cí	
1605. 忍受	rěn shòu	
1606. 忍心	rěn xīn	
1607. 任務	rèn wù	
1608. 任性	rèn xìng	
1609. 任意	rèn yì	
1610. 認錯	rèn cuò	
1611. 認可	rèn kě	
1612. 認同	rèn tóng	
1613. 仍舊	réng jiù	
1614. 日曆	rì lì	
1615. 容器	róng qì	
1616. 容忍	róng rěn	
1617. 榮獲	róng huò	
1618. 榮譽	róng yù	
1619. 融化	róng huà	
1620. 融洽	róng qià	

1621. 柔美	róu měi	
1622. 柔弱	róu ruò	
1623. 如此	rú cí	
1624. 如何	rú hé	
1625. 如今	rú jīn	
1626. 乳白	rǔ bái	
1627. 入迷	rù mí	
1628. 軟件	ruǎn jiàn	
1629. 軟弱	ruǎn ruò	
1630. 若干	ruò gān	
1631. 弱點	ruò diǎn	
1632. 弱小	ruò xiǎo	
1633. 撒謊	sā huǎng	
1634. 賽場	sài chǎng	
1635. 散文	sǎn wén	
1636. 散佈	sàn bù	
1637. 嗓子	sǎng zi	
1638. 喪失	sàng shī	
1639. 掃除	sǎo chú	
1640. 掃描	sǎo miáo	
1641. 沙發	shā fā	
1642. 紗布	shā bù	
1643. 山村	shān cūn	
1644. 閃爍	shǎn shuò	
1645. 善於	shàn yú	
1646. 擅長	shàn cháng	
1647. 膳食	shàn shí	
1648. 商議	shāng yì	
1649. 傷勢	shāng shì	
1650. 上層	shàng céng	
1651. 上當	shàng dàng	
1652. 上等	shàng děng	
1653. 上進	shàng jìn	
1654. 上司	shàng sī	
1655. 上演	shàng yǎn	
1656. 上漲	shàng zhǎng	
1657. 稍微	shāo wēi	
1658. 燒毀	shāo huǐ	

1659.	勺子	sháo zi	1697.	事故	shì gù
1660.	少見	shǎo jiàn	1698.	是非	shì fēi
1661.	少女	shào nǚ	1699.	是否	shì fǒu
1662.	社交	shè jiāo	1700.	逝世	shì shì
1663.	社區	shè qū	1701.	視覺	shì jué
1664.	射擊	shè jī	1702.	視線	shì xiàn
1665.	涉及	shè jí	1703.	視野	shì yě
1666.	設施	shè shī	1704.	勢必	shì bì
1667.	攝影	shè yǐng	1705.	勢力	shì lì
1668.	身份	shēn fèn	1706.	適應	shì yìng
1669.	身軀	shēn qū	1707.	適用	shì yòng
1670.	身心	shēn xīn	1708.	識別	shí bié
1671.	深度	shēn dù	1709.	釋放	shì fàng
1672.	深厚	shēn hòu	1710.	手段	shǒu duàn
1673.	深刻	shēn kè	1711.	首都	shǒu dū
1674.	神祕	shén mì	1712.	壽命	shòu mìng
1675.	神態	shén tài	1713.	抒情	shū qíng
1676.	審判	shěn pàn	1714.	舒適	shū shì
1677.	甚至	shèn zhì	1715.	輸送	shū sòng
1678.	慎重	shèn zhòng	1716.	熟悉	shú xi
1679.	生氣	shēng qì	1717.	屬於	shǔ yú
1680.	聲調	shēng diào	1718.	束縛	shù fù
1681.	聲明	shēng míng	1719.	樹立	shù lì
1682.	盛行	shèng xíng	1720.	衰老	shuāi lǎo
1683.	失業	shī yè	1721.	摔跤	shuāi jiāo
1684.	師傅	shī fu	1722.	率領	shuài lǐng
1685.	詩人	shī rén	1723.	雙方	shuāng fāng
1686.	濕潤	shī rùn	1724.	水源	shuǐ yuán
1687.	時代	shí dài	1725.	瞬間	shùn jiān
1688.	時機	shí jī	1726.	說法	shuō · fǎ
1689.	實際	shí jì	1727.	說服	shuō fú
1690.	實驗	shí yàn	1728.	說明	shuō míng
1691.	實在	shí zài	1729.	司法	sī fǎ
1692.	使得	shǐ de	1730.	思考	sī kǎo
1693.	使命	shǐ mìng	1731.	思維	sī wéi
1694.	世紀	shì jì	1732.	絲毫	sī háo
1695.	世界	shì jiè	1733.	似乎	sì hū
1696.	示威	shì wēi	1734.	寺廟	sì miào

1735.	飼料	sì liào	1773.	體質	tǐ zhì
1736.	素質	sù zhì	1774.	替代	tì dài
1737.	宿舍	sù shè	1775.	天才	tiān cái
1738.	訴訟	sù sòng	1776.	天長地久	tiān cháng dì jiǔ
1739.	塑料	sù liào	1777.	天下	tiān xià
1740.	塑造	sù zào	1778.	甜蜜	tián mì
1741.	隨即	suí jí	1779.	填寫	tián xiě
1742.	隨意	suí yì	1780.	挑選	tiāo xuǎn
1743.	歲月	suì yuè	1781.	調節	tiáo jié
1744.	損傷	sǔn shāng	1782.	調整	tiáo zhěng
1745.	縮短	suō duǎn	1783.	挑戰	tiǎo zhàn
1746.	所謂	suǒ wèi	1784.	跳動	tiào dòng
1747.	台階	tái jiē	1785.	聽話	tīng huà
1748.	貪污	tān wū	1786.	聽講	tīng jiǎng
1749.	談論	tán lùn	1787.	聽說	tīng shuō
1750.	談判	tán pàn	1788.	停頓	tíng dùn
1751.	坦白	tǎn bái	1789.	通常	tōng cháng
1752.	坦克	tǎn kè	1790.	通過	tōng guò
1753.	探索	tàn suǒ	1791.	通俗	tōng sú
1754.	探望	tàn wàng	1792.	通行	tōng xíng
1755.	歎氣	tàn qì	1793.	同胞	tóng bāo
1756.	逃避	táo bì	1794.	同類	tóng lèi
1757.	陶瓷	táo cí	1795.	童年	tóng nián
1758.	淘氣	táo qì	1796.	統計	tǒng jì
1759.	淘汰	táo tài	1797.	統一	tǒng yī
1760.	特產	tè chǎn	1798.	統治	tǒng zhì
1761.	特區	tè qū	1799.	痛快	tòng kuài
1762.	特色	tè sè	1800.	偷竊	tōu qiè
1763.	特殊	tè shū	1801.	頭腦	tóu nǎo
1764.	特徵	tè zhēng	1802.	突出	tū chū
1765.	疼痛	téng tòng	1803.	突擊	tū jī
1766.	提高	tí gāo	1804.	突破	tū pò
1767.	提示	tí shì	1805.	徒弟	tú dì
1768.	提問	tí wèn	1806.	途徑	tú jìng
1769.	題材	tí cái	1807.	圖書館	tú shū guǎn
1770.	體會	tǐ huì	1808.	土壤	tǔ rǎng
1771.	體諒	tǐ liàng	1809.	團體	tuán tǐ
1772.	體現	tǐ xiàn	1810.	團員	tuán yuán

1811. 推測	tuī cè		1849. 違反	wéi fǎn
1812. 推遲	tuī chí		1850. 違例	wéi lì
1813. 推動	tuī dòng		1851. 維持	wéi chí
1814. 推廣	tuī guǎng		1852. 維護	wéi hù
1815. 推薦	tuī jiàn		1853. 維修	wéi xiū
1816. 推理	tuī lǐ		1854. 為難	wéi nán
1817. 退步	tuì bù		1855. 委屈	wěi qu
1818. 退出	tuì chū		1856. 位置	wèi zhì
1819. 退還	tuì huán		1857. 慰問	wèi wèn
1820. 妥協	tuǒ xié		1858. 溫柔	wēn róu
1821. 歪曲	wāi qū		1859. 文化	wén huà
1822. 外幣	wài huì		1860. 文件	wén jiàn
1823. 外交	wài jiāo		1861. 文明	wén míng
1824. 外科	wài kē		1862. 文物	wén wù
1825. 外面	wài · miàn		1863. 文學	wén xué
1826. 外形	wài xíng		1864. 文章	wén zhāng
1827. 外傭	wài yōng		1865. 問題	wèn tí
1828. 完畢	wán bì		1866. 污染	wū rǎn
1829. 完善	wán shàn		1867. 污漬	wū zì
1830. 玩弄	wán nòng		1868. 無可奈何	wú kě nài hé
1831. 頑固	wán gù		1869. 無聊	wú liáo
1832. 頑強	wán qiáng		1870. 無論	wú lùn
1833. 挽救	wǎn jiù		1871. 無窮	wú qióng
1834. 晚宴	wǎn yàn		1872. 無數	wú shù
1835. 萬一	wàn yī		1873. 無所謂	wú suǒ wèi
1836. 萬眾一心	wàn zhòng yī xīn		1874. 無限	wú xiàn
1837. 王國	wáng guó		1875. 無效	wú xiào
1838. 往來	wǎng lái		1876. 無知	wú zhī
1839. 往事	wǎng shì		1877. 五花八門	wǔ huā bā mén
1840. 望子成龍	wàng zǐ chéng lóng		1878. 武力	wǔ lì
1841. 威風	wēi fēng		1879. 武器	wǔ qì
1842. 威脅	wēi xié		1880. 舞台	wǔ tái
1843. 危害	wēi hài		1881. 物價	wù jià
1844. 危機	wēi jī		1882. 物理	wù lǐ
1845. 唯一	wéi yī		1883. 物業	wù yè
1846. 圍繞	wéi rào		1884. 物質	wù zhì
1847. 違背	wéi bèi		1885. 誤會	wù huì
1848. 違法	wéi fǎ		1886. 誤解	wù jiě

1887. 西餐	xī cān	1925. 象棋	xiàng qí
1888. 吸煙	xī yān	1926. 象徵	xiàng zhēng
1889. 稀奇	xī qí	1927. 項目	xiàng mù
1890. 稀少	xī shǎo	1928. 嚮往	xiàng wǎng
1891. 犧牲	xī shēng	1929. 消除	xiāo chú
1892. 習俗	xí sú	1930. 消毒	xiāo dú
1893. 襲擊	xí jī	1931. 消耗	xiāo hào
1894. 洗衣機	xǐ yī jī	1932. 消化	xiāo huà
1895. 喜悅	xǐ yuè	1933. 銷售	xiāo shòu
1896. 系統	xì tǒng	1934. 小說	xiǎo shuō
1897. 細節	xì jié	1935. 效率	xiào lǜ
1898. 細緻	xì zhì	1936. 校長	xiào zhǎng
1899. 戲劇	xì jù	1937. 笑臉	xiào liǎn
1900. 狹窄	xiá zhǎi	1938. 協助	xié zhù
1901. 下落	xià luò	1939. 協作	xié zuò
1902. 下游	xià yóu	1940. 心理	xīn lǐ
1903. 仙境	xiān jìng	1941. 心靈	xīn líng
1904. 先進	xiān jìn	1942. 心血	xīn xuè
1905. 鮮紅	xiān hóng	1943. 心意	xīn yì
1906. 鮮明	xiān míng	1944. 新冠肺炎	Xīn Guān fèi yán
1907. 顯然	xiǎn rán	1945. 新型冠狀病毒	
1908. 顯示	xiǎn shì		Xīn xíng Guān zhuàng Bìng dú
1909. 顯著	xiǎn zhù	1946. 信號	xìn hào
1910. 限制	xiàn zhì	1947. 信息	xìn xī
1911. 現代	xiàn dài	1948. 信仰	xìn yǎng
1912. 現實	xiàn shí	1949. 信用	xìn yòng
1913. 現象	xiàn xiàng	1950. 興旺	xīng wàng
1914. 羨慕	xiàn mù	1951. 行動	xíng dòng
1915. 線索	xiàn suǒ	1952. 形成	xíng chéng
1916. 相當	xiāng dāng	1953. 形式	xíng shì
1917. 相對	xiāng duì	1954. 形象	xíng xiàng
1918. 相互	xiāng hù	1955. 興趣	xìng qù
1919. 香皂	xiāng zào	1956. 兇狠	xiōng hěn
1920. 想念	xiǎng niàn	1957. 洶湧	xiōng yǒng
1921. 想像	xiǎng xiàng	1958. 雄偉	xióng wěi
1922. 響應	xiǎng yìng	1959. 雄壯	xióng zhuàng
1923. 向來	xiàng lái	1960. 修養	xiū yǎng
1924. 相聲	xiàng sheng	1961. 虛假	xū jiǎ

1962.	虛弱	xū ruò	2000.	嚴肅	yán sù
1963.	虛偽	xū wěi	2001.	巖石	yán shí
1964.	需求	xū qiú	2002.	掩蓋	yǎn gài
1965.	許可	xǔ kě	2003.	掩飾	yǎn shì
1966.	敍述	xù shù	2004.	眼光	yǎn guāng
1967.	宣佈	xuān bù	2005.	演出	yǎn chū
1968.	宣傳	xuān chuán	2006.	演講	yǎn jiǎng
1969.	宣告	xuān gào	2007.	演奏	yǎn zòu
1970.	宣揚	xuān yáng	2008.	宴會	yàn huì
1971.	旋律	xuán lǜ	2009.	厭惡	yàn wù
1972.	旋轉	xuán zhuǎn	2010.	驗證	yàn zhèng
1973.	懸掛	xuán guà	2011.	養活	yǎng huó
1974.	選拔	xuǎn bá	2012.	妖怪	yāo guài
1975.	選舉	xuǎn jǔ	2013.	搖晃	yáo · huàng
1976.	選取	xuǎn qǔ	2014.	遙控	yáo kòng
1977.	選手	xuǎn shǒu	2015.	謠言	yáo yán
1978.	血管	xuè guǎn	2016.	要緊	yào jǐn
1979.	學科	xué kē	2017.	藥物	yào wù
1980.	學問	xué wèn	2018.	耀眼	yào yǎn
1981.	學者	xué zhě	2019.	鑰匙	yào shi
1982.	巡邏	xún luó	2020.	液體	yè tǐ
1983.	尋求	xún qiú	2021.	也許	yě xǔ
1984.	迅速	xùn sù	2022.	野蠻	yě mán
1985.	壓力	yā lì	2023.	野生	yě shēng
1986.	壓迫	yā pò	2024.	夜景	yè jǐng
1987.	壓縮	yā suō	2025.	業餘	yè yú
1988.	淹沒	yān mò	2026.	一旦	yī dàn
1989.	煙霧	yān wù	2027.	一點兒	yī diǎnr
1990.	言論	yán lùn	2028.	一帆風順	yī fān fēng shùn
1991.	言語	yán yǔ	2029.	一會兒	yī huìr
1992.	沿岸	yán àn	2030.	一律	yī lǜ
1993.	沿海	yán hǎi	2031.	一絲不苟	yī sī bù gǒu
1994.	沿途	yán tú	2032.	一再	yī zài
1995.	研究	yán jiū	2033.	一致	yī zhì
1996.	嚴格	yán gé	2034.	依據	yī jù
1997.	嚴寒	yán hán	2035.	依靠	yī kào
1998.	嚴禁	yán jìn	2036.	依賴	yī lài
1999.	嚴厲	yán lì	2037.	依照	yī zhào

2038. 醫學	yī xué	2076. 擁擠	yōng jǐ
2039. 醫治	yī zhì	2077. 用力	yòng lì
2040. 移民	yí mín	2078. 悠久	yōu jiǔ
2041. 疑惑	yí huò	2079. 優惠	yōu huì
2042. 疑心	yí xīn	2080. 優勢	yōu shì
2043. 遺產	yí chǎn	2081. 優先	yōu xiān
2044. 遺傳	yí chuán	2082. 優秀	yōu xiù
2045. 遺憾	yí hàn	2083. 優越	yōu yuè
2046. 遺留	yí liú	2084. 優質	yōu zhì
2047. 以及	yǐ jí	2085. 尤其	yóu qí
2048. 以免	yǐ miǎn	2086. 油畫	yóu huà
2049. 以往	yǐ wǎng	2087. 油漆	yóu qī
2050. 異常	yì cháng	2088. 郵箱	yóu xiāng
2051. 意外	yì wài	2089. 猶如	yóu rú
2052. 意義	yì yì	2090. 猶豫	yóu yù
2053. 意志	yì zhì	2091. 遊覽	yóu lǎn
2054. 義務	yì wù	2092. 遊行	yóu xíng
2055. 毅力	yì lì	2093. 友好	yǒu hǎo
2056. 藝術	yì shù	2094. 友人	yǒu rén
2057. 議會	yì huì	2095. 有點兒	yǒu diǎnr
2058. 議論	yì lùn	2096. 有效	yǒu xiào
2059. 因素	yīn sù	2097. 幼稚	yòu zhì
2060. 音響	yīn xiǎng	2098. 誘惑	yòu huò
2061. 陰謀	yīn móu	2099. 娛樂	yú lè
2062. 陰天	yīn tiān	2100. 魚米之鄉	yú mǐ zhī xiāng
2063. 引用	yǐn yòng	2101. 漁網	yú wǎng
2064. 隱蔽	yǐn bì	2102. 宇宙	yǔ zhòu
2065. 隱藏	yǐn cáng	2103. 雨衣	yǔ yī
2066. 印刷	yìn shuā	2104. 與其	yǔ qí
2067. 英明	yīng míng	2105. 語調	yǔ diào
2068. 英雄	yīng xióng	2106. 語法	yǔ fǎ
2069. 應付	yìng fu	2107. 語音	yǔ yīn
2070. 營養	yíng yǎng	2108. 預測	yù cè
2071. 營業	yíng yè	2109. 預定	yù dìng
2072. 應對	yìng duì	2110. 預告	yù gào
2073. 永恆	yǒng héng	2111. 預料	yù liào
2074. 永久	yǒng jiǔ	2112. 預示	yù shì
2075. 擁護	yōng hù	2113. 預言	yù yán

2114.	冤枉	yuān wang	2152.	炸彈	zhà dàn
2115.	元宵	yuán xiāo	2153.	詐騙	zhà piàn
2116.	原始	yuán shǐ	2154.	債券	zhài quàn
2117.	原先	yuán xiān	2155.	債務	zhài wù
2118.	原則	yuán zé	2156.	展開	zhǎn kāi
2119.	園林	yuán lín	2157.	展示	zhǎn shì
2120.	圓滿	yuán mǎn	2158.	嶄新	zhǎn xīn
2121.	遠大	yuǎn dà	2159.	佔據	zhàn jù
2122.	樂曲	yuè qǔ	2160.	佔領	zhàn lǐng
2123.	約會	yuē huì	2161.	佔有	zhàn yǒu
2124.	約束	yuē shù	2162.	戰場	zhàn chǎng
2125.	閱讀	yuè dú	2163.	戰略	zhàn lüè
2126.	雲彩	yún cai	2164.	戰勝	zhàn shèng
2127.	允許	yǔn xǔ	2165.	戰爭	zhàn zhēng
2128.	運氣	yùn qì	2166.	掌握	zhǎng wò
2129.	運氣	yùn qi	2167.	障礙	zhàng ài
2130.	運行	yùn xíng	2168.	招手	zhāo shǒu
2131.	雜物	zá wù	2169.	着涼	zháo liáng
2132.	雜誌	zá zhì	2170.	召開	zhào kāi
2133.	災害	zāi hài	2171.	照常	zhào cháng
2134.	栽培	zāi péi	2172.	照顧	zhào gu
2135.	在乎	zài hu	2173.	照料	zhào liào
2136.	在意	zài yì	2174.	照明	zhào míng
2137.	在於	zài yú	2175.	照耀	zhào yào
2138.	咱們	zán men	2176.	折磨	zhé · mó
2139.	贊同	zàn tóng	2177.	這裏	zhè · lǐ
2140.	贊助	zàn zhù	2178.	真誠	zhēn chéng
2141.	讚賞	zàn shǎng	2179.	真理	zhēn lǐ
2142.	讚歎	zàn tàn	2180.	真實	zhēn shí
2143.	讚揚	zàn yáng	2181.	真摯	zhēn zhì
2144.	遭受	zāo shòu	2182.	針對	zhēn duì
2145.	遭遇	zāo yù	2183.	振動	zhèn dòng
2146.	糟糕	zāo gāo	2184.	振興	zhèn xīng
2147.	早日	zǎo rì	2185.	震動	zhèn dòng
2148.	噪音	zào yīn	2186.	震驚	zhèn jīng
2149.	增添	zēng tiān	2187.	鎮定	zhèn dìng
2150.	增長	zēng zhǎng	2188.	征服	zhēng fú
2151.	贈送	zèng sòng	2189.	爭奪	zhēng duó

2190.	爭論	zhēng lùn		2228.	中等	zhōng děng
2191.	爭議	zhēng yì		2229.	中斷	zhōng duàn
2192.	徵求	zhēng qiú		2230.	中秋	Zhōng qiū
2193.	整頓	zhěng dùn		2231.	中途	zhōng tú
2194.	整體	zhěng tǐ		2232.	忠心	zhōng xīn
2195.	正當	zhèng dāng		2233.	衷心	zhōng xīn
2196.	正規	zhèng guī		2234.	鐘點	zhōng diǎn
2197.	政策	zhèng cè		2235.	重視	zhòng shì
2198.	政府	zhèng fǔ		2236.	眾多	zhòng duō
2199.	政治	zhèng zhì		2237.	周到	zhōu dào
2200.	症狀	zhèng zhuàng		2238.	周末	zhōu mò
2201.	鄭重	zhèng zhòng		2239.	晝夜	zhòu yè
2202.	證據	zhèng jù		2240.	皺紋	zhòu wén
2203.	證實	zhèng shí		2241.	竹子	zhú zi
2204.	證書	zhèng shū		2242.	逐步	zhú bù
2205.	支撐	zhī chēng		2243.	主持	zhǔ chí
2206.	支持	zhī chí		2244.	主禮嘉賓	zhǔ lǐ jiā bīn
2207.	支出	zhī chū		2245.	助理	zhù lǐ
2208.	支配	zhī pèi		2246.	助人為樂	zhù rén wéi lè
2209.	支援	zhī yuán		2247.	注視	zhù shì
2210.	脂肪	zhī fáng		2248.	註冊	zhù cè
2211.	執法	zhí fǎ		2249.	註釋	zhù shì
2212.	執行	zhí xíng		2250.	抓緊	zhuā jǐn
2213.	職務	zhí wù		2251.	爪子	zhuǎ zi
2214.	只顧	zhǐ gù		2252.	專家	zhuān jiā
2215.	只管	zhǐ guǎn		2253.	專門	zhuān mén
2216.	指點	zhǐ diǎn		2254.	專業	zhuān yè
2217.	指定	zhǐ dìng		2255.	轉換	zhuǎn huàn
2218.	指甲	zhǐ jia		2256.	轉彎	zhuǎn wān
2219.	指南針	zhǐ nán zhēn		2257.	轉移	zhuǎn yí
2220.	指示	zhǐ shì		2258.	轉折	zhuǎn zhé
2221.	至今	zhì jīn		2259.	傳記	zhuàn jì
2222.	制度	zhì dù		2260.	莊嚴	zhuāng yán
2223.	治理	zhì lǐ		2261.	莊重	zhuāng zhòng
2224.	治療	zhì liáo		2262.	裝扮	zhuāng bàn
2225.	質量	zhì liàng		2263.	裝飾	zhuāng shì
2226.	智力	zhì lì		2264.	壯大	zhuàng dà
2227.	智能	zhì néng		2265.	壯觀	zhuàng guān

2266.	狀況	zhuàng kuàng	2289.	綜合	zōng hé
2267.	狀態	zhuàng tài	2290.	綜援	zōng yuán
2268.	追究	zhuī jiū	2291.	總算	zǒng suàn
2269.	追求	zhuī qiú	2292.	阻礙	zǔ ài
2270.	着想	zhuó xiǎng	2293.	阻擋	zǔ dǎng
2271.	着重	zhuó zhòng	2294.	組成	zǔ chéng
2272.	準則	zhǔn zé	2295.	組合	zǔ hé
2273.	姿態	zī tài	2296.	組織	zǔ zhī
2274.	滋味	zī wèi	2297.	鑽研	zuān yán
2275.	資產	zī chǎn	2298.	嘴唇	zuǐ chún
2276.	資格	zī gé	2299.	最好	zuì hǎo
2277.	資金	zī jīn	2300.	罪惡	zuì è
2278.	資料	zī liào	2301.	罪行	zuì xíng
2279.	資源	zī yuán	2302.	尊嚴	zūn yán
2280.	資助	zī zhù	2303.	左右	zuǒ yòu
2281.	子弟	zǐ dì	2304.	作家	zuò jiā
2282.	字體	zì tǐ	2305.	作為	zuò wéi
2283.	自豪	zì háo	2306.	作用	zuò yòng
2284.	自覺	zì jué	2307.	坐落	zuò luò
2285.	自我	zì wǒ	2308.	座談	zuò tán
2286.	自信	zì xìn	2309.	做夢	zuò mèng
2287.	自主	zì zhù	2310.	做人	zuò rén
2288.	宗教	zōng jiào			

多音節詞語表（按音序排列）

1.	阿姨	ā yí	一級	13.	安居樂業	ān jū lè yè	三級
2.	哎呀	āi yā	三級	14.	安老院	ān lǎo yuàn	二級
3.	矮小	ǎi xiǎo	三級	15.	安寧	ān níng	三級
4.	愛戴	ài dài	三級	16.	安排	ān pái	一級
5.	愛國	ài guó	一級	17.	安全	ān quán	一級
6.	愛好	ài hào	三級	18.	安慰	ān wèi	二級
7.	愛護	ài hù	二級	19.	安心	ān xīn	一級
8.	愛情	ài qíng	三級	20.	安置	ān zhì	三級
9.	愛人	ài ren	二級	21.	安裝	ān zhuāng	二級
10.	愛惜	ài xī	一級	22.	暗暗	àn àn	二級
11.	安定	ān dìng	三級	23.	暗號	àn hào	三級
12.	安靜	ān jìng	一級	24.	案件	àn jiàn	三級

25.	按揭	àn jiē	三級		63.	斑白	bān bái	三級
26.	按金	àn jīn	二級		64.	班車	bān chē	三級
27.	按摩	àn mó	三級		65.	斑點	bān diǎn	三級
28.	按鈕	àn niǔ	二級		66.	班級	bān jí	一級
29.	案情	àn qíng	三級		67.	搬家	bān jiā	二級
30.	按時	àn shí	三級		68.	頒獎典禮	bān jiǎng diǎn lǐ	二級
31.	按照	àn zhào	二級		69.	斑斕	bān lán	三級
32.	暗自	àn zì	三級		70.	斑馬	bān mǎ	三級
33.	昂貴	áng guì	三級		71.	斑馬線	bān mǎ xiàn	二級
34.	奧祕	ào mì	三級		72.	搬運	bān yùn	二級
35.	奧妙	ào miào	三級		73.	班長	bān zhǎng	三級
36.	八達通	Bā dá tōng	二級		74.	班主任	bān zhǔ rèn	一級
37.	八達通卡	Bā dá tōng kǎ	二級		75.	板間房	bǎn jiàn fáng	三經
38.	八卦	bā guà	二級		76.	版權	bǎn quán	三級
39.	八號風球	bā hào fēng qiú	二級		77.	版圖	bǎn tú	三級
40.	疤痕	bā hén	二級		78.	半島	bàn dǎo	三級
41.	巴士	bā shì	一級		79.	辦法	bàn fǎ	一級
42.	巴掌	bā zhang	三級		80.	辦公	bàn gōng	二級
43.	把手	bǎ · shǒu	三級		81.	辦公室	bàn gōng shì	三級
44.	把握	bǎ wò	二級		82.	半空	bàn kōng	三級
45.	爸爸	bà ba	一級		83.	辦理	bàn lǐ	三級
46.	霸道	bà dào	三級		84.	半路	bàn lù	三級
47.	罷工	bà gōng	三級		85.	伴侶	bàn lǚ	三級
48.	霸佔	bà zhàn	三級		86.	辦事	bàn shì	二級
49.	白菜	bái cài	一級		87.	辦事處	bàn shì chù	二級
50.	白費	bái fèi	三級		88.	半天	bàn tiān	一級
51.	白領	bái lǐng	二級		89.	扮演	bàn yǎn	三級
52.	白人	bái rén	三級		90.	半夜	bàn yè	一級
53.	白色	bái sè	一級		91.	伴奏	bàn zòu	三級
54.	白天	bái tiān	一級		92.	幫忙	bāng máng	二級
55.	擺動	bǎi dòng	三級		93.	幫手	bāng shou	三級
56.	百花齊放	bǎi huā qí fàng	三級		94.	幫助	bāng zhù	二級
57.	百貨	bǎi huò	二級		95.	榜樣	bǎng yàng	二級
58.	百姓	bǎi xìng	三級		96.	傍晚	bàng wǎn	二級
59.	柏油	bǎi yóu	三級		97.	煲電話粥	bāo diàn huà zhōu	二級
60.	拜訪	bài fǎng	三級		98.	包裹	bāo guǒ	三級
61.	敗壞	bài huài	三級		99.	包含	bāo hán	二級
62.	拜年	bài nián	二級		100.	包括	bāo kuò	二級

101. 包圍	bāo wéi	二級	139. 報刊	bào kān	三級
102. 包裝	bāo zhuāng	一級	140. 報考	bào kǎo	三級
103. 包子	bāo zi	一級	141. 爆冷	bào lěng	三級
104. 保安	bǎo ān	三級	142. 暴力	bào lì	三級
105. 保安員	bǎo ān yuán	一級	143. 爆料	bào liào	三級
106. 寶貝	bǎo bèi	一級	144. 暴露	bào lù	三級
107. 保持	bǎo chí	二級	145. 報名	bào míng	一級
108. 保存	bǎo cún	二級	146. 抱歉	bào qiàn	三級
109. 保管	bǎo guǎn	三級	147. 報社	bào shè	三級
110. 寶貴	bǎo guì	二級	148. 暴雨	bào yǔ	三級
111. 保護	bǎo hù	二級	149. 抱怨	bào yuàn	三級
112. 保健	bǎo jiàn	三級	150. 爆炸	bào zhà	三級
113. 保良局	Bǎo liáng jú	二級	151. 報紙	bào zhǐ	一級
114. 保留	bǎo liú	二級	152. 悲哀	bēi āi	三級
115. 飽滿	bǎo mǎn	三級	153. 背包	bēi bāo	三級
116. 保密	bǎo mì	三級	154. 卑鄙	bēi bǐ	三級
117. 保姆	bǎo mǔ	三級	155. 悲慘	bēi cǎn	二級
118. 保姆車	bǎo mǔ chē	二級	156. 悲憤	bēi fèn	三級
119. 寶石	bǎo shí	一級	157. 悲觀	bēi guān	三級
120. 保守	bǎo shǒu	三級	158. 悲劇	bēi jù	三級
121. 保衛	bǎo wèi	三級	159. 悲傷	bēi shāng	三級
122. 保溫	bǎo wēn	二級	160. 悲痛	bēi tòng	三級
123. 保險	bǎo xiǎn	三級	161. 杯子	bēizi	一級
124. 保養	bǎo yǎng	三級	162. 北半球	běi bàn qiú	二級
125. 保佑	bǎo yòu	三級	163. 北方	běi fāng	三級
126. 寶藏	bǎo zàng	三級	164. 北極	běi jí	三級
127. 保障	bǎo zhàng	三級	165. 北京	Běi jīng	一級
128. 保證	bǎo zhèng	二級	166. 被動	bèi dòng	三級
129. 報仇	bào chóu	三級	167. 背後	bèi hòu	一級
130. 報酬	bào chóu	三級	168. 背景	bèi jǐng	二級
131. 報答	bào dá	三級	169. 貝殼	bèi ké	二級
132. 報到	bào dào	三級	170. 被迫	bèi pò	三級
133. 爆發	bào fā	三級	171. 背誦	bèi sòng	三級
134. 暴風雪	bào fēng xuě	三級	172. 背心	bèi xīn	一級
135. 報復	bào · fù	三級	173. 背影	bèi yǐng	三級
136. 報告	bào gào	二級	174. 被子	bèi zi	一級
137. 曝光	bào guāng	三級	175. 奔波	bēn bō	三級
138. 報警	bào jǐng	二級	176. 奔跑	bēn pǎo	二級

177. 奔走	bēn zǒu	三級	215. 標籤	biāo qiān	三級
178. 本地	běn dì	三級	216. 標題	biāo tí	二級
179. 本來	běn lái	一級	217. 標語	biāo yǔ	三級
180. 本領	běn lǐng	一級	218. 標誌	biāo zhì	二級
181. 本人	běn rén	三級	219. 標準	biāo zhǔn	三級
182. 本身	běn shēn	三級	220. 表達	biǎo dá	三級
183. 本事	běn shi	二級	221. 表格	biǎo gé	一級
184. 本事	běn shì	二級	222. 表面	biǎo miàn	一級
185. 本土	běn tǔ	三級	223. 表情	biǎo qíng	一級
186. 本子	běn zi	三級	224. 表示	biǎo shì	一級
187. 笨重	bèn zhòng	二級	225. 表現	biǎo xiàn	一級
188. 編號	biān hào	三級	226. 表演	biǎo yǎn	二級
189. 編輯	biān jí	二級	227. 表揚	biǎo yáng	一級
190. 邊疆	biān jiāng	三級	228. 別人	bié · rén	一級
191. 邊界	biān jiè	三級	229. 別有用心	bié yǒu yòng xīn	三級
192. 邊境	biān jìng	三級	230. 別緻	bié zhì	三級
193. 編碼	biān mǎ	三級	231. 逼近	bī jìn	三級
194. 編排	biān pái	三級	232. 鼻涕	bí · tì	二級
195. 鞭炮	biān pào	二級	233. 鼻子	bízi	一級
196. 編寫	biān xiě	三級	234. 彼岸	bǐ àn	三級
197. 編者	biān zhě	三級	235. 彼此	bǐ cǐ	三級
198. 鞭子	biān zi	三級	236. 比分	bǐ fēn	三級
199. 貶義	biǎn yì	三級	237. 筆畫	bǐ huà	三級
200. 辨別	biàn bié	三級	238. 筆記	bǐ jì	三級
201. 變動	biàn dòng	三級	239. 比較	bǐ jiào	二級
202. 便飯	biàn fàn	三級	240. 比例	bǐ lì	三級
203. 辯護	biàn hù	三級	241. 比率	bǐ lǜ	三級
204. 變化	biàn huà	一級	242. 比如	bǐ rú	三級
205. 變換	biàn huàn	三級	243. 比賽	bǐ sài	一級
206. 便利	biàn lì	三級	244. 筆試	bǐ shì	三級
207. 便利店	biàn lì diàn	二級	245. 比喻	bǐ yù	三級
208. 辯論	biàn lùn	三級	246. 筆直	bǐ zhí	三級
209. 變遷	biàn qiān	三級	247. 比重	bǐ zhòng	三級
210. 辨認	biàn rèn	三級	248. 弊病	bì bìng	三級
211. 變色	biàn sè	三級	249. 必定	bì dìng	一級
212. 辮子	biàn zi	三級	250. 庇護	bì hù	三級
213. 標點	biāo diǎn	二級	251. 畢竟	bì jìng	三級
214. 標記	biāo jì	三級	252. 碧綠	bì lǜ	二級

253.	避免	bì miǎn	二級	291.	不必	bù bì	二級
254.	閉幕	bì mù	三級	292.	不成	bù chéng	二級
255.	必然	bì rán	三級	293.	不錯	bù cuò	一級
256.	必需	bì xū	一級	294.	不但	bù dàn	二級
257.	必須	bì xū	二級	295.	不得不	bù dé bù	三級
258.	必要	bì yào	三級	296.	不得了	bù dé liǎo	二級
259.	畢業	bì yè	三級	297.	部隊	bù duì	三級
260.	賓館	bīn guǎn	三級	298.	步伐	bù fá	三級
261.	賓客	bīn kè	三級	299.	部分	bù fen	二級
262.	冰涼	bīng liáng	二級	300.	不敢當	bù gǎn dāng	三級
263.	冰冷	bīng lěng	二級	301.	不管	bù guǎn	三級
264.	兵器	bīng qì	二級	302.	不過	bù guò	二級
265.	冰天雪地	bīng tiān xuě dì	三級	303.	不好意思	bù hǎo yì si	一級
266.	冰箱	bīng xiāng	三級	304.	不計其數	bù jì qí shù	三級
267.	餅乾	bǐng gān	二級	305.	部件	bù jiàn	三級
268.	病毒	bìng dú	二級	306.	不見得	bù jiàn · dé	三級
269.	病房	bìng fáng	二級	307.	不禁	bù jīn	二級
270.	並列	bìng liè	三級	308.	不僅	bù jǐn	三級
271.	並排	bìng pái	三級	309.	不久	bù jiǔ	二級
272.	並且	bìng qiě	二級	310.	不良	bù liáng	三級
273.	病情	bìng qíng	三級	311.	不論	bù lùn	二級
274.	病人	bìng rén	一級	312.	不滿	bù mǎn	二級
275.	播放	bō fàng	二級	313.	不免	bù miǎn	三級
276.	波浪	bō làng	二級	314.	部門	bù mén	二級
277.	玻璃	bō li	二級	315.	布匹	bù pǐ	三級
278.	波濤	bō tāo	三級	316.	不平	bù píng	三級
279.	波紋	bō wén	二級	317.	不然	bù rán	三級
280.	搏鬥	bó dòu	三級	318.	不容	bù róng	三級
281.	伯父	bó fù	一級	319.	不如	bù rú	三級
282.	伯母	bó mǔ	一級	320.	不少	bù shǎo	一級
283.	博士	bó shì	三級	321.	部署	bù shǔ	三級
284.	博物館	bó wù guǎn	三級	322.	部位	bù wèi	三級
285.	脖子	bó zi	三級	323.	不聞不問	bù wén bù wèn	三級
286.	補償	bǔ cháng	三級	324.	不惜	bù xī	三級
287.	補充	bǔ chōng	二級	325.	不行	bù xíng	一級
288.	補習	bǔ xí	二級	326.	步行	bù xíng	二級
289.	補助	bǔ zhù	三級	327.	不幸	bù xìng	二級
290.	不安	bù ān	二級	328.	不許	bù xǔ	二級

329. 不要	bù yào	一級
330. 不一定	bū · yī dìng	二級
331. 不翼而飛	bù yì ér fēi	三級
332. 不用	bù yòng	一級
333. 不由自主	bù yóu zì zhǔ	三級
334. 不約而同	bù yuē ér tóng	三級
335. 不止	bù zhǐ	二級
336. 不只	bù zhǐ	三級
337. 佈置	bù zhì	三級
338. 步驟	bù zhòu	三級
339. 不足	bù zú	三級
340. 猜測	cāi cè	三級
341. 猜想	cāi xiǎng	二級
342. 財產	cái chǎn	三級
343. 財富	cái fù	二級
344. 才幹	cái gàn	三級
345. 才華	cái huá	三級
346. 材料	cái liào	二級
347. 才能	cái néng	三級
348. 裁判	cái pàn	二級
349. 財務	cái wù	三級
350. 財政	cái zhèng	三級
351. 才智	cái zhì	三級
352. 採訪	cǎi fǎng	二級
353. 彩虹	cǎi hóng	一級
354. 採取	cǎi qǔ	二級
355. 彩色	cǎi sè	一級
356. 採用	cǎi yòng	二級
357. 菜單	cài dān	三級
358. 菜刀	cài dāo	二級
359. 菜園	cài yuán	三級
360. 參加	cān jiā	一級
361. 參考	cān kǎo	二級
362. 參賽	cān sài	二級
363. 餐廳	cān tīng	二級
364. 參與	cān yù	三級
365. 餐桌	cān zhuō	三級
366. 殘疾	cán jí	三級

367. 殘酷	cán kù	三級
368. 慚愧	cán kuì	二級
369. 殘忍	cán rěn	三級
370. 燦爛	càn làn	二級
371. 蒼白	cāng bái	二級
372. 蒼翠	cāng cuì	三級
373. 倉庫	cāng kù	二級
374. 蒼老	cāng lǎo	三級
375. 倉鼠	cāng shǔ	二級
376. 蒼蠅	cāng ying	二級
377. 操場	cāo chǎng	二級
378. 操練	cāo liàn	三級
379. 操心	cāo xīn	二級
380. 操縱	cāo zòng	三級
381. 操作	cāo zuò	三級
382. 草案	cǎo àn	三級
383. 草叢	cǎo cóng	二級
384. 草地	cǎo dì	一級
385. 草坪	cǎo píng	二級
386. 草原	cǎo yuán	二級
387. 測量	cè liáng	三級
388. 側面	cè miàn	三級
389. 測試	cè shì	一級
390. 廁所	cè suǒ	二級
391. 測驗	cè yàn	一級
392. 層次	céng cì	三級
393. 曾經	céng jīng	二級
394. 差別	chā bié	三級
395. 差錯	chā cuò	三級
396. 差距	chā jù	三級
397. 插圖	chā tú	三級
398. 差異	chā yì	三級
399. 叉子	chā zi	二級
400. 茶餐廳	chá cān tīng	二級
401. 察覺	chá jué	三級
402. 察看	chá kàn	二級
403. 查看	chá kàn	三級
404. 查詢	chá xún	三級

405.	茶葉	chá yè	一級	443.	車站	chē zhàn	一級
406.	查找	chá zhǎo	三級	444.	徹底	chè dǐ	三級
407.	差不多	chà bu duō	二級	445.	撤軍	chè jūn	三級
408.	差點兒	chà diǎnr	三級	446.	撤退	chè tuì	二級
409.	產品	chǎn pǐn	二級	447.	陳舊	chén jiù	三級
410.	產生	chǎn shēng	三級	448.	陳列	chén liè	三級
411.	產物	chǎn wù	三級	449.	沉悶	chén mèn	三級
412.	顫抖	chàn dǒu	三級	450.	沉默	chén mò	三級
413.	常常	cháng cháng	二級	451.	陳述	chén shù	三級
414.	長度	cháng dù	二級	452.	沉睡	chén shuì	三級
415.	長方形	cháng fāng xíng	一級	453.	沉思	chén sī	三級
416.	常見	cháng jiàn	三級	454.	塵土	chén tǔ	三級
417.	長期	cháng qī	三級	455.	沉重	chén zhòng	三級
418.	常識	cháng shí	一級	456.	沉着	chén zhuó	三級
419.	長壽	cháng shòu	三級	457.	稱號	chēng hào	三級
420.	長途	cháng tú	三級	458.	稱呼	chēng hu	三級
421.	長遠	cháng yuǎn	三級	459.	稱讚	chēng zàn	三級
422.	常用	cháng yòng	一級	460.	成敗	chéng bài	三級
423.	場地	chǎng dì	一級	461.	城堡	chéng bǎo	三級
424.	廠房	chǎng fáng	三級	462.	成本	chéng běn	三級
425.	場合	chǎng hé	三級	463.	承擔	chéng dān	三級
426.	場面	chǎng miàn	三級	464.	程度	chéng dù	三級
427.	場所	chǎng suǒ	二級	465.	懲罰	chéng fá	三級
428.	暢銷	chàng xiāo	三級	466.	乘法	chéng fǎ	三級
429.	超過	chāo guò	二級	467.	成功	chéng gōng	一級
430.	超級	chāo jí	一級	468.	成分	chéng fèn	三級
431.	超人	chāo rén	一級	469.	成果	chéng guǒ	三級
432.	超越	chāo yuè	三級	470.	成績	chéng jì	二級
433.	朝代	cháo dài	三級	471.	成就	chéng jiù	三級
434.	潮流	cháo liú	三級	472.	乘客	chéng kè	二級
435.	潮濕	cháo shī	三級	473.	成立	chéng lì	三級
436.	潮水	cháo shuǐ	三級	474.	成年	chéng nián	三級
437.	嘲笑	cháo xiào	二級	475.	成人	chéng rén	三級
438.	吵架	chǎo jià	二級	476.	承認	chéng rèn	二級
439.	車隊	chē duì	二級	477.	誠實	chéng shí	二級
440.	車禍	chē huò	二級	478.	城市	chéng shì	二級
441.	車輛	chē liàng	二級	479.	程式	chéng shì	三級
442.	車廂	chē xiāng	二級	480.	承受	chéng shòu	三級

481. 成熟	chéng shú	二級	519. 出差	chū chāi	三級
482. 成為	chéng wéi	一級	520. 出醜	chū chǒu	三級
483. 成效	chéng xiào	三級	521. 出動	chū dòng	三級
484. 程序	chéng xù	三級	522. 出發	chū fā	二級
485. 誠意	chéng yì	三級	523. 出國	chū guó	三級
486. 成員	chéng yuán	二級	524. 初級	chū jí	三級
487. 成長	chéng zhǎng	一級	525. 出口	chū kǒu	一級
488. 乘坐	chéng zuò	一級	526. 出來	chū lái	一級
489. 吃飯	chī fàn	一級	527. 出賣	chū mài	三級
490. 吃苦	chī kǔ	三級	528. 出門	chū mén	一級
491. 吃虧	chī kuī	三級	529. 出名	chū míng	二級
492. 吃力	chī lì	二級	530. 初期	chū qī	三級
493. 遲到	chí dào	一級	531. 出色	chū sè	二級
494. 持久	chí jiǔ	三級	532. 出身	chū shēn	三級
495. 持續	chí xù	三級	533. 出生	chū shēng	一級
496. 尺寸	chǐ cùn	三級	534. 出事	chū shì	三級
497. 尺子	chǐ zi	一級	535. 出售	chū shòu	三級
498. 翅膀	chì bǎng	二級	536. 出席	chū xí	二級
499. 充分	chōng fèn	三級	537. 出現	chū xiàn	一級
500. 衝鋒	chōng fēng	三級	538. 出院	chū yuàn	二級
501. 衝擊	chōng jī	三級	539. 初中	chū zhōng	三級
502. 充滿	chōng mǎn	二級	540. 出走	chū zǒu	三級
503. 充沛	chōng pèi	三級	541. 出租	chū zū	三級
504. 充實	chōng shí	三級	542. 廚房	chú fáng	二級
505. 衝突	chōng tū	三級	543. 除非	chú fēi	三級
506. 充足	chōng zú	二級	544. 除了	chú le	二級
507. 崇拜	chóng bài	三級	545. 除外	chú wài	三級
508. 重疊	chóng dié	三級	546. 除夕	chú xī	二級
509. 重逢	chóng féng	二級	547. 儲存	chǔ cún	三級
510. 重複	chóng fù	二級	548. 處罰	chǔ fá	三級
511. 崇高	chóng gāo	三級	549. 處分	chǔ fèn	三級
512. 重新	chóng xīn	二級	550. 處境	chǔ jìng	三級
513. 抽空	chōu kòng	三級	551. 處理	chǔ lǐ	二級
514. 抽屜	chōu ti	三級	552. 儲蓄	chǔ xù	三級
515. 抽象	chōu xiàng	三級	553. 處於	chǔ yú	三級
516. 仇恨	chóu hèn	三級	554. 處處	chù chù	三級
517. 出版	chū bǎn	三級	555. 穿戴	chuān dài	三級
518. 初步	chū bù	三級	556. 傳播	chuán bō	三級

557.	傳達	chuán dá	三級	595.	慈祥	cí xiáng	二級
558.	傳遞	chuán dì	三級	596.	詞語	cí yǔ	一級
559.	船夫	chuán fū	二級	597.	辭職	cí zhí	三級
560.	船民	chuán mín	二級	598.	此刻	cǐ kè	三級
561.	傳染	chuán rǎn	二級	599.	此外	cǐ wài	三級
562.	傳說	chuán shuō	二級	600.	刺激	cì jī	三級
563.	傳送	chuán sòng	三級	601.	刺蝟	cì wei	三級
564.	傳統	chuán tǒng	三級	602.	次序	cì xù	二級
565.	傳真	chuán zhēn	三級	603.	次要	cì yào	三級
566.	船隻	chuán zhī	二級	604.	匆忙	cōng máng	二級
567.	窗戶	chuāng hu	三級	605.	聰明	cōng míng	二級
568.	窗口	chuāng kǒu	二級	606.	從此	cóng cǐ	二級
569.	窗簾	chuāng lián	三級	607.	從而	cóng ér	三級
570.	創傷	chuāng shāng	三級	608.	從來	cóng lái	二級
571.	創辦	chuàng bàn	三級	609.	叢林	cóng lín	三級
572.	創立	chuàng lì	三級	610.	從前	cóng qián	一級
573.	創新	chuàng xīn	三級	611.	從容	cóng róng	三級
574.	創業	chuàng yè	三級	612.	從事	cóng shì	三級
575.	創意	chuàng yì	三級	613.	從小	cóng xiǎo	一級
576.	創造	chuàng zào	三級	614.	湊巧	còu qiǎo	三級
577.	創作	chuàng zuò	三級	615.	粗暴	cū bào	三級
578.	垂直	chuí zhí	二級	616.	粗心	cū xīn	一級
579.	春風	chūn fēng	一級	617.	促進	cù jìn	三級
580.	春光	chūn guāng	三級	618.	促使	cù shǐ	二級
581.	春季	chūn jì	二級	619.	摧毀	cuī huǐ	三級
582.	春節	chūn jié	二級	620.	脆弱	cuì ruò	三級
583.	春色	chūn sè	三級	621.	村落	cūn luò	三級
584.	春天	chūn tiān	一級	622.	村莊	cūn zhuāng	二級
585.	純潔	chún jié	三級	623.	村子	cūn zi	二級
586.	純淨	chún jìng	三級	624.	存放	cún fàng	三級
587.	純真	chún zhēn	三級	625.	存款	cún kuǎn	二級
588.	詞典	cí diǎn	二級	626.	存在	cún zài	三級
589.	詞彙	cí huì	三級	627.	錯過	cuò guò	三級
590.	詞句	cí jù	三級	628.	錯覺	cuò jué	三級
591.	瓷器	cí qì	三級	629.	措施	cuò shī	三級
592.	慈善	cí shàn	三級	630.	錯誤	cuò wù	二級
593.	磁石	cí shí	二級	631.	挫折	cuò zhé	三級
594.	磁鐵	cí tiě	三級	632.	搭配	dā pèi	三級

633.	答應	*dā yìng*	二級	671.	大選	*dà xuǎn*	三級
634.	答案	*dá àn*	二級	672.	大學	*dà xué*	一級
635.	達到	*dá dào*	二級	673.	大衣	*dà yī*	一級
636.	答覆	*dá fù*	三級	674.	大約	*dà yuē*	一級
637.	打敗	*dǎ bài*	二級	675.	大眾	*dà zhòng*	二級
638.	打扮	*dǎ ban*	二級	676.	大自然	*dà zì rán*	二級
639.	打倒	*dǎ dǎo*	三級	677.	代表	*dài biǎo*	一級
640.	打動	*dǎ dòng*	三級	678.	逮捕	*dài bǔ*	三級
641.	打工	*dǎ gōng*	一級	679.	代價	*dài jià*	三級
642.	打架	*dǎ jià*	二級	680.	代理	*dài lǐ*	三級
643.	打量	*dǎ liang*	三級	681.	帶領	*dài lǐng*	二級
644.	打破	*dǎ pò*	二級	682.	代替	*dài tì*	二級
645.	打擾	*dǎ rǎo*	二級	683.	待遇	*dài yù*	三級
646.	打掃	*dǎ sǎo*	二級	684.	帶子	*dài zi*	三級
647.	打算	*dǎ·suàn*	二級	685.	單純	*dān chún*	三級
648.	打印	*dǎ yìn*	三級	686.	單詞	*dān cí*	二級
649.	打仗	*dǎ zhàng*	二級	687.	單車徑	*dān chē jìng*	二經
650.	打招呼	*dǎ zhāo hu*	二級	688.	擔當	*dān dāng*	三級
651.	打針	*dǎ zhēn*	二級	689.	單調	*dān diào*	三級
652.	大便	*dà biàn*	二級	690.	單獨	*dān dú*	二級
653.	大膽	*dà dǎn*	三級	691.	擔任	*dān rèn*	三級
654.	大多	*dà duō*	二級	692.	單位	*dān wèi*	三級
655.	大地	*dà dì*	一級	693.	擔心	*dān xīn*	二級
656.	大都	*dà dōu*	二級	694.	單一	*dān yī*	一級
657.	大方	*dà fang*	三級	695.	單元	*dān yuán*	一級
658.	大概	*dà gài*	三級	696.	膽子	*dǎn zi*	三級
659.	大會	*dà huì*	三級	697.	誕辰	*dàn chén*	三級
660.	大家	*dà jiā*	一級	698.	蛋糕	*dàn gāo*	一級
661.	大理石	*dà lǐ shí*	三級	699.	蛋卷	*dàn juǎn*	二級
662.	大量	*dà liàng*	二級	700.	誕生	*dàn shēng*	三級
663.	大陸	*dà lù*	三級	701.	但是	*dàn shì*	一級
664.	大門	*dà mén*	一級	702.	當場	*dāng chǎng*	三級
665.	大腦	*dà nǎo*	三級	703.	當初	*dāng chū*	三級
666.	大人	*dà rén*	一級	704.	當代	*dāng dài*	三級
667.	大賽	*dà sài*	二級	705.	當地	*dāng dì*	三級
668.	大廈	*dà shà*	二級	706.	當面	*dāng miàn*	三級
669.	大使	*dà shǐ*	三級	707.	當然	*dāng rán*	二級
670.	大小	*dà xiǎo*	一級	708.	當日	*dāng rì*	三級

709. 當時	dāng shí	二級	747. 登山	dēng shān	一級
710. 當中	dāng zhōng	二級	748. 燈塔	dēng tǎ	三級
711. 檔案	dàng àn	三級	749. 等待	děng dài	二級
712. 當日	dàng rì	三級	750. 等候	děng hòu	一級
713. 當時	dàng shí	二級	751. 等級	děng jí	二級
714. 當作	dàng zuò	二級	752. 等於	děng yú	一級
715. 刀子	dāo zi	一級	753. 提防	dī fang	三級
716. 倒閉	dǎo bì	三級	754. 低級	dī jí	三級
717. 導彈	dǎo dàn	三級	755. 的士	dī shì	二級
718. 搗亂	dǎo luàn	三級	756. 低下	dī xià	二級
719. 倒霉	dǎo méi	三級	757. 敵對	dí duì	二級
720. 導師	dǎo shī	三級	758. 的確	dí què	二級
721. 導演	dǎo yǎn	三級	759. 敵人	dí rén	二級
722. 導遊	dǎo yóu	二級	760. 笛子	dí zi	二級
723. 島嶼	dǎo yǔ	三級	761. 抵達	dǐ dá	三級
724. 導致	dǎo zhì	三級	762. 抵抗	dǐ kàng	三級
725. 稻草	dào cǎo	三級	763. 底下	dǐ·xià	二級
726. 到處	dào chù	三級	764. 抵消	dǐ xiāo	三級
727. 到達	dào dá	二級	765. 地標	dì biāo	三級
728. 道德	dào dé	三級	766. 地步	dì bù	三級
729. 到底	dào dǐ	二級	767. 弟弟	dì di	一級
730. 道具	dào jù	三級	768. 地點	dì diǎn	二級
731. 道理	dào lǐ	一級	769. 地帶	dì dài	三級
732. 道路	dào lù	一級	770. 地道	dì dào	三級
733. 道歉	dào qiàn	二級	771. 地道	dì dao	三級
734. 盜竊	dào qiè	三級	772. 地方	dì fang	一級
735. 倒退	dào tuì	三級	773. 地理	dì lǐ	三級
736. 盜賊	dào zéi	三級	774. 地盤	dì pán	三級
737. 得當	dé dàng	三級	775. 地平線	dì píng xiàn	三級
738. 得到	dé dào	一級	776. 地球	dì qiú	二級
739. 得意	dé yì	三級	777. 地區	dì qū	一級
740. 得知	dé zhī	二級	778. 地毯	dì tǎn	二級
741. 得罪	dé zuì	三級	779. 地鐵	dì tiě	一級
742. 登場	dēng chǎng	三級	780. 地圖	dì tú	二級
743. 燈光	dēng guāng	一級	781. 帝王	dì wáng	三級
744. 燈火	dēng huǒ	二級	782. 地位	dì wèi	三級
745. 登記	dēng jì	二級	783. 地下	dì xià	一級
746. 燈籠	dēng long	二級	784. 地震	dì zhèn	三級

785.	地址	dì zhǐ	一級	823.	定價	dìng jià	三級
786.	典禮	diǎn lǐ	二級	824.	定居	dìng jū	三級
787.	點燃	diǎn rán	三級	825.	訂立	dìng lì	三級
788.	點頭	diǎn tóu	二級	826.	定義	dìng yì	三級
789.	點心	diǎn xin	二級	827.	丟失	diū shī	三級
790.	點心紙	diǎn xin zhǐ	二級	828.	東方	dōng fāng	一級
791.	典型	diǎn xíng	三級	829.	冬季	dōng jì	二級
792.	點綴	diǎn zhuì	三級	830.	冬眠	dōng mián	二級
793.	電車	diàn chē	一級	831.	冬天	dōng tiān	一級
794.	電池	diàn chí	二級	832.	東西	dōng xi	二級
795.	電燈	diàn dēng	一級	833.	東西	dōng xī	二級
796.	電話	diàn huà	一級	834.	懂得	dǒng · dé	二級
797.	電力	diàn lì	一級	835.	動機	dòng jī	三級
798.	電腦	diàn nǎo	二級	836.	動力	dòng lì	三級
799.	店鋪	diàn pù	二級	837.	動人	dòng rén	二級
800.	電器	diàn qì	二級	838.	動手	dòng shǒu	一級
801.	電視	diàn shì	一級	839.	動物	dòng wù	一級
802.	電台	diàn tái	三級	840.	洞穴	dòng xué	三級
803.	殿堂	diàn táng	三級	841.	動作	dòng zuò	一級
804.	電梯	diàn tī	二級	842.	豆腐	dòu fu	一級
805.	電線	diàn xiàn	二級	843.	鬥爭	dòu zhēng	三級
806.	電影	diàn yǐng	二級	844.	鬥志	dòu zhì	三級
807.	電郵	diàn yóu	二級	845.	獨立	dú lì	三級
808.	電源	diàn yuán	三級	846.	毒品	dú pǐn	三級
809.	電子貨幣	diàn zǐ huò bì	三級	847.	讀書	dú shū	一級
810.	電子郵件	diàn zǐ yóu jiàn	二級	848.	獨特	dú tè	二級
811.	電子遊戲	diàn zǐ yóu xì	二級	849.	獨一無二	dú yī wú èr	二級
812.	電子郵箱	diàn zǐ yóu xiāng	三級	850.	讀者	dú zhě	二級
813.	雕刻	diāo kè	三級	851.	獨自	dú zì	二級
814.	雕塑	diāo sù	三級	852.	賭博	dǔ bó	三級
815.	調查	diào chá	三級	853.	肚子	dù zi	一級
816.	調動	diào dòng	三級	854.	度假屋	dù jià wū	二級
817.	釣魚	diào yú	二級	855.	端午	duān wǔ	三級
818.	跌倒	diē dǎo	三級	856.	端正	duān zhèng	二級
819.	碟子	dié zi	二級	857.	短期	duǎn qī	三級
820.	丁屋	dīng wū	三級	858.	短暫	duǎn zàn	三級
821.	頂點	dǐng diǎn	三級	859.	鍛煉	duàn liàn	二級
822.	訂購	dìng gòu	三級	860.	堆放	duī fàng	三級

861. 堆填區	duī tián qū	三級		899. 而且	ér qiě	二級
862. 對岸	duì àn	二級		900. 兒孫	ér sūn	三級
863. 對比	duì bǐ	二級		901. 兒童	ér tóng	一級
864. 對不起	duì bu qǐ	一級		902. 而已	ér yǐ	二級
865. 對稱	duì chèn	二級		903. 兒子	ér zi	二級
866. 對待	duì dài	二級		904. 耳朵	ěr duo	二級
867. 對方	duì fāng	二級		905. 二手	èr shǒu	二級
868. 對付	duì fu	三級		906. 恩情	ēn qíng	三級
869. 對話	duì huà	一級		907. 恩人	ēn rén	一級
870. 對立	duì lì	三級		908. 發表	fā biǎo	三級
871. 對聯	duì lián	三級		909. 發達	fā dá	二級
872. 隊列	duì liè	三級		910. 發呆	fā dāi	三級
873. 對面	duì miàn	二級		911. 發電	fā diàn	三級
874. 對手	duì shǒu	二級		912. 發動	fā dòng	三級
875. 隊伍	duì wu	二級		913. 發抖	fā dǒu	二級
876. 對象	duì xiàng	三級		914. 發放	fā fàng	三級
877. 對應	duì yìng	三級		915. 發揮	fā huī	三級
878. 對於	duì yú	二級		916. 發火	fā huǒ	三級
879. 隊員	duì yuán	一級		917. 發明	fā míng	二級
880. 頓時	dùn shí	三級		918. 發燒	fā shāo	二級
881. 多半	duō bàn	二級		919. 發射	fā shè	二級
882. 多虧	duō kuī	三級		920. 發生	fā shēng	一級
883. 多麼	duō me	一級		921. 發誓	fā shì	三級
884. 多少	duō shao	一級		922. 發現	fā xiàn	一級
885. 多數	duō shù	二級		923. 發言	fā yán	三級
886. 多謝	duō xiè	一級		924. 發揚	fā yáng	三級
887. 多餘	duō yú	二級		925. 發育	fā yù	三級
888. 奪目	duó mù	三級		926. 發展	fā zhǎn	三級
889. 奪取	duó qǔ	三級		927. 罰款	fá kuǎn	三級
890. 躲避	duǒ bì	三級		928. 法官	fǎ guān	二級
891. 舵手	duò shǒu	三級		929. 法規	fǎ guī	三級
892. 額頭	é tóu	二級		930. 法令	fǎ lìng	三級
893. 額外	é wài	三級		931. 法律	fǎ lǜ	三級
894. 噁心	ě xīn	三級		932. 法庭	fǎ tíng	三級
895. 惡臭	è chòu	三級		933. 法院	fǎ yuàn	三級
896. 惡化	è huà	三級		934. 法制	fǎ zhì	三級
897. 惡劣	è liè	三級		935. 法治	fǎ zhì	三級
898. 兒女	ér nǚ	一級		936. 髮型屋	fà xíng wū	二級

937.	帆船	fān chuán	二級	975.	房地產	fáng dì chǎn	三級
938.	番茄	fān qié	二級	976.	房東	fáng dōng	二級
939.	翻身	fān shēn	三級	977.	防範	fáng fàn	三級
940.	翻譯	fān yì	三級	978.	房間	fáng jiān	一級
941.	繁華	fán huá	二級	979.	房屋	fáng wū	一級
942.	繁忙	fán máng	二級	980.	防禦	fáng yù	三級
943.	煩惱	fán nǎo	二級	981.	防止	fáng zhǐ	二級
944.	繁榮	fán róng	二級	982.	房子	fáng zi	二級
945.	凡是	fán shì	二級	983.	房租	fáng zū	三級
946.	繁體字	fán tǐ zì	三級	984.	訪問	fǎng wèn	二級
947.	反常	fǎn cháng	三級	985.	仿照	fǎng zhào	三級
948.	反對	fǎn duì	一級	986.	放大	fàng dà	一級
949.	反而	fǎn ér	三級	987.	放假	fàng jià	一級
950.	反覆	fǎn fù	三級	988.	放棄	fàng qì	二級
951.	返還	fǎn huán	三級	989.	放手	fàng shǒu	二級
952.	返回	fǎn huí	三級	990.	放鬆	fàng sōng	三級
953.	反擊	fǎn jī	三級	991.	放心	fàng xīn	一級
954.	反抗	fǎn kàng	三級	992.	放學	fàng xué	一級
955.	反面	fǎn miàn	三級	993.	放置	fàng zhì	三級
956.	反射	fǎn shè	三級	994.	非常	fēi cháng	三級
957.	反映	fǎn yìng	三級	995.	飛機	fēi jī	一級
958.	反應	fǎn yìng	三級	996.	飛快	fēi kuài	一級
959.	反正	fǎn · zhèng	三級	997.	非牟利機構	fēi móu lì jī gòu	三級
960.	飯菜	fàn cài	三級	998.	飛舞	fēi wǔ	二級
961.	飯店	fàn diàn	一級	999.	飛翔	fēi xiáng	三級
962.	氾濫	fàn làn	三級	1000.	飛行	fēi xíng	二級
963.	販賣	fàn mài	三級	1001.	飛揚	fēi yáng	三級
964.	犯人	fàn rén	二級	1002.	菲傭	fēi yōng	二級
965.	飯碗	fàn wǎn	二級	1003.	飛躍	fēi yuè	三級
966.	範圍	fàn wéi	二級	1004.	肥大	féi dà	三級
967.	犯罪	fàn zuì	三級	1005.	肥料	féi liào	二級
968.	方案	fāng àn	三級	1006.	肥胖	féi pàng	二級
969.	方便	fāng biàn	一級	1007.	肥沃	féi wò	三級
970.	方法	fāng fǎ	一級	1008.	肥皂	féi zào	二級
971.	方面	fāng miàn	二級	1009.	廢除	fèi chú	三級
972.	方式	fāng shì	三級	1010.	費力	fèi lì	三級
973.	方向	fāng xiàng	一級	1011.	沸騰	fèi téng	三級
974.	方言	fāng yán	三級	1012.	廢物	fèi wù	三級

1013. 費用	fèi yong	二級	1051. 封面	fēng miàn	二級
1014. 分辨	fēn biàn	三級	1052. 風氣	fēng qì	三級
1015. 分別	fēn bié	二級	1053. 風球	fēng qiú	二級
1016. 分佈	fēn bù	三級	1054. 風沙	fēng shā	三級
1017. 分擔	fēn dān	三級	1055. 豐收	fēng shōu	二級
1018. 芬芳	fēn fāng	二級	1056. 封鎖	fēng suǒ	三級
1019. 紛紛	fēn fēn	二級	1057. 風險	fēng xiǎn	三級
1020. 分割	fēn gē	三級	1058. 瘋子	fēng zi	二級
1021. 分工	fēn gōng	一級	1059. 諷刺	fěng cì	三級
1022. 分解	fēn jiě	三級	1060. 鳳凰	fèng huáng	三級
1023. 分開	fēn kāi	一級	1061. 縫隙	fèng xì	三級
1024. 分類	fēn lèi	二級	1062. 奉獻	fèng xiàn	三級
1025. 分離	fēn lí	三級	1063. 佛教	fó jiào	三級
1026. 分明	fēn míng	三級	1064. 否定	fǒu dìng	三級
1027. 分配	fēn pèi	二級	1065. 否認	fǒu rèn	三級
1028. 分手	fēn shǒu	三級	1066. 否則	fǒu zé	三級
1029. 分數	fēn shù	三級	1067. 夫婦	fū fù	一級
1030. 分散	fēn sàn	三級	1068. 夫妻	fū qī	二級
1031. 分析	fēn xī	三級	1069. 夫人	fū · rén	二級
1032. 分享	fēn xiǎng	三級	1070. 敷衍	fū yǎn	二級
1033. 墳墓	fén mù	三級	1071. 服從	fú cóng	二級
1034. 焚燒	fén shāo	三級	1072. 符號	fú hào	三級
1035. 粉紅	fěn hóng	二級	1073. 符合	fú hé	三級
1036. 粉碎	fěn suì	三級	1074. 福利	fú lì	三級
1037. 奮鬥	fèn dòu	三級	1075. 福氣	fú qi	三級
1038. 憤怒	fèn nù	三級	1076. 服務	fú wù	一級
1039. 分外	fèn wài	三級	1077. 服裝	fú zhuāng	二級
1040. 奮戰	fèn zhàn	三級	1078. 腐敗	fǔ bài	三級
1041. 封閉	fēng bì	三級	1079. 輔導	fǔ dǎo	三級
1042. 風波	fēng bō	三級	1080. 輔警	fǔ jǐng	三級
1043. 風車	fēng chē	二級	1081. 撫摸	fǔ mō	三級
1044. 豐富	fēng fù	二級	1082. 斧頭	fǔ · tóu	二級
1045. 風光	fēng guāng	二級	1083. 撫養	fǔ yǎng	三級
1046. 風景	fēng jǐng	一級	1084. 輔助	fǔ zhù	三級
1047. 瘋狂	fēng kuáng	三級	1085. 負擔	fù dān	二級
1048. 風浪	fēng làng	三級	1086. 覆蓋	fù gài	三級
1049. 鋒利	fēng lì	三級	1087. 復活	fù huó	三級
1050. 蜂蜜	fēng mì	三級	1088. 附加	fù jiā	三級

1089. 附件	fù jiàn	三級	1127. 趕快	gǎn kuài	二級
1090. 附近	fù jìn	一級	1128. 趕路	gǎn lù	二級
1091. 婦女	fù nǚ	三級	1129. 感冒	gǎn mào	二級
1092. 富強	fù qiáng	三級	1130. 感情	gǎn qíng	二級
1093. 父親	fù qīn	一級	1131. 感染	gǎn rǎn	三級
1094. 附屬	fù shǔ	三級	1132. 感受	gǎn shòu	一級
1095. 富翁	fù wēng	二級	1133. 感想	gǎn xiǎng	三級
1096. 複習	fù xí	二級	1134. 感謝	gǎn xiè	一級
1097. 復興	fù xīng	三級	1135. 鋼筆	gāng bǐ	二級
1098. 副學士	fù xué shì	二級	1136. 剛才	gāng cái	一級
1099. 複印	fù yìn	三級	1137. 剛好	gāng hǎo	二級
1100. 富有	fù yǒu	三級	1138. 鋼琴	gāng qín	二級
1101. 富裕	fù yù	二級	1139. 鋼鐵	gāng tiě	二級
1102. 複雜	fù zá	三級	1140. 港口	gǎng kǒu	三級
1103. 負債	fù zhài	三級	1141. 港人治港	Gǎng rén zhì Gǎng	三級
1104. 負責	fù zé	一級	1142. 崗位	gǎng wèi	三級
1105. 改變	gǎi biàn	二級	1143. 港幣	gǎng bì	二級
1106. 改進	gǎi jìn	三級	1144. 高潮	gāo cháo	三級
1107. 改良	gǎi liáng	三級	1145. 高大	gāo dà	一級
1108. 改善	gǎi shàn	二級	1146. 高檔	gāo dàng	三級
1109. 改造	gǎi zào	三級	1147. 高等	gāo děng	三級
1110. 改正	gǎi zhèng	一級	1148. 高低	gāo dī	一級
1111. 概括	gài kuò	三級	1149. 糕點	gāo diǎn	二級
1112. 概念	gài niàn	三級	1150. 高度	gāo dù	三級
1113. 蓋子	gài zi	二級	1151. 高峯	gāo fēng	三級
1114. 乾脆	gān cuì	三級	1152. 高貴	gāo guì	三級
1115. 乾旱	gān hàn	三級	1153. 高級	gāo jí	三級
1116. 乾淨	gān jìng	一級	1154. 高空	gāo kōng	三級
1117. 乾枯	gān kū	三級	1155. 高明	gāo míng	三級
1118. 干擾	gān rǎo	三級	1156. 高尚	gāo shàng	三級
1119. 干涉	gān shè	三級	1157. 高手	gāo shǒu	二級
1120. 甘甜	gān tián	三級	1158. 高速	gāo sù	三級
1121. 甘心	gān xīn	三級	1159. 高興	gāo xìng	一級
1122. 感到	gǎn dào	三級	1160. 高壓	gāo yā	三級
1123. 感動	gǎn dòng	二級	1161. 高雅	gāo yǎ	三級
1124. 感激	gǎn jī	三級	1162. 稿子	gǎo zi	三級
1125. 趕緊	gǎn jǐn	二級	1163. 告別	gào bié	一級
1126. 感覺	gǎn jué	二級	1164. 告辭	gào cí	三級

1165.	告訴	gào su	二級	1203.	公尺	gōng chǐ	二級
1166.	歌唱	gē chàng	二級	1204.	宮殿	gōng diàn	三級
1167.	歌詞	gē cí	一級	1205.	功夫	gōng fu	三級
1168.	哥哥	gē ge	一級	1206.	公共	gōng gòng	一級
1169.	歌迷	gē mí	二級	1207.	恭賀	gōng hè	二級
1170.	歌曲	gē qǔ	二級	1208.	攻擊	gōng jī	三級
1171.	歌手	gē shǒu	二級	1209.	公斤	gōng jīn	二級
1172.	歌星	gē xīng	二級	1210.	工具	gōng jù	二級
1173.	鴿子	gē zi	二級	1211.	公開	gōng kāi	一級
1174.	隔壁	gé bì	二級	1212.	功課	gōng kè	一級
1175.	隔絕	gé jué	三級	1213.	功勞	gōng láo	三級
1176.	隔離	gé lí	三級	1214.	公里	gōng lǐ	二級
1177.	革命	gé mìng	三級	1215.	公路	gōng lù	一級
1178.	格式	gé shì	三級	1216.	公民	gōng mín	三級
1179.	格外	gé wài	三級	1217.	功能	gōng néng	三級
1180.	閣下	gé xià	三級	1218.	公平	gōng píng	二級
1181.	格言	gé yán	三級	1219.	工人	gōng rén	一級
1182.	個別	gè bié	二級	1220.	公認	gōng rèn	三級
1183.	個人	gè rén	一級	1221.	公式	gōng shì	三級
1184.	個體	gè tǐ	三級	1222.	公司	gōng sī	一級
1185.	個性	gè xìng	三級	1223.	公務員	gōng wù yuán	三級
1186.	各種	gè zhǒng	二級	1224.	恭喜	gōng xǐ	二級
1187.	個子	gè zi	三級	1225.	公園	gōng yuán	一級
1188.	各自	gè zì	二級	1226.	工業	gōng yè	二級
1189.	根本	gēn běn	二級	1227.	公益	gōng yì	三級
1190.	根據	gēn jù	三級	1228.	供應	gōng yìng	二級
1191.	跟隨	gēn suí	三級	1229.	公用	gōng yòng	二級
1192.	根源	gēn yuán	三級	1230.	公寓	gōng yù	三級
1193.	跟蹤	gēn zōng	二級	1231.	公眾	gōng zhòng	二級
1194.	耕地	gēng dì	二級	1232.	工作	gōng zuò	一級
1195.	更改	gēng gǎi	二級	1233.	鞏固	gǒng gù	三級
1196.	更換	gēng huàn	三級	1234.	共和國	gòng hé guó	三級
1197.	更新	gēng xīn	三級	1235.	共同	gòng tóng	一級
1198.	耕種	gēng zhòng	三級	1236.	貢獻	gòng xiàn	二級
1199.	更加	gèng jiā	一級	1237.	溝通	gōu tōng	三級
1200.	公佈	gōng bù	三級	1238.	鈎子	gōu zi	三級
1201.	工廠	gōng chǎng	二級	1239.	構成	gòu chéng	二級
1202.	工程	gōng chéng	三級	1240.	購買	gòu mǎi	二級

1241. 構造	gòu zào	三級	1279. 觀察	guān chá	二級
1242. 孤單	gū dān	三級	1280. 觀點	guān diǎn	三級
1243. 孤獨	gū dú	二級	1281. 官方	guān fāng	三級
1244. 孤兒	gū ér	二級	1282. 關懷	guān huái	二級
1245. 姑姑	gū gu	三級	1283. 關鍵	guān jiàn	三級
1246. 估計	gū jì	三級	1284. 觀看	guān kàn	一級
1247. 孤立	gū lì	三級	1285. 觀念	guān niàn	三級
1248. 姑娘	gū niang	二級	1286. 關係	guān xì	三級
1249. 估算	gū suàn	三級	1287. 關心	guān xīn	一級
1250. 古代	gǔ dài	一級	1288. 關於	guān yú	二級
1251. 古典	gǔ diǎn	三級	1289. 官員	guān yuán	三級
1252. 古董	gǔ dǒng	三級	1290. 觀眾	guān zhòng	二級
1253. 鼓動	gǔ dòng	三級	1291. 關注	guān zhù	三級
1254. 古怪	gǔ guài	二級	1292. 管理	guǎn lǐ	二級
1255. 古老	gǔ lǎo	一級	1293. 管用	guǎn yòng	三級
1256. 鼓勵	gǔ lì	三級	1294. 貫穿	guàn chuān	二級
1257. 古人	gǔ rén	三級	1295. 冠軍	guàn jūn	二級
1258. 骨髓	gǔ suǐ	三級	1296. 罐頭	guàn tou	二級
1259. 骨頭	gǔ tou	二級	1297. 光彩	guāng cǎi	三級
1260. 古往今來	gǔ wǎng jīn lái	三級	1298. 光滑	guāng huá	二級
1261. 鼓舞	gǔ wǔ	三級	1299. 光輝	guāng huī	三級
1262. 穀物	gǔ wù	三級	1300. 光亮	guāng liàng	一級
1263. 鼓掌	gǔ zhǎng	二級	1301. 光芒	guāng máng	二級
1264. 骨折	gǔ zhé	三級	1302. 光明	guāng míng	一級
1265. 固定	gù dìng	二級	1303. 光榮	guāng róng	三級
1266. 故宮	gù gōng	三級	1304. 光線	guāng xiàn	二級
1267. 顧客	gù kè	二級	1305. 光陰	guāng yīn	三級
1268. 故事	gù shi	一級	1306. 廣播	guǎng bō	二級
1269. 固體	gù tǐ	三級	1307. 廣場	guǎng chǎng	二級
1270. 顧問	gù wèn	三級	1308. 廣大	guǎng dà	二級
1271. 故鄉	gù xiāng	二級	1309. 廣泛	guǎng fàn	三級
1272. 故意	gù yì	一級	1310. 廣告	guǎng gào	一級
1273. 固執	gù zhi	三級	1311. 廣闊	guǎng kuò	二級
1274. 颱風	guā fēng	三級	1312. 規定	guī dìng	二級
1275. 掛念	guà niàn	三級	1313. 規範	guī fàn	三級
1276. 拐彎	guǎi wān	二級	1314. 歸還	guī huán	二級
1277. 怪不得	guài bu de	三級	1315. 規矩	guī ju	二級
1278. 關閉	guān bì	三級	1316. 規律	guī lù	三級

1317. 規模	guī mó	三級	1355. 孩子	hái zi	一級
1318. 歸納	guī nà	三級	1356. 海岸	hǎi àn	三級
1319. 規則	guī zé	三級	1357. 海報	hǎi bào	二級
1320. 軌道	guǐ dào	三級	1358. 海濱	hǎi bīn	三級
1321. 貴賓	guì bīn	三級	1359. 海島	hǎi dǎo	三級
1322. 櫃台	guì tái	三級	1360. 海關	hǎi guān	三級
1323. 貴重	guì zhòng	三級	1361. 海軍	hǎi jūn	三級
1324. 櫃子	guì zi	二級	1362. 海灘	hǎi tān	二級
1325. 貴族	guì zú	三級	1363. 海豚	hǎi tún	二級
1326. 國防	guó fáng	三級	1364. 海外	hǎi wài	三級
1327. 國歌	guó gē	二級	1365. 海峽	hǎi xiá	三級
1328. 國畫	guó huà	三級	1366. 海嘯	hǎi xiào	三級
1329. 國徽	guó huī	三級	1367. 海洋	hǎi yáng	一級
1330. 國籍	guó jí	二級	1368. 害蟲	hài chóng	二級
1331. 國際	guó jì	三級	1369. 害怕	hài pà	一級
1332. 國家	guó jiā	一級	1370. 害羞	hài xiū	二級
1333. 國家安全	guó jiā ān quán	三級	1371. 含糊	hán hu	三級
1334. 國家主席	guó jià zhǔ xí	二級	1372. 寒假	hán jià	二級
1335. 國民	guó mín	三級	1373. 含量	hán liàng	三級
1336. 國民教育	guó mín jiào yù	三級	1374. 寒冷	hán lěng	二級
1337. 國旗	guó qí	二級	1375. 含義	hán yì	三級
1338. 國慶	guó qìng	二級	1376. 喊叫	hǎn jiào	二級
1339. 國土	guó tǔ	三級	1377. 汗水	hàn shuǐ	一級
1340. 國王	guó wáng	一級	1378. 捍衛	hàn wèi	三級
1341. 果實	guǒ shí	二級	1379. 漢語	hàn yǔ	三級
1342. 果樹	guǒ shù	一級	1380. 漢字	hàn zì	一級
1343. 果汁	guǒ zhī	一級	1381. 漢族	hàn zú	三級
1344. 果子	guǒ zi	二級	1382. 航班	háng bān	三級
1345. 過程	guò chéng	二級	1383. 航海	háng hǎi	二級
1346. 過度	guò dù	三級	1384. 航空	háng kōng	三級
1347. 過分	guò fèn	三級	1385. 行列	háng liè	三級
1348. 過來	guò·lái	一級	1386. 航天	háng tiān	三級
1349. 過敏	guò mǐn	三級	1387. 航線	háng xiàn	三級
1350. 過年	guò nián	二級	1388. 航行	háng xíng	三級
1351. 過去	guò·qù	二級	1389. 行業	háng yè	三級
1352. 過於	guò yú	三級	1390. 豪華	háo huá	三級
1353. 滾動	gǔn dòng	二級	1391. 毫米	háo mǐ	二級
1354. 棍子	gùn zi	二級	1392. 好處	hǎo chù	一級

1393.	好感	hǎo gǎn	三級	1431.	黑人	hēi rén	三級
1394.	好看	hǎo kàn	一級	1432.	黑夜	hēi yè	二級
1395.	好事	hǎo shì	三級	1433.	痕跡	hén jì	三級
1396.	好像	hǎo xiàng	一級	1434.	狠心	hěn xīn	三級
1397.	好笑	hǎo xiào	二級	1435.	恨不得	hèn bu de	三級
1398.	好心	hǎo xīn	三級	1436.	橫行	héng xíng	三級
1399.	好意	hǎo yì	二級	1437.	轟動	hōng dòng	三級
1400.	號稱	hào chēng	三級	1438.	洪亮	hóng liàng	三級
1401.	號令	hào lìng	三級	1439.	洪水	hóng shuǐ	三級
1402.	號碼	hào mǎ	二級	1440.	宏偉	hóng wěi	三級
1403.	好奇	hào qí	二級	1441.	弘揚	hóng yáng	三級
1404.	好事	hào shì	三級	1442.	喉嚨	hóu · lóng	二級
1405.	號召	hào zhào	三級	1443.	猴子	hóu zi	二級
1406.	和藹	hé ǎi	二級	1444.	後代	hòu dài	三級
1407.	何必	hé bì	二級	1445.	後果	hòu guǒ	一級
1408.	合併	hé bìng	三級	1446.	後悔	hòu huǐ	二級
1409.	合唱	hé chàng	三級	1447.	後來	hòu lái	一級
1410.	合法	hé fǎ	三級	1448.	後面	hòu miàn	三級
1411.	合格	hé gé	二級	1449.	後退	hòu tuì	二級
1412.	荷花	hé huā	二級	1450.	呼叫	hū jiào	二級
1413.	和解	hé jiě	三級	1451.	忽略	hū lüè	三級
1414.	河流	hé liú	一級	1452.	忽然	hū rán	二級
1415.	合理	hé lǐ	二級	1453.	忽視	hū shì	三級
1416.	和睦	hé mù	三級	1454.	呼吸	hū xī	二級
1417.	和平	hé píng	一級	1455.	蝴蝶	hú dié	一級
1418.	和氣	hé qì	三級	1456.	狐狸	hú li	一級
1419.	和尚	hé shang	二級	1457.	胡亂	hú luàn	二級
1420.	合適	hé shì	二級	1458.	胡鬧	hú nào	三級
1421.	核桃	hé tao	三級	1459.	胡說八道	hú shuō bā dào	三級
1422.	合同	hé · tóng	三級	1460.	糊塗	hú tu	二級
1423.	和諧	hé xié	三級	1461.	鬍鬚	hú xū	三級
1424.	核心	hé xīn	三級	1462.	護理	hù lǐ	三級
1425.	盒子	hé zi	二級	1463.	護士	hù shi	二級
1426.	合作	hé zuò	一級	1464.	互相	hù xiāng	二級
1427.	喝彩	hè cǎi	三級	1465.	護照	hù zhào	三級
1428.	黑暗	hēi àn	二級	1466.	互助	hù zhù	二級
1429.	黑白	hēi bái	一級	1467.	花瓣	huā bàn	二級
1430.	黑板	hēi bǎn	二級	1468.	花草	huā cǎo	一級

1469.	花叢	huā cóng	三級
1470.	花朵	huā duǒ	一級
1471.	花費	huā fèi	三級
1472.	花瓶	huā píng	二級
1473.	花生	huā shēng	一級
1474.	花言巧語	huā yán qiǎo yǔ	三級
1475.	花樣	huā yàng	三級
1476.	花園	huā yuán	一級
1477.	華麗	huá lì	三級
1478.	華僑	huá qiáo	三級
1479.	華人	huá rén	三級
1480.	畫家	huà jiā	二級
1481.	話劇	huà jù	三級
1482.	畫面	huà miàn	三級
1483.	化石	huà shí	三級
1484.	化學	huà xué	三級
1485.	懷念	huái niàn	二級
1486.	懷疑	huái yí	二級
1487.	壞蛋	huài dàn	三級
1488.	歡呼	huān hū	二級
1489.	歡樂	huān lè	一級
1490.	歡喜	huān xǐ	二級
1491.	歡笑	huān xiào	一級
1492.	歡迎	huān yíng	二級
1493.	環節	huán jié	三級
1494.	環境	huán jìng	二級
1495.	環繞	huán rào	三級
1496.	緩慢	huǎn màn	三級
1497.	換取	huàn qǔ	三級
1498.	煥然一新	huàn rán yī xīn	三級
1499.	幻想	huàn xiǎng	三級
1500.	喚醒	huàn xǐng	二級
1501.	患者	huàn zhě	三級
1502.	荒地	huāng dì	二級
1503.	荒涼	huāng liáng	三級
1504.	慌亂	huāng luàn	三級
1505.	慌忙	huāng máng	二級
1506.	慌張	huāng zhāng	二級
1507.	皇帝	huáng dì	二級
1508.	黃帝	Huáng dì	三級
1509.	皇后	huáng hòu	二級
1510.	黃昏	huáng hūn	二級
1511.	黃金	huáng jīn	二級
1512.	黃色	huáng sè	三級
1513.	謊言	huǎng yán	三級
1514.	晃動	huàng dòng	三級
1515.	灰白	huī bái	三級
1516.	灰塵	huī chén	二級
1517.	恢復	huī fù	三級
1518.	輝煌	huī huáng	三級
1519.	揮手	huī shǒu	二級
1520.	揮舞	huī wǔ	三級
1521.	灰心	huī xīn	二級
1522.	回答	huí dá	一級
1523.	回復	huí fù	二級
1524.	回顧	huí gù	三級
1525.	回收	huí shōu	一級
1526.	回頭	huí tóu	三級
1527.	回鄉證	huí xiāng zhèng	二級
1528.	回想	huí xiǎng	二級
1529.	回憶	huí yì	三級
1530.	回應	huí yìng	二級
1531.	毀壞	huǐ huài	三級
1532.	毀滅	huǐ miè	三級
1533.	匯報	huì bào	三級
1534.	會場	huì chǎng	二級
1535.	會見	huì jiàn	三級
1536.	會談	huì tán	三級
1537.	彗星	huì xīng	二級
1538.	會議	huì yì	三級
1539.	會員	huì yuán	一級
1540.	活動	huó dòng	三級
1541.	活力	huó lì	三級
1542.	活潑	huó pō	一級
1543.	活躍	huó yuè	二級
1544.	火把	huǒ bǎ	三級

1545. 夥伴	huǒ bàn	三級	1583. 激勵	jī lì	三級
1546. 火車	huǒ chē	一級	1584. 激烈	jī liè	三級
1547. 火紅	huǒ hóng	三級	1585. 機靈	jī ling	三級
1548. 火花	huǒ huā	二級	1586. 積木	jī mù	二級
1549. 火箭	huǒ jiàn	二級	1587. 機器	jī · qì	二級
1550. 火熱	huǒ rè	二級	1588. 肌肉	jī ròu	三級
1551. 火焰	huǒ yàn	三級	1589. 機械	jī xiè	三級
1552. 火災	huǒ zāi	二級	1590. 機智	jī zhì	三級
1553. 貨幣	huò bì	二級	1591. 級別	jí bié	三級
1554. 獲得	huò dé	二級	1592. 疾病	jí bìng	二級
1555. 禍害	huò hai	三級	1593. 急促	jí cù	三級
1556. 貨輪	huò lún	三級	1594. 嫉妒	jí dù	三級
1557. 貨物	huò wù	二級	1595. 極度	jí dù	三級
1558. 或者	huò zhě	三級	1596. 極端	jí duān	三級
1559. 昏暗	hūn àn	三級	1597. 及格	jí gé	二級
1560. 婚禮	hūn lǐ	三級	1598. 集合	jí hé	二級
1561. 昏迷	hūn mí	三級	1599. 集會	jí huì	三級
1562. 婚姻	hūn yīn	三級	1600. 即將	jí jiāng	三級
1563. 渾身	hún shēn	三級	1601. 急救	jí jiù	二級
1564. 混合	hùn hé	三級	1602. 即刻	jí kè	三級
1565. 混亂	hùn luàn	三級	1603. 吉利	jí lì	三級
1566. 擊敗	jī bài	二級	1604. 急忙	jí máng	一級
1567. 基本	jī běn	三級	1605. 極其	jí qí	三級
1568. 基本法	Jī běn fǎ	三級	1606. 及時	jí shí	二級
1569. 基層	jī céng	三級	1607. 即時	jí shí	二級
1570. 機場	jī chǎng	二級	1608. 即食麵	jí shí miàn	二級
1571. 基礎	jī chǔ	三級	1609. 即使	jí shǐ	三級
1572. 雞蛋	jī dàn	一級	1610. 急速	jí sù	三級
1573. 基地	jī dì	三級	1611. 集體	jí tǐ	三級
1574. 激動	jī dòng	三級	1612. 吉祥	jí xiáng	三級
1575. 基督教	Jī dū jiào	三級	1613. 集郵	jí yóu	三級
1576. 飢餓	jī è	二級	1614. 及早	jí zǎo	三級
1577. 機構	jī gòu	三級	1615. 急躁	jí zào	三級
1578. 幾乎	jī hū	二級	1616. 急診	jí zhěn	三級
1579. 機會	jī huì	一級	1617. 集中	jí zhōng	二級
1580. 積極	jī jí	三級	1618. 給予	jǐ yǔ	三級
1581. 基金	jī jīn	三級	1619. 繼承	jì chéng	三級
1582. 積累	jī lěi	二級	1620. 記得	jì · dé	二級

1621.	季度	jì dù	三級	1659.	家鄉	jiā xiāng	二級
1622.	計劃	jì huà	一級	1660.	家園	jiā yuán	三級
1623.	計較	jì jiào	二級	1661.	家用	jiā yòng	三級
1624.	季節	jì jié	二級	1662.	加油	jiā yóu	一級
1625.	寂靜	jì jìng	三級	1663.	家長	jiā zhǎng	一級
1626.	紀錄	jì lù	二級	1664.	家政	jiāzhèng	二級
1627.	記錄	jì lù	三級	1665.	假如	jiǎ rú	二級
1628.	紀律	jì lǜ	二級	1666.	假設	jiǎ shè	三級
1629.	紀律部隊	jì lǜ bù duì	三級	1667.	假使	jiǎ shǐ	三級
1630.	寂寞	jì mò	二級	1668.	假裝	jiǎ zhuāng	三級
1631.	繼母	jì mǔ	三級	1669.	價格	jià gé	二級
1632.	紀念	jì niàn	二級	1670.	假期	jià qī	一級
1633.	技能	jì néng	三級	1671.	價錢	jià · qián	二級
1634.	技巧	jì qiǎo	三級	1672.	假日	jià rì	一級
1635.	既然	jì rán	二級	1673.	駕駛	jià shǐ	二級
1636.	技術	jì shù	三級	1674.	價值	jià zhí	二級
1637.	寄宿	jì sù	三級	1675.	肩膀	jiān bǎng	二級
1638.	計算	jì suàn	三級	1676.	堅持	jiān chí	三級
1639.	寄託	jì tuō	三級	1677.	堅定	jiān dìng	三級
1640.	跡象	jì xiàng	三級	1678.	監督	jiān dū	三級
1641.	繼續	jì xù	二級	1679.	堅固	jiān gù	二級
1642.	記憶	jì yì	二級	1680.	艱巨	jiān jù	三級
1643.	記者	jì zhě	三級	1681.	堅決	jiān jué	三級
1644.	家常	jiā cháng	三級	1682.	艱苦	jiān kǔ	二級
1645.	加法	jiā fǎ	三級	1683.	殲滅	jiān miè	三級
1646.	加工	jiā gōng	三級	1684.	艱難	jiān nán	二級
1647.	家教	jiā jiào	三級	1685.	堅強	jiān qiáng	二級
1648.	佳節	jiā jié	二級	1686.	監視	jiān shì	三級
1649.	家境	jiā jìng	三級	1687.	肩頭	jiān tóu	三級
1650.	家具	jiā jù	三級	1688.	艱辛	jiān xīn	三級
1651.	加快	jiā kuài	一級	1689.	堅信	jiān xìn	三級
1652.	嘉年華	jiā nián huá	二級	1690.	堅硬	jiān yìng	二級
1653.	加強	jiā qiáng	二級	1691.	監獄	jiān yù	三級
1654.	家人	jiā rén	一級	1692.	兼職	jiān zhí	三級
1655.	加入	jiā rù	二級	1693.	檢查	jiǎn chá	一級
1656.	加深	jiā shēn	三級	1694.	檢測	jiǎn cè	三級
1657.	加速	jiā sù	三級	1695.	簡單	jiǎn dān	一級
1658.	家庭	jiā tíng	一級	1696.	剪刀	jiǎn dāo	二級

1697. 簡短	jiǎn duǎn	三級	1735. 講課	jiǎng kè	三級
1698. 簡潔	jiǎn jié	三級	1736. 獎勵	jiǎng lì	三級
1699. 簡介	jiǎn jiè	三級	1737. 獎品	jiǎng pǐn	二級
1700. 檢控	jiǎn kòng	三級	1738. 講師	jiǎng shī	三級
1701. 儉樸	jiǎn pǔ	三級	1739. 講台	jiǎng tái	三級
1702. 減輕	jiǎn qīng	三級	1740. 獎學金	jiǎng xué jīn	三級
1703. 減弱	jiǎn ruò	三級	1741. 獎章	jiǎng zhāng	三級
1704. 減少	jiǎn shǎo	二級	1742. 講座	jiǎng zuò	三級
1705. 減速	jiǎn sù	三級	1743. 降低	jiàng dī	三級
1706. 檢討	jiǎn tǎo	三級	1744. 降落	jiàng luò	二級
1707. 檢驗	jiǎn yàn	三級	1745. 降溫	jiàng wēn	三級
1708. 簡要	jiǎn yào	三級	1746. 醬油	jiàng yóu	二級
1709. 簡易	jiǎn yì	三級	1747. 驕傲	jiāo ào	二級
1710. 簡直	jiǎn zhí	三級	1748. 交代	jiāo dài	三級
1711. 間諜	jiàn dié	三級	1749. 焦點	jiāo diǎn	三級
1712. 鑒定	jiàn dìng	三級	1750. 交換	jiāo huàn	一級
1713. 漸漸	jiàn jiàn	二級	1751. 焦急	jiāo jí	三級
1714. 健康	jiàn kāng	二級	1752. 交際	jiāo jì	三級
1715. 建立	jiàn lì	三級	1753. 交界	jiāo jiè	三級
1716. 見面	jiàn miàn	一級	1754. 交流	jiāo liú	三級
1717. 鍵盤	jiàn pán	三級	1755. 嬌嫩	jiāo nèn	三級
1718. 見識	jiàn shi	三級	1756. 郊區	jiāo qū	二級
1719. 建設	jiàn shè	二級	1757. 教授	jiāo shòu	三級
1720. 健身	jiàn shēn	三級	1758. 教書	jiāo shū	二級
1721. 箭頭	jiàn tóu	二級	1759. 交談	jiāo tán	三級
1722. 見聞	jiàn wén	三級	1760. 交替	jiāo tì	三級
1723. 建議	jiàn yì	二級	1761. 交通	jiāo tōng	一級
1724. 建造	jiàn zào	二級	1762. 郊外	jiāo wài	二級
1725. 建築	jiàn zhù	二級	1763. 交往	jiāo wǎng	三級
1726. 健壯	jiàn zhuàng	三級	1764. 教學	jiāo xué	三級
1727. 將近	jiāng jìn	三級	1765. 交易	jiāo yì	三級
1728. 將來	jiāng lái	一級	1766. 郊野公園	jiāo yě gōng yuán	二級
1729. 江山	jiāng shān	三級	1767. 攪拌	jiǎo bàn	三級
1730. 將要	jiāng yào	三級	1768. 腳步	jiǎo bù	一級
1731. 僵硬	jiāng yìng	三級	1769. 角度	jiǎo dù	三級
1732. 講話	jiǎng huà	二級	1770. 狡猾	jiǎo huá	二級
1733. 獎金	jiǎng jīn	二級	1771. 角落	jiǎo luò	二級
1734. 講究	jiǎngjiu	三級	1772. 腳印	jiǎo yìn	三級

1773. 矯正	jiǎo zhèng	三級	1811. 潔淨	jié jìng	二級
1774. 腳趾	jiǎo zhǐ	二級	1812. 竭力	jié lì	三級
1775. 餃子	jiǎo zi	二級	1813. 結論	jié lùn	三級
1776. 教材	jiào cái	三級	1814. 節目	jié mù	一級
1777. 教導	jiào dǎo	三級	1815. 節日	jié rì	一級
1778. 叫喊	jiào hǎn	二級	1816. 節省	jié shěng	二級
1779. 叫好	jiào hǎo	三級	1817. 結束	jié shù	二級
1780. 叫喚	jiào huan	二級	1818. 節約	jié yuē	二級
1781. 教科書	jiào kē shū	三級	1819. 截止	jié zhǐ	三級
1782. 教師	jiào shī	一級	1820. 節制	jié zhì	三級
1783. 教室	jiào shì	一級	1821. 截至	jié zhì	三級
1784. 教授	jiào shòu	三級	1822. 節奏	jié zòu	三級
1785. 教堂	jiào táng	二級	1823. 傑作	jié zuò	三級
1786. 教學	jiào xué	三級	1824. 解除	jiě chú	二級
1787. 教訓	jiào xùn	三級	1825. 解答	jiě dá	二級
1788. 教育	jiào yù	三級	1826. 解放	jiě fàng	三級
1789. 教育局	jiào yù jú	二級	1827. 姐姐	jiě jie	一級
1790. 接觸	jiē chù	三級	1828. 解救	jiě jiù	三級
1791. 接待	jiē dài	三級	1829. 解決	jiě jué	二級
1792. 街道	jiē dào	一級	1830. 解渴	jiě kě	三級
1793. 階段	jiē duàn	三級	1831. 姐妹	jiě mèi	三級
1794. 揭發	jiē fā	三級	1832. 解說	jiě shuō	二級
1795. 街坊	jiē fang	三級	1833. 解釋	jiě shì	二級
1796. 階級	jiē jí	三級	1834. 藉口	jiè kǒu	三級
1797. 接見	jiē jiàn	三級	1835. 介入	jiè rù	三級
1798. 接近	jiē jìn	二級	1836. 介紹	jiè shào	二級
1799. 揭露	jiē lù	三級	1837. 界限	jiè xiàn	三級
1800. 結實	jiē shi	二級	1838. 介意	jiè yì	三級
1801. 接受	jiē shòu	一級	1839. 戒指	jiè zhi	三級
1802. 階梯	jiē tī	三級	1840. 金黃	jīn huáng	一級
1803. 街頭	jiē tóu	二級	1841. 今後	jīn hòu	二級
1804. 潔白	jié bái	二級	1842. 今年	jīn nián	三級
1805. 結伴	jié bàn	三級	1843. 金融	jīn róng	二級
1806. 傑出	jié chū	三級	1844. 金屬	jīn shǔ	二級
1807. 結構	jié gòu	三級	1845. 今天	jīn tiān	一級
1808. 結果	jié guǒ	三級	1846. 金魚	jīn yú	二級
1809. 結合	jié hé	三級	1847. 金子	jīn zi	二級
1810. 結婚	jié hūn	二級	1848. 儘管	jǐn guǎn	三級

1849.	緊急	jǐn jí	三級	1887.	精品	jīng pǐn	三級
1850.	僅僅	jǐn jǐn	三級	1888.	精確	jīng què	三級
1851.	儘快	jǐn kuài	三級	1889.	驚人	jīng rén	二級
1852.	儘量	jǐn liàng	三級	1890.	精神	jīng shen	二級
1853.	謹慎	jǐn shèn	三級	1891.	精神	jīng shén	二級
1854.	緊縮	jǐn suō	三級	1892.	精通	jīng tōng	三級
1855.	緊張	jǐn zhāng	二級	1893.	驚險	jīng xiǎn	三級
1856.	進步	jìn bù	二級	1894.	經銷	jīng xiāo	三級
1857.	進出	jìn chū	二級	1895.	精心	jīng xīn	三級
1858.	近代	jìn dài	三級	1896.	驚訝	jīng yà	三級
1859.	進度	jìn dù	三級	1897.	經驗	jīng yàn	二級
1860.	進攻	jìn gōng	三級	1898.	精英	jīng yīng	三級
1861.	進化	jìn huà	三級	1899.	晶瑩	jīng yíng	三級
1862.	近郊	jìn jiāo	三級	1900.	精緻	jīng zhì	三級
1863.	進口	jìn kǒu	二級	1901.	警察	jǐng chá	三級
1864.	近來	jìn lái	二級	1902.	警告	jǐng gào	二級
1865.	盡力	jìn lì	二級	1903.	景觀	jǐng guān	三級
1866.	近期	jìn qī	三級	1904.	景色	jǐng sè	一級
1867.	禁區	jìn qū	二級	1905.	警署	jǐng shǔ	二級
1868.	進入	jìn rù	一級	1906.	警惕	jǐng tì	三級
1869.	近視	jìn shì	二級	1907.	景物	jǐng wù	一級
1870.	近似	jìn sì	三級	1908.	景象	jǐng xiàng	三級
1871.	進行	jìn xíng	一級	1909.	警員	jǐng yuán	二級
1872.	進展	jìn zhǎn	三級	1910.	敬愛	jìng ài	三級
1873.	禁止	jìn zhǐ	二級	1911.	境界	jìng jiè	三級
1874.	精彩	jīng cǎi	三級	1912.	敬禮	jìng lǐ	三級
1875.	經常	jīng cháng	一級	1913.	競賽	jìng sài	二級
1876.	京城	jīng chéng	三級	1914.	競選	jìng xuǎn	三級
1877.	經過	jīng guò	一級	1915.	敬業	jìng yè	三級
1878.	精華	jīng huá	三級	1916.	敬意	jìng yì	三級
1879.	驚慌	jīng huāng	三級	1917.	競爭	jìng zhēng	二級
1880.	經濟	jīng jì	三級	1918.	靜止	jìng zhǐ	三級
1881.	京劇	jīng jù	三級	1919.	鏡子	jìng zi	二級
1882.	經理	jīng lǐ	三級	1920.	究竟	jiū jìng	二級
1883.	精力	jīng lì	二級	1921.	糾正	jiū zhèng	三級
1884.	經歷	jīng lì	三級	1922.	酒店	jiǔ diàn	二級
1885.	精美	jīng měi	二級	1923.	酒家	jiǔ jiā	二級
1886.	精明	jīng míng	三級	1924.	酒樓	jiǔ lóu	二級

1925. 酒席	jiǔ xí	三級	1963. 捐款	juān kuǎn	三級
1926. 久遠	jiǔ yuǎn	三級	1964. 捐血	juān xuè	三級
1927. 就餐	jiù cān	三級	1965. 捐贈	juān zèng	三級
1928. 就讀	jiù dú	三級	1966. 決策	jué cè	三級
1929. 救護	jiù hù	三級	1967. 覺得	jué de	一級
1930. 救命	jiù mìng	二級	1968. 決定	jué dìng	一級
1931. 就是	jiù shì	二級	1969. 絕對	jué duì	三級
1932. 就業	jiù yè	三級	1970. 倔強	jué jiàng	三級
1933. 救援	jiù yuán	三級	1971. 崛起	jué qǐ	三級
1934. 救災	jiù zāi	二級	1972. 決賽	jué sài	二級
1935. 救助	jiù zhù	三級	1973. 角色	jué sè	二級
1936. 鞠躬	jū gōng	三級	1974. 爵士	jué shì	三級
1937. 居民	jū mín	二級	1975. 絕望	jué wàng	三級
1938. 居然	jū rán	三級	1976. 覺悟	jué wù	三級
1939. 居屋	jū wū	二級	1977. 決心	jué xīn	二級
1940. 居住	jū zhù	一級	1978. 決戰	jué zhàn	三級
1941. 局部	jú bù	三級	1979. 軍備	jūn bèi	三級
1942. 局面	jú miàn	三級	1980. 軍隊	jūn duì	二級
1943. 橘子	jú zi	三級	1981. 軍官	jūn guān	二級
1944. 舉辦	jǔ bàn	二級	1982. 軍人	jūn rén	二級
1945. 舉報	jǔ bào	二級	1983. 軍事	jūn shì	三級
1946. 舉例	jǔ lì	二級	1984. 均勻	jūn yún	二級
1947. 舉行	jǔ xíng	一級	1985. 君子	jūn zǐ	三級
1948. 舉止	jǔ zhǐ	三級	1986. 俊美	jùn měi	三級
1949. 舉重	jǔ zhòng	三級	1987. 卡車	kǎ chē	二級
1950. 具備	jù bèi	三級	1988. 卡片	kǎ piàn	二級
1951. 劇場	jù chǎng	三級	1989. 卡通	kǎtōng	一級
1952. 巨大	jù dà	一級	1990. 開場	kāi chǎng	三級
1953. 聚會	jù huì	三級	1991. 開車	kāi chē	二級
1954. 拒絕	jù jué	二級	1992. 開除	kāi chú	二級
1955. 距離	jù lí	二級	1993. 開端	kāi duān	三級
1956. 劇烈	jù liè	三級	1994. 開發	kāi fā	三級
1957. 巨人	jù rén	二級	1995. 開放	kāi fàng	一級
1958. 據說	jù shuō	三級	1996. 開放日	kāifàngrì	一級
1959. 具體	jù tǐ	三級	1997. 開工	kāi gōng	三級
1960. 具有	jù yǒu	一級	1998. 開關	kāi guān	三級
1961. 劇院	jù yuàn	三級	1999. 開會	kāi huì	一級
1962. 句子	jù zi	一級	2000. 開闊	kāi kuò	三級

2001.	開朗	kāi lǎng	二級	2039.	可靠	kě kào	三級
2002.	開幕	kāi mù	三級	2040.	可口	kě kǒu	一級
2003.	開始	kāi shǐ	一級	2041.	可憐	kě lián	二級
2004.	開通	kāi tōng	三級	2042.	可能	kě néng	一級
2005.	開頭	kāi tóu	三級	2043.	可怕	kě pà	一級
2006.	開玩笑	kāi wán xiào	三級	2044.	可是	kě shì	一級
2007.	開心	kāi xīn	一級	2045.	渴望	kě wàng	二級
2008.	開學	kāi xué	一級	2046.	可惡	kě wù	三級
2009.	開業	kāi yè	三級	2047.	可惜	kě xī	二級
2010.	開展	kāi zhǎn	二級	2048.	可笑	kě xiào	三級
2011.	開張	kāi zhāng	三級	2049.	可疑	kě yí	三級
2012.	凱旋	kǎi xuán	三級	2050.	可以	kě yǐ	一級
2013.	看管	kān guǎn	三級	2051.	課本	kè běn	一級
2014.	看護	kān hù	三級	2052.	課程	kè chéng	二級
2015.	看守	kān shǒu	三級	2053.	客房	kè fáng	三級
2016.	刊物	kān wù	三級	2054.	克服	kè fú	二級
2017.	看病	kàn bìng	一級	2055.	刻苦	kè kǔ	二級
2018.	看法	kàn fǎ	二級	2056.	客氣	kè qi	二級
2019.	看見	kàn jiàn	一級	2057.	客人	kè rén	一級
2020.	看望	kàn wàng	三級	2058.	課室	kè shì	二級
2021.	康復	kāng fù	三級	2059.	課堂	kè táng	一級
2022.	抗擊	kàng jī	三級	2060.	客廳	kè tīng	二級
2023.	考查	kǎo chá	三級	2061.	課外	kè wài	一級
2024.	考慮	kǎo lǜ	三級	2062.	課文	kè wén	一級
2025.	考生	kǎo shēng	三級	2063.	肯定	kěn dìng	二級
2026.	考試	kǎo shì	一級	2064.	空洞	kōng dòng	三級
2027.	考驗	kǎo yàn	三級	2065.	空間	kōng jiān	二級
2028.	靠近	kào jìn	二級	2066.	空氣	kōng qì	一級
2029.	科技	kē jì	三級	2067.	空調	kōng tiáo	三級
2030.	顆粒	kē lì	三級	2068.	空中	kōng zhōng	一級
2031.	科目	kē mù	三級	2069.	恐怖	kǒng bù	三級
2032.	科普	kē pǔ	三級	2070.	空閒	kòng xián	三級
2033.	科學	kē xué	二級	2071.	空隙	kòng xì	三級
2034.	咳嗽	ké sou	二級	2072.	控制	kòng zhì	三級
2035.	可愛	kě ài	一級	2073.	口才	kǒu cái	三級
2036.	可悲	kě bēi	三級	2074.	口袋	kǒu dai	二級
2037.	可恥	kě chǐ	三級	2075.	口號	kǒu hào	三級
2038.	可貴	kě guì	三級	2076.	口令	kǒu lìng	三級

2077.	口水	kǒu shuǐ	二級	2115.	擴大	kuò dà	三級
2078.	口味	kǒu wèi	二級	2116.	括號	kuò hào	二級
2079.	口吻	kǒu wěn	三級	2117.	擴張	kuò zhāng	三級
2080.	口音	kǒu yīn	三級	2118.	垃圾	lā jī	二級
2081.	口語	kǒu yǔ	三級	2119.	喇叭	lǎ ba	二級
2082.	口罩	kǒu zhào	三級	2120.	辣椒	là jiāo	三級
2083.	扣除	kòu chú	三級	2121.	蠟燭	là zhú	二級
2084.	扣子	kòu zi	三級	2122.	來回	lái huí	一級
2085.	枯竭	kū jié	三級	2123.	來歷	lái lì	三級
2086.	哭泣	kū qì	二級	2124.	來往	lái wǎng	三級
2087.	枯燥	kū zào	三級	2125.	來信	lái xìn	二級
2088.	苦惱	kǔ nǎo	三級	2126.	來源	lái yuán	三級
2089.	苦難	kǔ nàn	二級	2127.	來自	lái zì	三級
2090.	苦笑	kǔ xiào	三級	2128.	欄杆	lán gān	二級
2091.	酷愛	kù ài	三級	2129.	蘭花	lán huā	三級
2092.	酷暑	kù shǔ	三級	2130.	藍領	lán lǐng	三級
2093.	褲子	kù zi	二級	2131.	籃球	lán qiú	二級
2094.	誇大	kuā dà	三級	2132.	藍色	lán sè	一級
2095.	誇獎	kuā jiǎng	三級	2133.	籃子	lán zi	二級
2096.	快餐	kuài cān	三級	2134.	懶惰	lǎn duò	三級
2097.	快遞	kuài dì	二級	2135.	狼狽	láng bèi	三級
2098.	快活	kuài huo	二級	2136.	朗讀	lǎng dú	一級
2099.	會計	kuài jì	三級	2137.	浪潮	làng cháo	三級
2100.	快樂	kuài lè	一級	2138.	浪費	làng fèi	二級
2101.	快速	kuài sù	三級	2139.	浪漫	làng màn	三級
2102.	筷子	kuài zi	二級	2140.	朗誦	lǎng sòng	一級
2103.	寬敞	kuānchang	三級	2141.	勞動	láo dòng	二級
2104.	寬大	kuān dà	三級	2142.	牢固	láo gù	三級
2105.	寬廣	kuān guǎng	三級	2143.	牢記	láo jì	三級
2106.	寬闊	kuān kuò	二級	2144.	勞累	láo lèi	三級
2107.	款式	kuǎn shì	三級	2145.	勞作	láo zuò	三級
2108.	狂風	kuáng fēng	二級	2146.	老虎	lǎo hǔ	一級
2109.	狂熱	kuáng rè	三級	2147.	老人	lǎo rén	三級
2110.	況且	kuàng qiě	三級	2148.	老實	lǎo shi	二級
2111.	昆蟲	kūn chóng	二級	2149.	老師	lǎo shī	一級
2112.	困難	kùn nan	二級	2150.	老鼠	lǎo shǔ	一級
2113.	困擾	kùn rǎo	三級	2151.	樂觀	lè guān	三級
2114.	擴充	kuò chōng	三級	2152.	樂趣	lè qù	二級

2153.	樂園	lè yuán	二級	2191.	立刻	lì kè	二級
2154.	樂意	lè yì	二級	2192.	歷來	lì lái	三級
2155.	雷電	léi diàn	三級	2193.	力氣	lì qi	二級
2156.	雷雨	léi yǔ	二級	2194.	例如	lì rú	一級
2157.	累積	lěi jī	三級	2195.	歷史	lì shǐ	三級
2158.	類別	lèi bié	二級	2196.	例外	lì wài	三級
2159.	類比	lèi bǐ	三級	2197.	利益	lì yì	三級
2160.	類似	lèi sì	三級	2198.	利用	lì yòng	二級
2161.	類型	lèi xíng	二級	2199.	力爭	lì zhēng	三級
2162.	冷淡	lěng dàn	三級	2200.	立志	lì zhì	三級
2163.	冷風	lěng fēng	一級	2201.	例子	lì zi	一級
2164.	冷汗	lěng hàn	三級	2202.	力量	lì·liàng	一級
2165.	冷靜	lěng jìng	三級	2203.	聯合	lián hé	二級
2166.	冷落	lěng luò	三級	2204.	連接	lián jiē	三級
2167.	冷氣	lěng qì	二級	2205.	連忙	lián máng	二級
2168.	冷飲	lěng yǐn	二級	2206.	連同	lián tóng	三級
2169.	離別	lí bié	三級	2207.	聯繫	lián xì	三級
2170.	離開	lí kāi	二級	2208.	聯想	lián xiǎng	三級
2171.	厘米	lí mǐ	二級	2209.	連續	lián xù	三級
2172.	黎明	lí míng	二級	2210.	連衣裙	lián yī qún	三級
2173.	理髮	lǐ fà	二級	2211.	臉頰	liǎn jiá	三級
2174.	理會	lǐ huì	三級	2212.	練習	liàn xí	一級
2175.	禮節	lǐ jié	三級	2213.	涼快	liáng kuai	二級
2176.	理解	lǐ jiě	三級	2214.	糧食	liáng shi	二級
2177.	理論	lǐ lùn	三級	2215.	涼爽	liáng shuǎng	三級
2178.	禮貌	lǐ mào	一級	2216.	涼鞋	liáng xié	二級
2179.	裏面	lǐ miàn	三級	2217.	諒解	liàng jiě	三級
2180.	禮品	lǐ pǐn	三級	2218.	潦草	liáo cǎo	二級
2181.	禮堂	lǐ táng	二級	2219.	潦倒	liáo dǎo	三級
2182.	禮物	lǐ wù	一級	2220.	聊天兒	liáo tiānr	三級
2183.	理想	lǐ xiǎng	二級	2221.	了解	liǎo jiě	三級
2184.	禮儀	lǐ yí	三級	2222.	了不起	liǎo bu qǐ	二級
2185.	理由	lǐ yóu	一級	2223.	料理	liào lǐ	三級
2186.	鯉魚	lǐ yú	三級	2224.	列車	liè chē	二級
2187.	利弊	lì bì	三級	2225.	裂縫	liè fèng	三級
2188.	立場	lì chǎng	三級	2226.	烈火	liè huǒ	二級
2189.	厲害	lì hai	二級	2227.	獵人	liè rén	二級
2190.	立即	lì jí	二級	2228.	烈日	liè rì	三級

2229. 獵物	liè wù	三級	2267. 路口	lù kǒu	一級
2230. 鄰居	lín jū	二級	2268. 錄取	lù qǔ	三級
2231. 臨時	lín shí	三級	2269. 路人	lù rén	二級
2232. 凌晨	líng chén	三級	2270. 露水	lù shuǐ	二級
2233. 靈感	líng gǎn	三級	2271. 路線	lù xiàn	三級
2234. 靈魂	líng hún	三級	2272. 陸續	lù xù	三級
2235. 靈活	líng huó	二級	2273. 錄音	lù yīn	二級
2236. 玲瓏	líng lóng	三級	2274. 露珠	lù zhū	三級
2237. 零錢	líng qián	三級	2275. 旅程	lǚ chéng	三級
2238. 靈巧	líng qiǎo	三級	2276. 旅店	lǚ diàn	三級
2239. 零售	líng shòu	三級	2277. 旅館	lǚ guǎn	三級
2240. 菱形	líng xíng	二級	2278. 旅客	lǚ kè	一級
2241. 領帶	lǐng dài	二級	2279. 旅途	lǚ tú	三級
2242. 領隊	lǐng duì	三級	2280. 旅行	lǚ xíng	一級
2243. 領會	lǐng huì	三級	2281. 旅遊	lǚ yóu	二級
2244. 領取	lǐng qǔ	三級	2282. 綠化	lǜ huà	三級
2245. 領土	lǐng tǔ	三級	2283. 綠卡	lǜ kǎ	三級
2246. 領悟	lǐng wù	三級	2284. 律師	lǜ shī	三級
2247. 領先	lǐng xiān	二級	2285. 綠色	lǜ sè	一級
2248. 領袖	lǐng xiù	三級	2286. 亂七八糟	luàn qī bā zāo	三級
2249. 另外	lìng wài	二級	2287. 輪船	lún chuán	二級
2250. 流暢	liú chàng	三級	2288. 輪流	lún liú	三級
2251. 流動	liú dòng	二級	2289. 論文	lùn wén	三級
2252. 流浪	liú làng	二級	2290. 蘿蔔	luó bo	二級
2253. 流利	liú lì	三級	2291. 落後	luò hòu	三級
2254. 流水	liú shuǐ	二級	2292. 落空	luò kōng	三級
2255. 流通	liú tōng	三級	2293. 落日	luò rì	三級
2256. 流星	liú xīng	三級	2294. 落實	luò shí	三級
2257. 流行	liú xíng	二級	2295. 駱駝	luò tuo	二級
2258. 留學	liú xué	三級	2296. 媽媽	mā ma	一級
2259. 留意	liú yì	三級	2297. 麻煩	má fan	二級
2260. 龍捲風	lóng juǎn fēng	三級	2298. 麻木	má mù	三級
2261. 隆重	lóng zhòng	三級	2299. 馬虎	mǎ hu	三級
2262. 籠子	lóng zi	三級	2300. 馬鈴薯	mǎ líng shǔ	二級
2263. 樓房	lóu fáng	三級	2301. 馬路	mǎ lù	二級
2264. 樓梯	lóu tī	二級	2302. 馬匹	mǎ pǐ	二級
2265. 路程	lù chéng	二級	2303. 馬上	mǎ shàng	一級
2266. 路過	lù guò	二級	2304. 碼頭	mǎ · tóu	二級

2305. 螞蟻	mǎ yǐ	一級	2343. 美德	měi dé	三級
2306. 埋伏	mái fú	三級	2344. 美觀	měi guān	二級
2307. 埋頭	mái tóu	三級	2345. 美好	měi hǎo	一級
2308. 埋葬	mái zàng	三級	2346. 美景	měi jǐng	二級
2309. 買賣	mǎi mài	二級	2347. 美酒	měi jiǔ	三級
2310. 脈搏	mài bó	三級	2348. 美麗	měi lì	一級
2311. 邁進	mài jìn	三級	2349. 美滿	měi mǎn	三級
2312. 賣力	mài lì	三級	2350. 美妙	měi miào	二級
2313. 滿意	mǎn yì	二級	2351. 美容	měi róng	三級
2314. 滿載	mǎn zài	三級	2352. 美術	měi shù	二級
2315. 滿足	mǎn zú	二級	2353. 美味	měi wèi	一級
2316. 漫步	màn bù	三級	2354. 美中不足	měi zhōng bù zú	二級
2317. 漫長	màn cháng	三級	2355. 魅力	mèi lì	三級
2318. 漫畫	màn huà	二級	2356. 妹妹	mèi mei	一級
2319. 蔓延	màn yán	三級	2357. 悶熱	mēn rè	二級
2320. 漫遊	màn yóu	三級	2358. 門口	mén kǒu	一級
2321. 忙碌	máng lù	三級	2359. 門票	mén piào	二級
2322. 忙亂	máng luàn	三級	2360. 門診	mén zhěn	三級
2323. 盲目	máng mù	三級	2361. 萌生	méng shēng	三級
2324. 盲人	máng rén	三級	2362. 蒙受	méng shòu	三級
2325. 貓頭鷹	māo tóu yīng	二級	2363. 萌芽	méng yá	三級
2326. 毛筆	máo bǐ	一級	2364. 猛烈	měng liè	三級
2327. 毛病	máo · bìng	二級	2365. 猛然	měng rán	三級
2328. 矛盾	máo dùn	三級	2366. 夢幻	mèng huàn	三級
2329. 毛巾	máo jīn	一級	2367. 夢鄉	mèng xiāng	三級
2330. 毛茸茸	máo róng róng	三級	2368. 夢想	mèng xiǎng	二級
2331. 茂密	mào mì	二級	2369. 彌補	mí bǔ	三級
2332. 茂盛	mào shèng	二級	2370. 迷糊	mí hu	二級
2333. 冒險	mào xiǎn	三級	2371. 迷惑	mí huò	三級
2334. 貿易	mào yì	三級	2372. 迷路	mí lù	三級
2335. 帽子	mào zi	二級	2373. 迷人	mí rén	一級
2336. 沒關係	méi guān xi	二級	2374. 迷信	mí xìn	二級
2337. 玫瑰	méi gui	二級	2375. 謎語	mí yǔ	二級
2338. 梅花	méi huā	二級	2376. 米飯	mǐ fàn	三級
2339. 眉毛	méi mao	二級	2377. 蜜蜂	mì fēng	一級
2340. 媒體	méi tǐ	三級	2378. 密碼	mì mǎ	三級
2341. 沒用	méi yòng	一級	2379. 祕密	mì mì	三級
2342. 沒有	méi yǒu	一級	2380. 密切	mì qiè	三級

2381.	蜜月	mì yuè	三級	2419.	名片	míng piàn	三級
2382.	棉花	mián huā	二級	2420.	明確	míng què	三級
2383.	免費	miǎn fèi	三級	2421.	名人	míng rén	二級
2384.	勉強	miǎn qiǎng	三級	2422.	明天	míng tiān	一級
2385.	麪包	miàn bāo	一級	2423.	明顯	míng xiǎn	二級
2386.	面對	miàn duì	三級	2424.	明星	míng xīng	一級
2387.	麪粉	miàn fěn	二級	2425.	名譽	míng yù	三級
2388.	面紅耳赤	miàn hóng ěr chì	三級	2426.	名著	míng zhù	三級
2389.	面積	miàn jī	三級	2427.	名字	míng zi	一級
2390.	面具	miàn jù	二級	2428.	命令	mìng lìng	二級
2391.	面孔	miàn kǒng	二級	2429.	命運	mìng yùn	三級
2392.	面臨	miàn lín	三級	2430.	摸索	mō suǒ	三級
2393.	面貌	miàn mào	三級	2431.	摩擦	mó cā	三級
2394.	面前	miàn qián	二級	2432.	魔法	mó fǎ	三級
2395.	面容	miàn róng	三級	2433.	模範	mó fàn	三級
2396.	描繪	miáo huì	三級	2434.	模仿	mó fǎng	二級
2397.	描述	miáo shù	三級	2435.	蘑菇	mó gu	二級
2398.	苗條	miáo tiao	三級	2436.	模糊	mó hu	三級
2399.	描寫	miáo xiě	三級	2437.	模擬	mó nǐ	三級
2400.	瞄準	miáo zhǔn	三級	2438.	模式	mó shì	三級
2401.	渺小	miǎo xiǎo	三級	2439.	魔術	mó shù	二級
2402.	民間	mín jiān	三級	2440.	模型	mó xíng	三級
2403.	民俗	mín sú	三級	2441.	末日	mò rì	三級
2404.	民眾	mín zhòng	三級	2442.	陌生	mò shēng	二級
2405.	民主	mín zhǔ	三級	2443.	墨水	mò shuǐ	三級
2406.	民族	mín zú	三級	2444.	謀生	móu shēng	三級
2407.	敏感	mǐn gǎn	三級	2445.	模樣	mú yàng	三級
2408.	敏捷	mǐn jié	三級	2446.	母愛	mǔ ài	三級
2409.	明白	míng bai	一級	2447.	母親	mǔ·qīn	一級
2410.	名稱	míng chēng	二級	2448.	母語	mǔ yǔ	三級
2411.	名單	míng dān	一級	2449.	拇指	mǔ zhǐ	三級
2412.	名額	míng é	三級	2450.	目標	mù biāo	三級
2413.	名副其實	míng fù qí shí	三級	2451.	牧場	mù chǎng	三級
2414.	名貴	míng guì	三級	2452.	目瞪口呆	mù dèng kǒu dāi	三級
2415.	明亮	míng liàng	一級	2453.	目的	mù dì	二級
2416.	明媚	míng mèi	三級	2454.	目光	mù guāng	一級
2417.	明年	míng nián	三級	2455.	幕後	mù hòu	三級
2418.	名牌	míng pái	二級	2456.	目前	mù qián	二級

2457.	木頭	mù tou	二級	2495.	內向	nèi xiàng	三級
2458.	木偶	mù ǒu	二級	2496.	內心	nèi xīn	三級
2459.	哪個	nǎ ge	一級	2497.	嫩綠	nèn lǜ	三級
2460.	哪裏	nǎ·lǐ	三級	2498.	能幹	néng gàn	三級
2461.	哪怕	nǎ pà	三級	2499.	能夠	néng gòu	一級
2462.	哪兒	nǎr	二級	2500.	能力	néng lì	二級
2463.	哪些	nǎ xiē	一級	2501.	能量	néng liàng	三級
2464.	那裏	nà·lǐ	三級	2502.	能源	néng yuán	三級
2465.	那麼	nà me	二級	2503.	泥土	ní tǔ	二級
2466.	那兒	nàr	二級	2504.	你們	nǐ men	二級
2467.	那些	nà xiē	一級	2505.	溺愛	nì ài	三級
2468.	那樣	nà yàng	一級	2506.	逆轉	nì zhuǎn	三級
2469.	奶粉	nǎi fěn	一級	2507.	年代	nián dài	三級
2470.	奶牛	nǎi niú	三級	2508.	年級	nián jí	一級
2471.	奶奶	nǎi nai	二級	2509.	年紀	nián jì	二級
2472.	耐心	nài xīn	二級	2510.	年齡	nián líng	一級
2473.	耐用	nài yòng	二級	2511.	年輪	nián lún	三級
2474.	難道	nán dào	三級	2512.	年輕	nián qīng	一級
2475.	難得	nán dé	二級	2513.	唸書	niàn shū	二級
2476.	難度	nán dù	三級	2514.	鳥語花香	niǎo yǔ huā xiāng	三級
2477.	南方	nán fāng	三級	2515.	凝固	níng gù	三級
2478.	南瓜	nán guā	二級	2516.	寧靜	níng jìng	三級
2479.	難怪	nán guài	二級	2517.	檸檬	níng méng	二級
2480.	難關	nán guān	三級	2518.	寧可	nìng kě	三級
2481.	難過	nán guò	一級	2519.	寧願	nìng yuàn	三級
2482.	難看	nán kàn	二級	2520.	牛奶	niú nǎi	一級
2483.	難免	nán miǎn	三級	2521.	農場	nóng chǎng	二級
2484.	男人	nán rén	二級	2522.	農村	nóng cūn	二級
2485.	難受	nán shòu	二級	2523.	農夫	nóng fū	二級
2486.	難題	nán tí	三級	2524.	濃厚	nóng hòu	三級
2487.	男子	nán zǐ	二級	2525.	農曆	nóng lì	二級
2488.	腦袋	nǎo dai	二級	2526.	濃烈	nóng liè	三級
2489.	腦海	nǎo hǎi	三級	2527.	濃密	nóng mì	三級
2490.	腦子	nǎo zi	二級	2528.	農民	nóng mín	二級
2491.	鬧鐘	nào zhōng	三級	2529.	農業	nóng yè	二級
2492.	內部	nèi bù	三級	2530.	努力	nǔ lì	一級
2493.	內地	nèi dì	三級	2531.	怒火	nù huǒ	三級
2494.	內容	nèi róng	一級	2532.	女兒	nǚ ér	一級

2533. 女人	nǚ rén	一級	2571. 陪同	péi tóng	三級
2534. 女生	nǚ shēng	一級	2572. 培訓	péi xùn	三級
2535. 女士	nǚ shì	三級	2573. 培養	péi yǎng	二級
2536. 女子	nǚ zǐ	二級	2574. 配備	pèi bèi	三級
2537. 暖和	nuǎn huo	二級	2575. 佩服	pèi · fú	二級
2538. 毆打	ōu dǎ	三級	2576. 配合	pèi hé	二級
2539. 偶爾	ǒu ěr	三級	2577. 配角	pèi jué	二級
2540. 偶然	ǒu rán	二級	2578. 配套	pèi tào	三級
2541. 嘔吐	ǒu tù	三級	2579. 噴泉	pēn quán	三級
2542. 偶像	ǒu xiàng	三級	2580. 噴射	pēn shè	三級
2543. 拍賣	pāi mài	三級	2581. 噴嚏	pēn tì	二級
2544. 拍攝	pāi shè	三級	2582. 盆栽	pén zāi	二級
2545. 拍照	pāi zhào	二級	2583. 烹調	pēng tiáo	三級
2546. 排除	pái chú	三級	2584. 蓬勃	péng bó	三級
2547. 排隊	pái duì	二級	2585. 朋友	péng you	一級
2548. 排練	pái liàn	三級	2586. 膨脹	péng zhàng	三級
2549. 排列	pái liè	二級	2587. 碰見	pèng jiàn	二級
2550. 排泄	pái xiè	三級	2588. 碰撞	pèng zhuàng	三級
2551. 牌子	pái zi	二級	2589. 批發	pī fā	三級
2552. 派遣	pài qiǎn	三級	2590. 批判	pī pàn	三級
2553. 攀登	pān dēng	三級	2591. 批評	pī píng	三級
2554. 盤問	pán wèn	三級	2592. 批准	pī zhǔn	三級
2555. 盤旋	pán xuán	三級	2593. 皮帶	pí dài	二級
2556. 盤子	pán zi	二級	2594. 疲乏	pí fá	三級
2557. 判斷	pàn duàn	三級	2595. 皮膚	pí fū	一級
2558. 判決	pàn jué	三級	2596. 啤酒	pí jiǔ	三級
2559. 叛徒	pàn tú	三級	2597. 疲倦	pí juàn	三級
2560. 盼望	pàn wàng	二級	2598. 疲勞	pí láo	二級
2561. 旁邊	páng biān	二級	2599. 皮毛	pí máo	三級
2562. 龐大	páng dà	三級	2600. 脾氣	pí qi	二級
2563. 胖子	pàng zi	三級	2601. 屁股	pì gu	二級
2564. 拋棄	pāo qì	三級	2602. 偏愛	piān ài	三級
2565. 跑步	pǎo bù	一級	2603. 篇幅	piān fú	三級
2566. 跑道	pǎo dào	二級	2604. 偏見	piān jiàn	三級
2567. 炮彈	pào dàn	三級	2605. 偏僻	piān pì	二級
2568. 炮火	pào huǒ	三級	2606. 偏心	piān xīn	三級
2569. 陪伴	péi bàn	三級	2607. 便宜	pián yi	二級
2570. 賠償	péi cháng	三級	2608. 片段	piàn duàn	三級

2609.	片刻	piàn kè	三級	2647.	婆婆	pó po	一級
2610.	片面	piàn miàn	三級	2648.	迫不及待	pò bù jí dài	三級
2611.	騙子	piàn zi	三級	2649.	破產	pò chǎn	三級
2612.	飄落	piāo luò	三級	2650.	破壞	pò huài	二級
2613.	飄揚	piāo yáng	二級	2651.	破舊	pò jiù	三級
2614.	漂亮	piào liang	二級	2652.	迫切	pò qiè	三級
2615.	拼搏	pīn bó	三級	2653.	破碎	pò suì	三級
2616.	拼命	pīn mìng	三級	2654.	撲滅	pū miè	三級
2617.	頻繁	pín fán	三級	2655.	葡萄	pú tao	二級
2618.	貧困	pín kùn	三級	2656.	普遍	pǔ biàn	三級
2619.	貧窮	pín qióng	二級	2657.	普及	pǔ jí	三級
2620.	品嚐	pǐn cháng	二級	2658.	樸實	pǔ shí	三級
2621.	品德	pǐn dé	二級	2659.	樸素	pǔ sù	三級
2622.	品格	pǐn gé	三級	2660.	普通	pǔ tōng	一級
2623.	品味	pǐn wèi	三級	2661.	普通話	pǔ tōng huà	一級
2624.	品質	pǐn zhì	三級	2662.	瀑布	pù bù	三級
2625.	品種	pǐn zhǒng	三級	2663.	期待	qī dài	三級
2626.	乒乓球	pīng pāng qiú	三級	2664.	欺負	qī fu	二級
2627.	平安	píng ān	一級	2665.	漆黑	qī hēi	三級
2628.	平常	píng cháng	一級	2666.	期間	qī jiān	三級
2629.	平淡	píng dàn	三級	2667.	欺騙	qī piàn	二級
2630.	平等	píng děng	二級	2668.	妻子	qī zǐ	二級
2631.	平凡	píng fán	三級	2669.	其次	qí cì	三級
2632.	平方米	píng fāng mǐ	三級	2670.	祈禱	qí dǎo	三級
2633.	蘋果	píng guǒ	一級	2671.	奇怪	qí guài	一級
2634.	評核	píng hé	二級	2672.	奇觀	qí guān	三級
2635.	評價	píng jià	三級	2673.	奇跡	qí jì	三級
2636.	平靜	píng jìng	一級	2674.	奇妙	qí miào	二級
2637.	平均	píng jūn	一級	2675.	祈求	qí qiú	三級
2638.	評論	píng lùn	三級	2676.	其實	qí shí	一級
2639.	評判	píng pàn	三級	2677.	歧視	qí shì	三級
2640.	平時	píng shí	一級	2678.	其他	qí tā	一級
2641.	平坦	píng tǎn	三級	2679.	奇特	qí tè	三級
2642.	平行	píng xíng	三級	2680.	其餘	qí yú	二級
2643.	評選	píng xuǎn	三級	2681.	旗幟	qí zhì	三級
2644.	平易近人	píng yì jìn rén	三級	2682.	其中	qí zhōng	二級
2645.	評語	píng yǔ	三級	2683.	旗子	qí zi	二級
2646.	瓶子	píng zi	二級	2684.	棋子	qí zǐ	二級

2685.	起草	qǐ cǎo	三級	2723.	潛伏	qián fú	三級
2686.	起牀	qǐ chuáng	三級	2724.	前後	qián hòu	三級
2687.	啟迪	qǐ dí	三級	2725.	前進	qián jìn	三級
2688.	企鵝	qǐ é	一級	2726.	潛力	qián lì	三級
2689.	啟發	qǐ fā	三級	2727.	前面	qián · miàn	三級
2690.	起飛	qǐ fēi	二級	2728.	前提	qián tí	三級
2691.	起伏	qǐ fú	三級	2729.	前途	qián tú	三級
2692.	乞丐	qǐ gài	三級	2730.	欠缺	qiàn quē	三級
2693.	起來	qǐ · lái	二級	2731.	歉意	qiàn yì	三級
2694.	起碼	qǐ mǎ	三級	2732.	槍斃	qiāng bì	三級
2695.	啟示	qǐ shì	三級	2733.	牆壁	qiáng bì	二級
2696.	啟事	qǐ shì	三級	2734.	強大	qiáng dà	三級
2697.	企圖	qǐ tú	三級	2735.	強盜	qiáng dào	三級
2698.	起源	qǐ yuán	三級	2736.	強調	qiáng diào	三級
2699.	器材	qì cái	三級	2737.	強烈	qiáng liè	二級
2700.	汽車	qì chē	一級	2738.	強盛	qiáng shèng	三級
2701.	氣氛	qì fēn	三級	2739.	強硬	qiáng yìng	三級
2702.	氣憤	qì fèn	三級	2740.	強壯	qiáng zhuàng	二級
2703.	器官	qì guān	三級	2741.	搶奪	qiǎng duó	三級
2704.	氣候	qì hòu	一級	2742.	搶劫	qiǎng jié	三級
2705.	器具	qì jù	二級	2743.	搶救	qiǎng jiù	二級
2706.	氣球	qì qiú	二級	2744.	強迫	qiǎng pò	三級
2707.	汽水	qì shuǐ	一級	2745.	搶先	qiǎng xiān	三級
2708.	氣體	qì tǐ	二級	2746.	敲打	qiāo dǎ	三級
2709.	氣味	qì wèi	一級	2747.	悄悄	qiāo qiāo	二級
2710.	氣溫	qì wēn	一級	2748.	巧妙	qiǎo miào	二級
2711.	汽油	qì yóu	二級	2749.	茄子	qié zi	三級
2712.	氣質	qì zhì	三級	2750.	切實	qiè shí	三級
2713.	恰當	qià dàng	二級	2751.	親愛	qīn ài	二級
2714.	鉛筆	qiān bǐ	一級	2752.	侵犯	qīn fàn	三級
2715.	簽訂	qiān dìng	三級	2753.	侵略	qīn lüè	三級
2716.	千方百計	qiān fāng bǎi jì	二級	2754.	親密	qīn mì	二級
2717.	遷就	qiān jiù	三級	2755.	親戚	qīn qi	二級
2718.	簽名	qiān míng	一級	2756.	親切	qīn qiè	二級
2719.	謙虛	qiān xū	三級	2757.	親人	qīn rén	二級
2720.	簽證	qiān zhèng	三級	2758.	侵入	qīn rù	三級
2721.	錢包	qián bāo	三級	2759.	親身	qīn shēn	三級
2722.	前輩	qián bèi	三級	2760.	親眼	qīn yǎn	二級

2761.	親友	qīn yǒu	二級	2799.	慶祝	qìng zhù	二級
2762.	親自	qīn zì	三級	2800.	窮苦	qióng kǔ	三級
2763.	勤奮	qín fèn	二級	2801.	窮人	qióng rén	三級
2764.	勤儉	qín jiǎn	三級	2802.	秋風	qiū fēng	二級
2765.	勤勞	qín láo	二級	2803.	秋季	qiū jì	一級
2766.	清白	qīng bái	三級	2804.	秋天	qiū tiān	一級
2767.	輕便	qīng biàn	三級	2805.	球場	qiú chǎng	一級
2768.	清澈	qīng chè	三級	2806.	球隊	qiú duì	二級
2769.	清晨	qīng chén	二級	2807.	求救	qiú jiù	二級
2770.	清楚	qīng chu	二級	2808.	球迷	qiú mí	二級
2771.	清除	qīng chú	三級	2809.	球賽	qiú sài	二級
2772.	青春	qīng chūn	三級	2810.	求學	qiú xué	二級
2773.	清脆	qīng cuì	三級	2811.	求助	qiú zhù	二級
2774.	青草	qīng cǎo	一級	2812.	區別	qū bié	三級
2775.	清潔	qīng jié	二級	2813.	區分	qū fēn	三級
2776.	清明	qīng míng	三級	2814.	屈服	qū fú	三級
2777.	青年	qīng nián	二級	2815.	屈辱	qū rǔ	三級
2778.	輕視	qīng shì	三級	2816.	趨勢	qū shì	三級
2779.	清爽	qīng shuǎng	三級	2817.	區域	qū yù	三級
2780.	輕鬆	qīng sōng	一級	2818.	曲折	qū zhé	三級
2781.	蜻蜓	qīng tíng	三級	2819.	渠道	qú dào	三級
2782.	傾向	qīng xiàng	三級	2820.	取代	qǔ dài	三級
2783.	清晰	qīng xī	三級	2821.	曲調	qǔ diào	三級
2784.	清洗	qīng xǐ	一級	2822.	取得	qǔ dé	二級
2785.	傾斜	qīng xié	三級	2823.	取暖	qǔ nuǎn	三級
2786.	清醒	qīng xǐng	三級	2824.	取勝	qǔ shèng	三級
2787.	輕易	qīng yì	三級	2825.	取消	qǔ xiāo	二級
2788.	情感	qíng gǎn	三級	2826.	取笑	qǔ xiào	三級
2789.	情懷	qíng huái	三級	2827.	曲子	qǔ zi	三級
2790.	情節	qíng jié	三級	2828.	去年	qù nián	一級
2791.	情景	qíng jǐng	三級	2829.	去世	qù shì	三級
2792.	情況	qíng kuàng	三級	2830.	趣味	qù wèi	二級
2793.	晴朗	qíng lǎng	二級	2831.	圈子	quān zi	三級
2794.	情形	qíng xíng	三級	2832.	全部	quán bù	一級
2795.	情緒	qíng xù	三級	2833.	權力	quán lì	二級
2796.	請假	qǐng jià	一級	2834.	權利	quán lì	三級
2797.	請教	qǐng jiào	二級	2835.	全面	quán miàn	三級
2798.	請求	qǐng qiú	二級	2836.	全球	quán qiú	三級

2837. 泉水	quán shuǐ	二級	2875. 人體	rén tǐ	二級
2838. 全體	quán tǐ	二級	2876. 人物	rén wù	一級
2839. 拳頭	quán tou	二級	2877. 人造	rén zào	三級
2840. 權威	quán wēi	三級	2878. 忍耐	rěn nài	二級
2841. 全心全意	quán xīn quán yì	二級	2879. 忍受	rěn shòu	三級
2842. 權益	quán yì	三級	2880. 忍心	rěn xīn	三級
2843. 勸告	quàn gào	三級	2881. 認錯	rèn cuò	三級
2844. 勸說	quàn shuō	三級	2882. 任何	rèn hé	二級
2845. 缺點	quē diǎn	一級	2883. 認可	rèn kě	三級
2846. 缺乏	quē fá	三級	2884. 認識	rèn shi	二級
2847. 缺少	quē shǎo	一級	2885. 認同	rèn tóng	三級
2848. 缺席	quē xí	二級	2886. 認為	rèn wéi	二級
2849. 缺陷	quē xiàn	三級	2887. 任務	rèn wù	三級
2850. 確保	què bǎo	三級	2888. 任性	rèn xìng	三級
2851. 確定	què dìng	一級	2889. 任意	rèn yì	三級
2852. 確立	què lì	三級	2890. 認真	rèn zhēn	一級
2853. 確認	què rèn	三級	2891. 仍舊	réng jiù	三級
2854. 確實	què shí	三級	2892. 仍然	réng rán	二級
2855. 羣體	qún tǐ	三級	2893. 日常	rì cháng	二級
2856. 裙子	qún zi	二級	2894. 日記	rì jì	一級
2857. 然而	rán ér	三級	2895. 日曆	rì lì	三級
2858. 然後	rán hòu	一級	2896. 日期	rì qī	一級
2859. 燃燒	rán shāo	二級	2897. 日夜	rì yè	二級
2860. 讓步	ràng bù	三級	2898. 日用	rì yòng	一級
2861. 熱愛	rè ài	一級	2899. 日子	rì zi	二級
2862. 熱烈	rè liè	二級	2900. 融化	róng huà	三級
2863. 熱鬧	rè nào	二級	2901. 榮獲	róng huò	三級
2864. 熱情	rè qíng	二級	2902. 容器	róng qì	三級
2865. 熱心	rè xīn	二級	2903. 融洽	róng qià	三級
2866. 熱血	rè xuè	三級	2904. 容忍	róng rěn	三級
2867. 人才	rén cái	三級	2905. 容易	róng yì	二級
2868. 仁慈	rén cí	三級	2906. 榮譽	róng yù	三級
2869. 人口	rén kǒu	一級	2907. 柔和	róu hé	二級
2870. 人類	rén lèi	二級	2908. 柔美	róu měi	三級
2871. 人們	rén men	一級	2909. 柔軟	róu ruǎn	二級
2872. 人民	rén mín	二級	2910. 柔弱	róu ruò	三級
2873. 人民幣	Rén mín bì	二級	2911. 如此	rú cí	三級
2874. 人生	rén shēng	三級	2912. 如果	rú guǒ	一級

2913.	如何	rú hé	三級	2951.	擅長	shàn cháng	三級
2914.	如今	rú jīn	三級	2952.	善良	shàn liáng	二級
2915.	乳白	rǔ bái	三級	2953.	膳食	shàn shí	三級
2916.	入迷	rù mí	三級	2954.	善於	shàn yú	三級
2917.	入睡	rù shuì	二級	2955.	扇子	shàn zi	二級
2918.	入學	rù xué	二級	2956.	商場	shāng chǎng	一級
2919.	軟件	ruǎn jiàn	三級	2957.	商店	shāng diàn	一級
2920.	軟弱	ruǎn ruò	三級	2958.	傷口	shāng kǒu	二級
2921.	弱點	ruò diǎn	三級	2959.	商量	shāng liang	二級
2922.	若干	ruò gān	三級	2960.	商品	shāng pǐn	二級
2923.	弱小	ruò xiǎo	三級	2961.	商人	shāng rén	二級
2924.	撒謊	sā huǎng	三級	2962.	傷勢	shāng shì	三級
2925.	撒嬌	sā jiāo	二級	2963.	傷心	shāng xīn	一級
2926.	賽場	sài chǎng	三級	2964.	商業	shāng yè	二級
2927.	賽跑	sài pǎo	二級	2965.	商議	shāng yì	三級
2928.	散文	sǎn wén	三級	2966.	上班	shàng bān	一級
2929.	散步	sàn bù	二級	2967.	上層	shàng céng	三級
2930.	散佈	sàn bù	三級	2968.	上當	shàng dàng	三級
2931.	嗓子	sǎng zi	三級	2969.	上等	shàng děng	三級
2932.	喪失	sàng shī	三級	2970.	上進	shàng jìn	三級
2933.	掃除	sǎo chú	三級	2971.	上課	shàng kè	一級
2934.	掃描	sǎo miáo	三級	2972.	上去	shàng qù	一級
2935.	色彩	sè cǎi	一級	2973.	上升	shàng shēng	一級
2936.	森林	sēn lín	一級	2974.	上司	shàng sī	三級
2937.	紗布	shā bù	三級	2975.	上學	shàng xué	一級
2938.	沙發	shā fā	三級	2976.	上演	shàng yǎn	三級
2939.	殺害	shā hài	二級	2977.	上衣	shàng yī	一級
2940.	沙漠	shā mò	二級	2978.	上漲	shàng zhǎng	三級
2941.	沙灘	shā tān	一級	2979.	燒毀	shāo huǐ	三級
2942.	沙子	shā zi	二級	2980.	稍微	shāo wēi	三級
2943.	傻子	shǎ zi	二級	2981.	勺子	sháo zi	三級
2944.	山村	shān cūn	三級	2982.	少見	shǎo jiàn	三級
2945.	山峯	shān fēng	二級	2983.	少量	shǎo liàng	二級
2946.	山谷	shān gǔ	二級	2984.	少數	shǎo shù	一級
2947.	山水	shān shuǐ	一級	2985.	少年	shào nián	二級
2948.	閃電	shǎn diàn	二級	2986.	少女	shào nǚ	三級
2949.	閃爍	shǎn shuò	三級	2987.	哨子	shào zi	二級
2950.	閃耀	shǎn yào	二級	2988.	舌頭	shé tou	二級

2989. 捨不得	shě bu de	二級	3027. 生長	shēng zhǎng	一級
2990. 設備	shè bèi	二級	3028. 繩子	shéng zi	二級
2991. 社會	shè huì	二級	3029. 勝利	shèng lì	二級
2992. 社交	shè jiāo	三級	3030. 盛行	shèng xíng	三級
2993. 射擊	shè jī	三級	3031. 剩餘	shèng yú	二級
2994. 涉及	shè jí	三級	3032. 失敗	shī bài	二級
2995. 設計	shè jì	二級	3033. 師傅	shī fu	三級
2996. 社區	shè qū	三級	3034. 詩歌	shī gē	二級
2997. 設施	shè shī	三級	3035. 失去	shī qù	一級
2998. 攝影	shè yǐng	三級	3036. 詩人	shī rén	三級
2999. 深度	shēn dù	三級	3037. 濕潤	shī rùn	三級
3000. 身份	shēn fèn	三級	3038. 失望	shī wàng	二級
3001. 深厚	shēn hòu	三級	3039. 失業	shī yè	三級
3002. 深刻	shēn kè	三級	3040. 識別	shí bié	三級
3003. 申請	shēn qǐng	二級	3041. 時代	shí dài	三級
3004. 身軀	shēn qū	三級	3042. 時候	shí hou	二級
3005. 身體	shēn tǐ	一級	3043. 時機	shí jī	三級
3006. 身心	shēn xīn	三級	3044. 實際	shí jì	三級
3007. 深夜	shēn yè	二級	3045. 時間	shí jiān	一級
3008. 神話	shén huà	二級	3046. 食品	shí pǐn	二級
3009. 甚麼	shén me	一級	3047. 石頭	shí tou	二級
3010. 神祕	shén mì	三級	3048. 食物	shí wù	一級
3011. 神奇	shén qí	二級	3049. 實現	shí xiàn	二級
3012. 神態	shén tài	三級	3050. 實驗	shí yàn	三級
3013. 神仙	shén xiān	二級	3051. 實在	shí zài	三級
3014. 審判	shěn pàn	三級	3052. 使得	shǐ de	三級
3015. 甚至	shèn zhì	三級	3053. 使命	shǐ mìng	三級
3016. 慎重	shèn zhòng	三級	3054. 使用	shǐ yòng	一級
3017. 聲調	shēng diào	三級	3055. 始終	shǐ zhōng	二級
3018. 生動	shēng dòng	二級	3056. 勢必	shì bì	三級
3019. 升國旗	shēng guó qí	二級	3057. 市場	shì chǎng	二級
3020. 生活	shēng huó	一級	3058. 適當	shì dàng	二級
3021. 聲明	shēng míng	三級	3059. 示範	shì fàn	二級
3022. 生命	shēng mìng	一級	3060. 釋放	shì fàng	三級
3023. 生氣	shēng qì	三級	3061. 是非	shì fēi	三級
3024. 生意	shēng yi	二級	3062. 是否	shì fǒu	三級
3025. 生意	shēng yì	二級	3063. 事故	shì gù	三級
3026. 聲音	shēng yīn	一級	3064. 適合	shì hé	二級

3065.	世紀	shì jì	三級	3103.	輸出	shū chū	二級
3066.	事件	shì jiàn	一級	3104.	舒服	shū fu	二級
3067.	世界	shì jiè	三級	3105.	抒情	shū qíng	三級
3068.	視覺	shì jué	三級	3106.	輸入	shū rù	二級
3069.	勢力	shì lì	三級	3107.	舒適	shū shì	三級
3070.	市民	shì mín	一級	3108.	叔叔	shū shu	二級
3071.	事情	shì qing	一級	3109.	輸送	shū sòng	三級
3072.	逝世	shì shì	三級	3110.	書寫	shū xiě	二級
3073.	示威	shì wēi	三級	3111.	梳子	shū zi	二級
3074.	視線	shì xiàn	三級	3112.	熟練	shú liàn	二級
3075.	試驗	shì yàn	二級	3113.	熟悉	shú xi	三級
3076.	視野	shì yě	三級	3114.	暑期工	shǔ qī gōng	二級
3077.	事業	shì yè	二級	3115.	屬於	shǔ yú	三級
3078.	適應	shì yìng	三級	3116.	束縛	shù fù	三級
3079.	侍應生	shì yìng shēng	二級	3117.	樹立	shù lì	三級
3080.	適用	shì yòng	三級	3118.	數量	shù liàng	二級
3081.	收穫	shōu huò	二級	3119.	樹林	shù lín	一級
3082.	收集	shōu jí	二級	3120.	樹木	shù mù	一級
3083.	收入	shōu rù	二級	3121.	數學	shù xué	二級
3084.	收拾	shōu shi	二級	3122.	數字	shù zì	一級
3085.	手臂	shǒu bì	二級	3123.	摔跤	shuāi jiāo	三級
3086.	手錶	shǒu biǎo	二級	3124.	衰老	shuāi lǎo	三級
3087.	首都	shǒu dū	三級	3125.	率領	shuài lǐng	三級
3088.	手段	shǒu duàn	三級	3126.	雙方	shuāng fāng	三級
3089.	守法	shǒu fà	二級	3127.	水分	shuǐ fèn	二級
3090.	手工	shǒu gōng	二級	3128.	水果	shuǐ guǒ	一級
3091.	手機	shǒu jī	一級	3129.	水晶	shuǐ jīng	二級
3092.	手勢	shǒu shì	二級	3130.	水源	shuǐ yuán	三級
3093.	手術	shǒu shù	二級	3131.	睡覺	shuì jiào	一級
3094.	首席	shǒu xí	二級	3132.	睡眠	shuì mián	二級
3095.	首先	shǒu xiān	二級	3133.	瞬間	shùn jiān	三級
3096.	手信	shǒu xìn	二級	3134.	順利	shùn lì	二級
3097.	手指	shǒu zhǐ	二級	3135.	順序	shùn xù	二級
3098.	壽命	shòu mìng	三級	3136.	說法	shuō·fǎ	三級
3099.	受傷	shòu shāng	二級	3137.	說服	shuō fú	三級
3100.	書包	shū bāo	一級	3138.	說話	shuō huà	一級
3101.	書本	shū běn	一級	3139.	說明	shuō míng	三級
3102.	蔬菜	shū cài	二級	3140.	司法	sī fǎ	三級

3141.	絲毫	sī háo	三級	3179.	所有	suǒ yǒu	一級
3142.	司機	sī jī	二級	3180.	它們	tā men	二級
3143.	私家	sī jiā	二級	3181.	他們	tā men	二級
3144.	私家車	sī jiā chē	二級	3182.	她們	tā men	二級
3145.	思考	sī kǎo	三級	3183.	他人	tā rén	二級
3146.	私人	sī rén	二級	3184.	踏實	tā shi	二級
3147.	思維	sī wéi	三級	3185.	颱風	tái fēng	二級
3148.	思想	sī xiǎng	二級	3186.	台階	tái jiē	三級
3149.	死亡	sǐ wáng	二級	3187.	態度	tài · dù	二級
3150.	四處	sì chù	二級	3188.	太空	tài kōng	一級
3151.	似乎	sì hū	三級	3189.	太平	tài píng	二級
3152.	飼料	sì liào	三級	3190.	太太	tài tai	二級
3153.	四面	sì miàn	二級	3191.	太陽	tài · yáng	一級
3154.	寺廟	sì miào	三級	3192.	貪污	tān wū	三級
3155.	飼養	sì yǎng	二級	3193.	談話	tán huà	二級
3156.	四周	sì zhōu	一級	3194.	談論	tán lùn	三級
3157.	松鼠	sōng shǔ	二級	3195.	談判	tán pàn	三級
3158.	松樹	sōng shù	二級	3196.	坦白	tǎn bái	三級
3159.	速度	sù dù	二級	3197.	坦克	tǎn kè	三級
3160.	塑料	sù liào	三級	3198.	歎氣	tàn qì	三級
3161.	宿舍	sù shè	三級	3199.	探索	tàn suǒ	三級
3162.	訴訟	sù sòng	三級	3200.	探望	tàn wàng	三級
3163.	塑造	sù zào	三級	3201.	唐樓	táng lóu	二級
3164.	素質	sù zhì	三級	3202.	糖水	táng shuǐ	二級
3165.	雖然	suī rán	二級	3203.	逃避	táo bì	三級
3166.	隨便	suí biàn	二級	3204.	陶瓷	táo cí	三級
3167.	隨即	suí jí	三級	3205.	桃花	táo huā	二級
3168.	隨時	suí shí	二級	3206.	逃跑	táo pǎo	二級
3169.	隨意	suí yì	三級	3207.	淘氣	táo qì	三級
3170.	歲月	suì yuè	三級	3208.	淘汰	táo tài	三級
3171.	孫子	sūn zi	二級	3209.	逃走	táo zǒu	二級
3172.	損害	sǔn hài	二級	3210.	討論	tǎo lùn	二級
3173.	損傷	sǔn shāng	三級	3211.	討厭	tǎo yàn	二級
3174.	損失	sǔn shī	二級	3212.	特別	tè bié	二級
3175.	縮短	suō duǎn	三級	3213.	特產	tè chǎn	三級
3176.	縮小	suō xiǎo	二級	3214.	特點	tè diǎn	二級
3177.	所謂	suǒ wèi	三級	3215.	特區	tè qū	三級
3178.	所以	suǒ yǐ	一級	3216.	特區護照	tè qū hù zhào	二級

3217.	特色	tè sè	三級	3255.	調皮	tiáo pí	二級
3218.	特首	tè shǒu	二級	3256.	調整	tiáo zhěng	三級
3219.	特殊	tè shū	三級	3257.	挑戰	tiǎo zhàn	三級
3220.	特徵	tè zhēng	三級	3258.	跳動	tiào dòng	三級
3221.	疼痛	téng tòng	三級	3259.	跳舞	tiào wǔ	一級
3222.	題材	tí cái	三級	3260.	跳躍	tiào yuè	二級
3223.	提倡	tí chàng	二級	3261.	貼士	tiē shì	二級
3224.	提高	tí gāo	三級	3262.	鐵路	tiě lù	二級
3225.	提供	tí gōng	二級	3263.	聽話	tīng huà	三級
3226.	題目	tí mù	一級	3264.	聽見	tīng jiàn	二級
3227.	提前	tí qián	二級	3265.	聽講	tīng jiǎng	三級
3228.	提示	tí shì	三級	3266.	聽說	tīng shuō	三級
3229.	提問	tí wèn	三級	3267.	聽眾	tīng zhòng	二級
3230.	提醒	tí xǐng	二級	3268.	停頓	tíng dùn	三級
3231.	體會	tǐ huì	三級	3269.	停留	tíng liú	二級
3232.	體力	tǐ lì	二級	3270.	停止	tíng zhǐ	二級
3233.	體諒	tǐ liàng	三級	3271.	通常	tōng cháng	三級
3234.	體現	tǐ xiàn	三級	3272.	通過	tōng guò	三級
3235.	體育	tǐ yù	一級	3273.	通順	tōng shùn	二級
3236.	體質	tǐ zhì	三級	3274.	通俗	tōng sú	三級
3237.	體重	tǐ zhòng	二級	3275.	通行	tōng xíng	三級
3238.	替代	tì dài	三級	3276.	通知	tōng zhī	一級
3239.	替換	tì huàn	二級	3277.	同伴	tóng bàn	二級
3240.	天才	tiān cái	三級	3278.	同胞	tóng bāo	三級
3241.	天長地久	tiān cháng dì jiǔ	三級	3279.	同類	tóng lèi	三級
3242.	天地	tiān dì	一級	3280.	童年	tóng nián	三級
3243.	天空	tiān kōng	一級	3281.	同情	tóng qíng	二級
3244.	天氣	tiān qì	一級	3282.	同時	tóng shí	二級
3245.	天然	tiān rán	二級	3283.	同學	tóng xué	一級
3246.	天生	tiān shēng	二級	3284.	同樣	tóng yàng	二級
3247.	天下	tiān xià	三級	3285.	同意	tóng yì	一級
3248.	天真	tiān zhēn	二級	3286.	統計	tǒng jì	三級
3249.	甜蜜	tián mì	三級	3287.	統治	tǒng zhì	三級
3250.	填寫	tián xiě	三級	3288.	統一	tǒng yī	三級
3251.	田野	tián yě	二級	3289.	痛苦	tòng kǔ	二級
3252.	挑選	tiāo xuǎn	三級	3290.	痛快	tòng kuài	三級
3253.	條件	tiáo jiàn	二級	3291.	偷竊	tōu qiè	三級
3254.	調節	tiáo jié	三級	3292.	頭髮	tóu fa	二級

3293.	頭腦	tóu nǎo	三級	3331.	外表	wài biǎo	二級
3294.	投票	tóu piào	二級	3332.	外國	wài guó	一級
3295.	透明	tòu míng	二級	3333.	外交	wài jiāo	三級
3296.	突出	tū chū	三級	3334.	外科	wài kē	三級
3297.	突擊	tū jī	三級	3335.	外面	wài · miàn	三級
3298.	突破	tū pò	三級	3336.	外婆	wài pó	一級
3299.	突然	tū rán	二級	3337.	外形	wài xíng	三級
3300.	圖表	tú biǎo	二級	3338.	外傭	wài yōng	三級
3301.	圖案	tú àn	二級	3339.	彎曲	wān qū	二級
3302.	徒弟	tú dì	三級	3340.	完畢	wán bì	三級
3303.	圖畫	tú huà	一級	3341.	完成	wán chéng	一級
3304.	途徑	tú jìng	三級	3342.	頑固	wán gù	三級
3305.	圖片	tú piàn	一級	3343.	玩具	wán jù	一級
3306.	圖書館	tú shū guǎn	三級	3344.	玩弄	wán nòng	三級
3307.	圖形	tú xíng	二級	3345.	頑強	wán qiáng	三級
3308.	土地	tǔ dì	一級	3346.	完全	wán quán	二級
3309.	土壤	tǔ rǎng	三級	3347.	完善	wán shàn	三級
3310.	兔子	tù zi	二級	3348.	玩笑	wán xiào	一級
3311.	團結	tuán jié	二級	3349.	完整	wán zhěng	二級
3312.	團聚	tuán jù	二級	3350.	晚餐	wǎn cān	二級
3313.	團體	tuán tǐ	三級	3351.	晚飯	wǎn fàn	一級
3314.	團員	tuán yuán	三級	3352.	晚會	wǎn huì	二級
3315.	推測	tuī cè	三級	3353.	挽救	wǎn jiù	三級
3316.	推遲	tuī chí	三級	3354.	晚上	wǎn shang	一級
3317.	推動	tuī dòng	三級	3355.	晚宴	wǎn yàn	三級
3318.	推廣	tuī guǎng	三級	3356.	萬一	wàn yī	三級
3319.	推薦	tuī jiàn	三級	3357.	萬眾一心	wàn zhòng yī xīn	三級
3320.	推理	tuī lǐ	三級	3358.	王國	wáng guó	三級
3321.	退步	tuì bù	三級	3359.	王子	wáng zǐ	二級
3322.	退出	tuì chū	三級	3360.	往來	wǎng lái	三級
3323.	退還	tuì huán	三級	3361.	網球	wǎng qiú	二級
3324.	退休	tuì xiū	二級	3362.	往事	wǎng shì	三級
3325.	妥協	tuǒ xié	三級	3363.	忘記	wàng jì	一級
3326.	娃娃	wá wa	二級	3364.	望子成龍	wàng zǐ chéng lóng	三級
3327.	襪子	wà zi	二級	3365.	威風	wēi fēng	三級
3328.	歪曲	wāi qū	三級	3366.	危害	wēi hài	三級
3329.	外幣	wài bì	三級	3367.	危機	wēi jī	三級
3330.	外邊	wài biān	二級	3368.	危險	wēi xiǎn	二級

3369.	微小	wēi xiǎo	二級	3407.	文字	wén zì	一級
3370.	微笑	wēi xiào	二級	3408.	問答	wèn dá	一級
3371.	威脅	wēi xié	三級	3409.	問候	wèn hòu	二級
3372.	違背	wéi bèi	三級	3410.	問題	wèn tí	三級
3373.	維持	wéi chí	三級	3411.	我們	wǒ men	二級
3374.	違法	wéi fǎ	三級	3412.	握手	wò shǒu	二級
3375.	違反	wéi fǎn	三級	3413.	屋邨	wū cūn	二級
3376.	維護	wéi hù	三級	3414.	污染	wū rǎn	三級
3377.	圍巾	wéi jīn	二級	3415.	烏鴉	wū yā	二級
3378.	違例	wéi lì	三級	3416.	烏雲	wū yún	二級
3379.	為難	wéi nán	三級	3417.	屋子	wū zi	二級
3380.	圍牆	wéi qiáng	二級	3418.	污漬	wū zì	三級
3381.	圍繞	wéi rào	三級	3419.	無可奈何	wú kě nài hé	三級
3382.	維修	wéi xiū	三級	3420.	無聊	wú liáo	三級
3383.	唯一	wéi yī	三級	3421.	無論	wú lùn	三級
3384.	尾巴	wěi ba	二級	3422.	無窮	wú qióng	三級
3385.	偉大	wěi dà	二級	3423.	無數	wú shù	三級
3386.	委屈	wěi qu	三級	3424.	無所謂	wú suǒ wèi	三級
3387.	味道	wèi dào	二級	3425.	無限	wú xiàn	三級
3388.	未來	wèi lái	二級	3426.	無效	wú xiào	三級
3389.	為了	wèi le	二級	3427.	無知	wú zhī	三級
3390.	為甚麼	wèi shén me	二級	3428.	舞蹈	wǔ dǎo	二級
3391.	衛生	wèi shēng	二級	3429.	五花八門	wǔ huā bā mén	三級
3392.	慰問	wèi wèn	三級	3430.	武力	wǔ lì	三級
3393.	衛星	wèi xīng	二級	3431.	武器	wǔ qì	三級
3394.	位置	wèi zhì	三級	3432.	舞台	wǔ tái	三級
3395.	溫度	wēn dù	二級	3433.	誤會	wù huì	三級
3396.	溫暖	wēn nuǎn	二級	3434.	物價	wù jià	三級
3397.	溫柔	wēn róu	三級	3435.	誤解	wù jiě	三級
3398.	溫習	wēn xí	二級	3436.	物理	wù lǐ	三級
3399.	文化	wén huà	三級	3437.	物品	wù pǐn	二級
3400.	文件	wén jiàn	三級	3438.	物業	wù yè	三級
3401.	聞名	wén míng	二級	3439.	物質	wù zhì	三級
3402.	文明	wén míng	三級	3440.	西餅	xī bǐng	二級
3403.	文物	wén wù	三級	3441.	西餐	xī cān	三級
3404.	文學	wén xué	三級	3442.	西方	xī fāng	二級
3405.	文章	wén zhāng	三級	3443.	西服	xī fú	二級
3406.	蚊子	wén zi	二級	3444.	稀奇	xī qí	三級

3445.	稀少	xī shǎo	三級	3483.	仙女	xiān nǚ	二級
3446.	犧牲	xī shēng	三級	3484.	先生	xiān sheng	二級
3447.	吸收	xī shōu	二級	3485.	鮮血	xiān xuè	二級
3448.	希望	xī wàng	一級	3486.	鮮豔	xiān yàn	二級
3449.	吸煙	xī yān	三級	3487.	顯然	xiǎn rán	三級
3450.	吸引	xī yǐn	二級	3488.	顯示	xiǎn shì	三級
3451.	習慣	xí guàn	一級	3489.	顯著	xiǎn zhù	三級
3452.	襲擊	xí jī	三級	3490.	現代	xiàn dài	三級
3453.	習俗	xí sú	三級	3491.	羨慕	xiàn mù	三級
3454.	喜愛	xǐ ài	一級	3492.	現實	xiàn shí	三級
3455.	喜歡	xǐ huan	二級	3493.	線索	xiàn suǒ	三級
3456.	喜悅	xǐ yuè	三級	3494.	現象	xiàn xiàng	三級
3457.	洗衣機	xǐ yī jī	三級	3495.	現在	xiàn zài	一級
3458.	洗澡	xǐ zǎo	一級	3496.	限制	xiàn zhì	三級
3459.	細節	xì jié	三級	3497.	鄉村	xiāng cūn	二級
3460.	戲劇	xì jù	三級	3498.	相當	xiāng dāng	三級
3461.	系統	xì tǒng	三級	3499.	相等	xiāng děng	二級
3462.	細心	xì xīn	二級	3500.	相對	xiāng duì	三級
3463.	細緻	xì zhì	三級	3501.	相反	xiāng fǎn	二級
3464.	瞎子	xiā zi	二級	3502.	相關	xiāng guān	二級
3465.	狹窄	xiá zhǎi	三級	3503.	相互	xiāng hù	三級
3466.	下班	xià bān	一級	3504.	香蕉	xiāng jiāo	一級
3467.	夏季	xià jì	一級	3505.	相似	xiāng sì	二級
3468.	下降	xià jiàng	二級	3506.	相同	xiāng tóng	一級
3469.	下課	xià kè	一級	3507.	鄉下	xiāng · xia	二級
3470.	下來	xià lái	二級	3508.	相信	xiāng xìn	一級
3471.	下來	xià lai	二級	3509.	香皂	xiāng zào	三級
3472.	下落	xià luò	三級	3510.	箱子	xiāng zi	二級
3473.	夏天	xià tiān	一級	3511.	詳細	xiáng xì	二級
3474.	下午	xià wǔ	一級	3512.	想法	xiǎng · fǎ	二級
3475.	下午茶	xià wǔ chá	二級	3513.	響亮	xiǎng liàng	二級
3476.	下游	xià yóu	三級	3514.	想念	xiǎng niàn	三級
3477.	鮮花	xiān huā	一級	3515.	享受	xiǎng shòu	二級
3478.	鮮紅	xiān hóng	三級	3516.	想像	xiǎng xiàng	三級
3479.	先後	xiān hòu	一級	3517.	響應	xiǎng yìng	三級
3480.	先進	xiān jìn	三級	3518.	向來	xiàng lái	三級
3481.	仙境	xiān jìng	三級	3519.	項目	xiàng mù	三級
3482.	鮮明	xiān míng	三級	3520.	象棋	xiàng qí	三級

3521.	相聲	xiàng sheng	三級	3559.	心靈	xīn líng	三級
3522.	嚮往	xiàng wǎng	三級	3560.	新年	xīn nián	一級
3523.	象徵	xiàng zhēng	三級	3561.	新娘	xīn niáng	二級
3524.	消除	xiāo chú	三級	3562.	辛勤	xīn qín	二級
3525.	消毒	xiāo dú	三級	3563.	心情	xīn qíng	一級
3526.	消費	xiāo fèi	二級	3564.	欣賞	xīn shǎng	二級
3527.	消耗	xiāo hào	三級	3565.	新聞	xīn wén	二級
3528.	消化	xiāo huà	三級	3566.	新鮮	xīn · xiān	二級
3529.	消滅	xiāo miè	二級	3567.	新型冠狀病毒		
3530.	消失	xiāo shī	二級			Xīn xíng Guān zhuàng Bìng dú	三級
3531.	銷售	xiāo shòu	三級	3568.	心血	xīn xuè	三級
3532.	消息	xiāo xi	二級	3569.	心意	xīn yì	三級
3533.	小巴	xiǎo bā	一級	3570.	信封	xìn fēng	二級
3534.	小姐	xiǎo jiě	二級	3571.	信號	xìn hào	三級
3535.	小時	xiǎo shí	二級	3572.	信件	xìn jiàn	二級
3536.	小說	xiǎo shuō	三級	3573.	信任	xìn rèn	二級
3537.	小心	xiǎo xīn	一級	3574.	信息	xìn xī	三級
3538.	小學	xiǎo xué	一級	3575.	信心	xìn xīn	一級
3539.	小組	xiǎo zǔ	二級	3576.	信仰	xìn yǎng	三級
3540.	校董	xiào dǒng	二級	3577.	信用	xìn yòng	三級
3541.	校工	xiào gōng	一級	3578.	興奮	xīng fèn	二級
3542.	效果	xiào guǒ	二級	3579.	星期	xīng qī	二級
3543.	笑話	xiào hua	二級	3580.	興旺	xīng wàng	三級
3544.	笑臉	xiào liǎn	三級	3581.	星星	xīng xing	二級
3545.	效率	xiào lǜ	三級	3582.	形成	xíng chéng	三級
3546.	笑容	xiào róng	一級	3583.	行動	xíng dòng	三級
3547.	校友	xiào yǒu	二級	3584.	行李	xíng li	二級
3548.	校園	xiào yuán	一級	3585.	行人	xíng rén	一級
3549.	校長	xiào zhǎng	三級	3586.	形容	xíng róng	二級
3550.	協助	xié zhù	三級	3587.	形式	xíng shì	三級
3551.	協作	xié zuò	三級	3588.	行為	xíng wéi	二級
3552.	寫字樓	xiě zì lóu	二級	3589.	形象	xíng xiàng	三級
3553.	寫作	xiě zuò	一級	3590.	行政長官		
3554.	謝謝	xiè xie	一級			xíng zhèng zhǎng guǎn	二級
3555.	新冠肺炎	Xīn Guān fèi yán	三級	3591.	形狀	xíng zhuàng	二級
3556.	辛苦	xīn kǔ	二級	3592.	性別	xìng bié	二級
3557.	新郎	xīn láng	二級	3593.	幸福	xìng fú	二級
3558.	心理	xīn lǐ	三級	3594.	性格	xìng gé	二級

3595. 幸虧	xìng kuī	二級	3633. 選擇	xuǎn zé	二級
3596. 姓名	xìng míng	二級	3634. 學科	xué kē	三級
3597. 興趣	xìng qù	三級	3635. 學期	xué qī	二級
3598. 幸運	xìng yùn	二級	3636. 學生	xué·sheng	二級
3599. 性質	xìng zhì	二級	3637. 學位	xué wèi	二級
3600. 兇惡	xiōng è	二級	3638. 學問	xué wèn	三級
3601. 兄弟	xiōng di	二級	3639. 學習	xué xí	一級
3602. 兄弟	xiōng dì	二級	3640. 學校	xué xiào	一級
3603. 兇狠	xiōng hěn	三級	3641. 學者	xué zhě	三級
3604. 兇猛	xiōng měng	二級	3642. 雪白	xuě bái	二級
3605. 洶湧	xiōng yǒng	三級	3643. 雪花	xuě huā	一級
3606. 熊貓	xióng māo	二級	3644. 血管	xuè guǎn	三級
3607. 雄偉	xióng wěi	三級	3645. 血液	xuè yè	二級
3608. 雄壯	xióng zhuàng	三級	3646. 巡邏	xún luó	三級
3609. 休假	xiū jià	二級	3647. 尋求	xún qiú	三級
3610. 休息	xiū xi	二級	3648. 詢問	xún wèn	二級
3611. 修養	xiū yǎng	三級	3649. 尋找	xún zhǎo	二級
3612. 秀麗	xiù lì	二級	3650. 訓練	xùn liàn	二級
3613. 袖子	xiù zi	二級	3651. 迅速	xùn sù	三級
3614. 虛假	xū jiǎ	三級	3652. 壓力	yā lì	三級
3615. 需求	xū qiú	三級	3653. 壓迫	yā pò	三級
3616. 虛弱	xū ruò	三級	3654. 壓縮	yā suō	三級
3617. 虛偽	xū wěi	三級	3655. 鴨子	yā zi	一級
3618. 需要	xū yào	二級	3656. 牙齒	yá chǐ	一級
3619. 許多	xǔ duō	二級	3657. 牙膏	yá gāo	二級
3620. 許可	xǔ kě	三級	3658. 牙刷	yá shuā	二級
3621. 敍述	xù shù	三級	3659. 牙醫	yá yī	二級
3622. 宣佈	xuān bù	三級	3660. 亞軍	yà jūn	二級
3623. 宣傳	xuān chuán	三級	3661. 淹沒	yān mò	三級
3624. 宣告	xuān gào	三級	3662. 煙霧	yān wù	三級
3625. 宣揚	xuān yáng	三級	3663. 沿岸	yán àn	三級
3626. 懸掛	xuán guà	三級	3664. 延長	yán cháng	二級
3627. 旋律	xuán lǜ	三級	3665. 嚴格	yán gé	三級
3628. 旋轉	xuán zhuǎn	三級	3666. 沿海	yán hǎi	三級
3629. 選拔	xuǎn bá	三級	3667. 嚴寒	yán hán	三級
3630. 選舉	xuǎn jǔ	三級	3668. 嚴禁	yán jìn	三級
3631. 選取	xuǎn qǔ	三級	3669. 研究	yán jiū	三級
3632. 選手	xuǎn shǒu	三級	3670. 嚴厲	yán lì	三級

3671. 言論	yán lùn	三級	3709. 藥物	yào wù	三級
3672. 炎熱	yán rè	二級	3710. 耀眼	yào yǎn	三級
3673. 顏色	yán sè	二級	3711. 爺爺	yé ye	一級
3674. 巖石	yán shí	三級	3712. 野蠻	yě mán	三級
3675. 嚴肅	yán sù	三級	3713. 野生	yě shēng	三級
3676. 沿途	yán tú	三級	3714. 野獸	yě shòu	二級
3677. 言語	yán yǔ	三級	3715. 野外	yě wài	二級
3678. 嚴重	yán zhòng	二級	3716. 也許	yě xǔ	三級
3679. 演唱	yǎn chàng	二級	3717. 夜景	yè jǐng	三級
3680. 演出	yǎn chū	三級	3718. 液體	yè tǐ	三級
3681. 掩蓋	yǎn gài	三級	3719. 夜晚	yè wǎn	一級
3682. 眼光	yǎn guāng	三級	3720. 業餘	yè yú	三級
3683. 演講	yǎn jiǎng	三級	3721. 葉子	yè zi	二級
3684. 眼睛	yǎn jing	二級	3722. 一般	yī bān	二級
3685. 眼鏡	yǎn jìng	二級	3723. 一半	yī bàn	一級
3686. 眼淚	yǎn lèi	二級	3724. 一邊	yī biān	二級
3687. 掩飾	yǎn shì	三級	3725. 一旦	yī dàn	三級
3688. 演員	yǎn yuán	二級	3726. 一點兒	yī diǎnr	三級
3689. 演奏	yǎn zòu	三級	3727. 一定	yī dìng	一級
3690. 宴會	yàn huì	三級	3728. 一帆風順	yī fān fēng shùn	三級
3691. 厭惡	yàn wù	三級	3729. 衣服	yī fu	二級
3692. 驗證	yàn zhèng	三級	3730. 一共	yī gòng	一級
3693. 陽光	yáng guāng	一級	3731. 一會兒	yī huìr	三級
3694. 養活	yǎng huó	三級	3732. 依據	yī jù	三級
3695. 養育	yǎng yù	二級	3733. 依靠	yī kào	三級
3696. 樣子	yàng zi	二級	3734. 依賴	yī lài	三級
3697. 妖怪	yāo guài	三級	3735. 一律	yī lù	三級
3698. 邀請	yāo qǐng	二級	3736. 一模一樣	yī mú yī yàng	二級
3699. 要求	yāo qiú	二級	3737. 一切	yī qiè	二級
3700. 搖擺	yáo bǎi	二級	3738. 醫生	yī shēng	一級
3701. 遙控	yáo kòng	三級	3739. 一絲不苟	yī sī bù gǒu	三級
3702. 搖晃	yáo · huàng	三級	3740. 一同	yī tóng	二級
3703. 謠言	yáo yán	三級	3741. 一些	yī xiē	一級
3704. 遙遠	yáo yuǎn	二級	3742. 一心	yī xīn	二級
3705. 要不然	yào bù rán	二級	3743. 醫學	yī xué	三級
3706. 要緊	yào jǐn	三級	3744. 一樣	yī yàng	一級
3707. 藥品	yào pǐn	二級	3745. 醫院	yī yuàn	一級
3708. 鑰匙	yào shi	三級	3746. 一再	yī zài	三級

3747. 依照	yī zhào	三級	3785. 因為	yīn‧wèi	一級
3748. 一直	yī zhí	二級	3786. 銀行	yín háng	一級
3749. 醫治	yī zhì	三級	3787. 隱蔽	yǐn bì	三級
3750. 一致	yī zhì	三級	3788. 隱藏	yǐn cáng	三級
3751. 遺產	yí chǎn	三級	3789. 引導	yǐn dǎo	二級
3752. 遺傳	yí chuán	三級	3790. 飲料	yǐn liào	二級
3753. 移動	yí dòng	二級	3791. 飲食	yǐn shí	二級
3754. 遺憾	yí hàn	三級	3792. 引用	yǐn yòng	三級
3755. 疑惑	yí huò	三級	3793. 印刷	yìn shuā	三級
3756. 遺留	yí liú	三級	3794. 印象	yìn xiàng	二級
3757. 移民	yí mín	三級	3795. 應當	yīng dāng	二級
3758. 儀式	yí shì	二級	3796. 嬰兒	yīng ér	二級
3759. 疑問	yí wèn	二級	3797. 應該	yīng gāi	二級
3760. 疑心	yí xīn	三級	3798. 英明	yīng míng	三級
3761. 以及	yǐ jí	三級	3799. 英雄	yīng xióng	三級
3762. 已經	yǐ jīng	一級	3800. 英勇	yīng yǒng	二級
3763. 以免	yǐ miǎn	三級	3801. 英語	yīng yǔ	一級
3764. 以往	yǐ wǎng	三級	3802. 迎接	yíng jiē	二級
3765. 以為	yǐ wéi	二級	3803. 營養	yíng yǎng	三級
3766. 椅子	yǐ zi	二級	3804. 營業	yíng yè	三級
3767. 異常	yì cháng	三級	3805. 影迷	yǐng mí	二級
3768. 議會	yì huì	三級	3806. 影片	yǐng piàn	二級
3769. 意見	yì jiàn	一級	3807. 影響	yǐng xiǎng	一級
3770. 毅力	yì lì	三級	3808. 影子	yǐng zi	二級
3771. 議論	yì lùn	三級	3809. 應對	yìng duì	三級
3772. 藝術	yì shù	三級	3810. 應付	yìng fu	三級
3773. 意思	yì si	二級	3811. 擁護	yōng hù	三級
3774. 意外	yì wài	三級	3812. 擁擠	yōng jǐ	三級
3775. 義務	yì wù	三級	3813. 擁有	yōng yǒu	二級
3776. 意義	yì yì	三級	3814. 勇敢	yǒng gǎn	二級
3777. 意志	yì zhì	三級	3815. 永恆	yǒng héng	三級
3778. 陰暗	yīn àn	二級	3816. 永久	yǒng jiǔ	三級
3779. 因此	yīn cǐ	二級	3817. 勇氣	yǒng qì	二級
3780. 陰謀	yīn móu	三級	3818. 永遠	yǒng yuǎn	二級
3781. 因素	yīn sù	三級	3819. 用處	yòng chù	二級
3782. 陰天	yīn tiān	三級	3820. 用功	yòng gōng	二級
3783. 音響	yīn xiǎng	三級	3821. 用力	yòng lì	三級
3784. 音樂	yīn yuè	一級	3822. 用品	yòng pǐn	二級

3823.	用途	yòng tú	二級	3861.	有趣	yǒu qù	二級
3824.	用心	yòng xīn	二級	3862.	友人	yǒu rén	三級
3825.	優點	yōu diǎn	二級	3863.	有效	yǒu xiào	三級
3826.	優惠	yōu huì	三級	3864.	有些	yǒu xiē	一級
3827.	悠久	yōu jiǔ	三級	3865.	友誼	yǒu yì	二級
3828.	優良	yōu liáng	二級	3866.	誘惑	yòu huò	三級
3829.	優美	yōu měi	二級	3867.	幼兒園	yòu ér yuán	二級
3830.	優勢	yōu shì	三級	3868.	幼稚	yòu zhì	三級
3831.	優先	yōu xiān	三級	3869.	愉快	yú kuài	二級
3832.	優秀	yōu xiù	三級	3870.	娛樂	yú lè	三級
3833.	優越	yōu yuè	三級	3871.	魚米之鄉	yú mǐ zhī xiāng	三級
3834.	優質	yōu zhì	三級	3872.	漁民	yú mín	二級
3835.	油畫	yóu huà	三級	3873.	於是	yú shì	二級
3836.	郵局	yóu jú	二級	3874.	漁網	yú wǎng	三級
3837.	遊客	yóu kè	二級	3875.	語調	yǔ diào	三級
3838.	遊覽	yóu lǎn	三級	3876.	語法	yǔ fǎ	三級
3839.	郵票	yóu piào	二級	3877.	羽毛	yǔ máo	二級
3840.	油漆	yóu qī	三級	3878.	與其	yǔ qí	三級
3841.	尤其	yóu qí	三級	3879.	語氣	yǔ qì	二級
3842.	遊人	yóu rén	二級	3880.	雨傘	yǔ sǎn	一級
3843.	猶如	yóu rú	三級	3881.	雨水	yǔ shuǐ	二級
3844.	遊艇	yóu tǐng	二級	3882.	語文	yǔ wén	二級
3845.	油污	yóu wū	二級	3883.	語言	yǔ yán	一級
3846.	遊戲	yóu xì	二級	3884.	雨衣	yǔ yī	三級
3847.	郵箱	yóu xiāng	三級	3885.	語音	yǔ yīn	三級
3848.	遊行	yóu xíng	三級	3886.	宇宙	yǔ zhòu	三級
3849.	游泳	yóu yǒng	二級	3887.	預備	yù bèi	二級
3850.	由於	yóu yú	二級	3888.	預測	yù cè	三級
3851.	魷魚	yóu yú	二級	3889.	預訂	yù dìng	二級
3852.	猶豫	yóu yù	三級	3890.	預定	yù dìng	三級
3853.	友愛	yǒu ài	二級	3891.	預防	yù fáng	二級
3854.	有點兒	yǒu diǎnr	三級	3892.	預告	yù gào	三級
3855.	有關	yǒu guān	二級	3893.	遇見	yù jiàn	二級
3856.	有害	yǒu hài	二級	3894.	預料	yù liào	三級
3857.	友好	yǒu hǎo	三級	3895.	玉米	yù mǐ	一級
3858.	有力	yǒu lì	二級	3896.	浴室	yù shì	二級
3859.	有名	yǒu míng	一級	3897.	預示	yù shì	三級
3860.	友情	yǒu qíng	二級	3898.	預先	yù xiān	二級

3899. 寓言	yù yán	二級	3937. 雜物	zá wù	三級
3900. 預言	yù yán	三級	3938. 雜誌	zá zhì	三級
3901. 冤枉	yuān wang	三級	3939. 災害	zāi hài	三級
3902. 元旦	yuán dàn	二級	3940. 災難	zāi nàn	二級
3903. 原諒	yuán liàng	一級	3941. 栽培	zāi péi	三級
3904. 原來	yuán lái	一級	3942. 栽種	zāi zhòng	二級
3905. 園林	yuán lín	三級	3943. 在乎	zài hu	三級
3906. 圓滿	yuán mǎn	三級	3944. 再見	zài jiàn	一級
3907. 原始	yuán shǐ	三級	3945. 在意	zài yì	三級
3908. 原先	yuán xiān	三級	3946. 在於	zài yú	三級
3909. 元宵	yuán xiāo	三級	3947. 咱們	zán men	三級
3910. 原因	yuán yīn	一級	3948. 贊成	zàn chéng	二級
3911. 原則	yuán zé	三級	3949. 讚美	zàn měi	二級
3912. 遠大	yuǎn dà	三級	3950. 讚賞	zàn shǎng	三級
3913. 遠方	yuǎn fāng	二級	3951. 暫時	zàn shí	二級
3914. 願望	yuàn wàng	二級	3952. 讚歎	zàn tàn	三級
3915. 院子	yuàn zi	二級	3953. 贊同	zàn tóng	三級
3916. 願意	yuàn yì	二級	3954. 讚揚	zàn yáng	三級
3917. 約會	yuē huì	三級	3955. 贊助	zàn zhù	三級
3918. 約束	yuē shù	三級	3956. 糟糕	zāo gāo	三級
3919. 閱讀	yuè dú	三級	3957. 遭受	zāo shòu	三級
3920. 樂隊	yuè duì	二級	3958. 遭遇	zāo yù	三級
3921. 月光	yuè guāng	二級	3959. 早餐	zǎo cān	二級
3922. 越過	yuè guò	二級	3960. 早晨	zǎo chen	二級
3923. 月亮	yuè liang	一級	3961. 早日	zǎo rì	三級
3924. 樂器	yuè qì	二級	3962. 早上	zǎo shang	一級
3925. 月球	yuè qiú	二級	3963. 造成	zào chéng	二級
3926. 樂曲	yuè qǔ	三級	3964. 造句	zào jù	一級
3927. 雲彩	yún cai	三級	3965. 噪音	zào yīn	三級
3928. 允許	yǔn xǔ	三級	3966. 責備	zé bèi	二級
3929. 運動	yùn dòng	二級	3967. 責怪	zé guài	二級
3930. 運氣	yùn qi	三級	3968. 責任	zé rèn	二級
3931. 運氣	yùn qì	三級	3969. 怎麼	zěn me	二級
3932. 運輸	yùn shū	二級	3970. 怎樣	zěn yàng	二級
3933. 運送	yùn sòng	二級	3971. 增加	zēng jiā	二級
3934. 運算	yùn suàn	二級	3972. 增進	zēng jìn	二級
3935. 運行	yùn xíng	三級	3973. 增強	zēng qiáng	二級
3936. 運用	yùn yòng	二級	3974. 增添	zēng tiān	三級

3975. 增長	zēng zhǎng	三級	4013. 照射	zhào shè	二級
3976. 贈送	zèng sòng	三級	4014. 照相	zhào xiàng	二級
3977. 炸彈	zhà dàn	三級	4015. 照耀	zhào yào	三級
3978. 詐騙	zhà piàn	三級	4016. 折磨	zhé · mó	三級
3979. 債券	zhài quàn	三級	4017. 這個	zhè ge	二級
3980. 債務	zhài wù	三級	4018. 這裏	zhè · lǐ	三級
3981. 展開	zhǎn kāi	三級	4019. 這麼	zhè me	二級
3982. 展覽	zhǎn lǎn	二級	4020. 這兒	zhèr	二級
3983. 展示	zhǎn shì	三級	4021. 這些	zhè xiē	二級
3984. 嶄新	zhǎn xīn	三級	4022. 這樣	zhè yàng	二級
3985. 戰場	zhàn chǎng	三級	4023. 真誠	zhēn chéng	三級
3986. 戰鬥	zhàn dòu	二級	4024. 針對	zhēn duì	三級
3987. 佔據	zhàn jù	三級	4025. 珍貴	zhēn guì	二級
3988. 佔領	zhàn lǐng	三級	4026. 真理	zhēn lǐ	三級
3989. 戰略	zhàn lüè	三級	4027. 真實	zhēn shí	三級
3990. 戰勝	zhàn shèng	三級	4028. 珍惜	zhēn xī	二級
3991. 戰士	zhàn shì	二級	4029. 真心	zhēn xīn	二級
3992. 佔用	zhàn yòng	二級	4030. 真正	zhēn zhèng	一級
3993. 佔有	zhàn yǒu	三級	4031. 真摯	zhēn zhì	三級
3994. 戰爭	zhàn zhēng	三級	4032. 珍珠	zhēn zhū	二級
3995. 長輩	zhǎng bèi	二級	4033. 枕頭	zhěn tou	二級
3996. 掌聲	zhǎng shēng	二級	4034. 鎮定	zhèn dìng	三級
3997. 掌握	zhǎng wò	三級	4035. 振動	zhèn dòng	三級
3998. 長者	zhǎng zhě	一級	4036. 震動	zhèn dòng	三級
3999. 障礙	zhàng ài	三級	4037. 震驚	zhèn jīng	三級
4000. 丈夫	zhàng fu	二級	4038. 振興	zhèn xīng	三級
4001. 招待	zhāo dài	二級	4039. 爭吵	zhēng chǎo	二級
4002. 招呼	zhāo hu	二級	4040. 爭奪	zhēng duó	三級
4003. 招生	zhāo shēng	二級	4041. 征服	zhēng fú	三級
4004. 招手	zhāo shǒu	三級	4042. 爭論	zhēng lùn	三級
4005. 着涼	zháo liáng	三級	4043. 徵求	zhēng qiú	三級
4006. 照常	zhào cháng	三級	4044. 爭取	zhēng qǔ	二級
4007. 照顧	zhào gù	三級	4045. 爭議	zhēng yì	三級
4008. 召集	zhào jí	二級	4046. 掙扎	zhēng zhá	二級
4009. 召開	zhào kāi	三級	4047. 整頓	zhěng dùn	三級
4010. 照料	zhào liào	三級	4048. 整潔	zhěng jié	二級
4011. 照明	zhào míng	三級	4049. 整理	zhěng lǐ	二級
4012. 照片	zhào piàn	一級	4050. 整齊	zhěng qí	一級

4051. 整體	zhěng tǐ	三級	4089. 職員	zhí yuán	二級
4052. 整天	zhěng tiān	二級	4090. 指出	zhǐ chū	二級
4053. 政策	zhèng cè	三級	4091. 指導	zhǐ dǎo	二級
4054. 正常	zhèng cháng	一級	4092. 指點	zhǐ diǎn	三級
4055. 正當	zhèng dāng	三級	4093. 指定	zhǐ dìng	三級
4056. 政府	zhèng fǔ	三級	4094. 只顧	zhǐ gù	三級
4057. 正規	zhèng guī	三級	4095. 只管	zhǐ guǎn	三級
4058. 正好	zhèng hǎo	二級	4096. 只好	zhǐ hǎo	二級
4059. 證件	zhèng jiàn	二級	4097. 指揮	zhǐ huī	二級
4060. 證據	zhèng jù	三級	4098. 指甲	zhǐ jia	三級
4061. 正面	zhèng miàn	二級	4099. 指南針	zhǐ nán zhēn	三級
4062. 證明	zhèng míng	二級	4100. 只能	zhǐ néng	一級
4063. 正確	zhèng què	一級	4101. 指示	zhǐ shì	三級
4064. 證實	zhèng shí	三級	4102. 只要	zhǐ yào	一級
4065. 正式	zhèng shì	二級	4103. 只有	zhǐ yǒu	一級
4066. 證書	zhèng shū	三級	4104. 紙張	zhǐ zhāng	二級
4067. 政治	zhèng zhì	三級	4105. 制度	zhì dù	三級
4068. 鄭重	zhèng zhòng	三級	4106. 制服	zhì fú	二級
4069. 症狀	zhèng zhuàng	三級	4107. 智慧	zhì huì	二級
4070. 支撐	zhī chēng	三級	4108. 至今	zhì jīn	三級
4071. 支持	zhī chí	三級	4109. 治理	zhì lǐ	三級
4072. 支出	zhī chū	三級	4110. 智力	zhì lì	三級
4073. 知道	zhī dào	一級	4111. 治療	zhì liáo	三級
4074. 脂肪	zhī fáng	三級	4112. 質量	zhì liàng	二級
4075. 支付	zhī fù	二級	4113. 智能	zhì néng	三級
4076. 芝麻	zhī ma	二級	4114. 至少	zhì shǎo	二級
4077. 支配	zhī pèi	三級	4115. 秩序	zhì xù	二級
4078. 知識	zhī shi	二級	4116. 製造	zhì zào	二級
4079. 支援	zhī yuán	三級	4117. 製作	zhì zuò	二級
4080. 蜘蛛	zhī zhū	二級	4118. 終點	zhōng diǎn	二級
4081. 值得	zhí · dé	二級	4119. 鐘點	zhōng diǎn	三級
4082. 執法	zhí fǎ	三級	4120. 中等	zhōng děng	三級
4083. 直接	zhí jiē	二級	4121. 中斷	zhōng duàn	三級
4084. 植物	zhí wù	二級	4122. 中間	zhōng jiān	一級
4085. 職務	zhí wù	三級	4123. 中秋	Zhōng qiū	三級
4086. 直線	zhí xiàn	二級	4124. 中途	zhōng tú	三級
4087. 執行	zhí xíng	三級	4125. 中文	zhōng wén	一級
4088. 職業	zhí yè	二級	4126. 中午	zhōng wǔ	一級

4127. 中學	zhōng xué	一級	4165. 住院	zhù yuàn	二級
4128. 中心	zhōng xīn	一級	4166. 祝願	zhù yuàn	二級
4129. 忠心	zhōng xīn	三級	4167. 抓緊	zhuā jǐn	三級
4130. 衷心	zhōng xīn	三級	4168. 爪子	zhuǎ zi	三級
4131. 中央	zhōng yāng	二級	4169. 專長	zhuān cháng	二級
4132. 終於	zhōng yú	一級	4170. 專家	zhuān jiā	三級
4133. 種類	zhǒng lèi	二級	4171. 專門	zhuān mén	三級
4134. 種子	zhǒng zi	二級	4172. 專心	zhuān xīn	一級
4135. 重大	zhòng dà	二級	4173. 專線小巴	zhuān xiàn xiǎo bā	二級
4136. 重點	zhòng diǎn	二級	4174. 專業	zhuān yè	三級
4137. 眾多	zhòng duō	三級	4175. 轉變	zhuǎn biàn	二級
4138. 重量	zhòng liàng	二級	4176. 轉動	zhuǎn dòng	二級
4139. 重視	zhòng shì	三級	4177. 轉換	zhuǎn huàn	三級
4140. 重要	zhòng yào	一級	4178. 轉彎	zhuǎn wān	三級
4141. 種植	zhòng zhí	二級	4179. 轉移	zhuǎn yí	三級
4142. 周到	zhōu dào	三級	4180. 轉折	zhuǎn zhé	三級
4143. 周末	zhōu mò	三級	4181. 轉動	zhuàn dòng	二級
4144. 周圍	zhōu wéi	二級	4182. 傳記	zhuàn jì	三級
4145. 皺紋	zhòu wén	三級	4183. 裝扮	zhuāng bàn	三級
4146. 晝夜	zhòu yè	三級	4184. 裝飾	zhuāng shì	三級
4147. 逐步	zhú bù	三級	4185. 莊嚴	zhuāng yán	三級
4148. 逐漸	zhú jiàn	二級	4186. 莊重	zhuāng zhòng	三級
4149. 竹子	zhú zi	三級	4187. 壯大	zhuàng dà	三級
4150. 主持	zhǔ chí	三級	4188. 壯觀	zhuàng guān	三級
4151. 主動	zhǔ dòng	二級	4189. 狀況	zhuàng kuàng	三級
4152. 主禮嘉賓	zhǔ lǐ jiā bīn	三級	4190. 狀態	zhuàng tài	三級
4153. 主人	zhǔ·rén	二級	4191. 追趕	zhuī gǎn	一級
4154. 主要	zhǔ yào	一級	4192. 追究	zhuī jiū	三級
4155. 註冊	zhù cè	三級	4193. 追求	zhuī qiú	三級
4156. 祝福	zhù fú	二級	4194. 追問	zhuī wèn	二級
4157. 祝賀	zhù hè	二級	4195. 準備	zhǔn bèi	二級
4158. 助理	zhù lǐ	三級	4196. 準確	zhǔn què	一級
4159. 著名	zhù míng	二級	4197. 準時	zhǔn shí	二級
4160. 助人為樂	zhù rén wéi lè	三級	4198. 準則	zhǔn zé	三級
4161. 注視	zhù shì	三級	4199. 桌子	zhuō zi	二級
4162. 註釋	zhù shì	三級	4200. 着想	zhuó xiǎng	三級
4163. 助手	zhù shǒu	二級	4201. 着重	zhuó zhòng	三級
4164. 注意	zhù yì	一級	4202. 資產	zī chǎn	三級

4203. 資格	zī gé	三級		4242. 組成	zǔ chéng	三級
4204. 資金	zī jīn	三級		4243. 阻擋	zǔ dǎng	三級
4205. 資料	zī liào	三級		4244. 祖父	zǔ fù	一級
4206. 姿勢	zī shì	二級		4245. 祖國	zǔ guó	一級
4207. 姿態	zī tài	三級		4246. 組合	zǔ hé	三級
4208. 滋味	zī wèi	三級		4247. 祖母	zǔ mǔ	一級
4209. 資源	zī yuán	三級		4248. 祖先	zǔ xiān	二級
4210. 資助	zī zhù	三級		4249. 組織	zǔ zhī	三級
4211. 子弟	zǐ dì	三級		4250. 阻止	zǔ zhǐ	二級
4212. 子女	zǐ nǔ	二級		4251. 鑽研	zuān yán	三級
4213. 子孫	zǐ sūn	一級		4252. 嘴巴	zuǐ ba	二級
4214. 仔細	zǐ xì	一級		4253. 嘴唇	zuǐ chún	三級
4215. 自從	zì cóng	二級		4254. 最初	zuì chū	二級
4216. 字典	zì diǎn	二級		4255. 罪惡	zuì è	三級
4217. 自動	zì dòng	一級		4256. 最好	zuì hǎo	三級
4218. 自豪	zì háo	三級		4257. 最後	zuì hòu	一級
4219. 自覺	zì jué	三級		4258. 最近	zuì jìn	二級
4220. 自己	zì jǐ	一級		4259. 罪行	zuì xíng	三級
4221. 字母	zì mǔ	一級		4260. 尊敬	zūn jìng	二級
4222. 自然	zì rán	二級		4261. 遵守	zūn shǒu	二級
4223. 自私	zì sī	二級		4262. 尊嚴	zūn yán	三級
4224. 字體	zì tǐ	三級		4263. 尊重	zūn zhòng	二級
4225. 自我	zì wǒ	三級		4264. 昨天	zuó tiān	一級
4226. 自學	zì xué	二級		4265. 左右	zuǒ yòu	三級
4227. 自信	zì xìn	三級		4266. 做法	zuò fǎ	二級
4228. 自由	zì yóu	一級		4267. 做功課	zuò gōng kè	一級
4229. 自由行	zì yóu xíng	二級		4268. 作家	zuò jiā	三級
4230. 自願	zì yuàn	二級		4269. 坐落	zuò luò	三級
4231. 自主	zì zhù	三級		4270. 做夢	zuò mèng	三級
4232. 綜合	zōng hé	三級		4271. 作品	zuò pǐn	二級
4233. 宗教	zōng jiào	三級		4272. 做人	zuò rén	三級
4234. 綜援	zōng yuán	三級		4273. 座談	zuò tán	三級
4235. 總共	zǒng gòng	二級		4274. 作為	zuò wéi	三級
4236. 總數	zǒng shù	二級		4275. 座位	zuò · wèi	二級
4237. 總算	zǒng suàn	三級		4276. 作文	zuò wén	一級
4238. 走廊	zǒu láng	二級		4277. 作業	zuò yè	一級
4239. 奏國歌	zòu guó gē	二級		4278. 作用	zuò yòng	三級
4240. 足球	zú qiú	一級		4279. 作者	zuò zhě	一級
4241. 阻礙	zǔ ài	三級				

測試用輕聲詞語表

測試用輕聲詞語表分三級，其中，一級輕聲詞語 39 個，二級輕聲詞語 158 個，三級輕聲詞語 65 個，合計 262 個。

輕聲詞語表（按級別排列）

一級輕聲詞語（39 個）

1.	爸爸	bà ba
2.	包子	bāo zi
3.	杯子	bēi zi
4.	被子	bèi zi
5.	鼻子	bí zi
6.	不好意思	bù hǎo yì si
7.	尺子	chǐ zi
8.	刀子	dāo zi
9.	弟弟	dì di
10.	地方	dì fang
11.	豆腐	dòu fu
12.	肚子	dù zi
13.	對不起	duì bu qǐ
14.	多麼	duō me
15.	多少	duō shao
16.	哥哥	gē ge
17.	故事	gù shi
18.	孩子	hái zi
19.	狐狸	hú li
20.	姐姐	jiě jie
21.	句子	jù zi
22.	覺得	jué de
23.	例子	lì zi
24.	媽媽	mā ma
25.	妹妹	mèi mei
26.	名字	míng zi
27.	明白	míng bai
28.	哪個	nǎ ge
29.	朋友	péng you
30.	婆婆	pó po
31.	人們	rén men
32.	甚麼	shén me
33.	事情	shì qing
34.	晚上	wǎn shang
35.	謝謝	xiè xie
36.	鴨子	yā zi
37.	爺爺	yé ye
38.	月亮	yuè liang
39.	早上	zǎo shang

二級輕聲詞語（158 個）

1.	愛人	ài ren
2.	本事	běn shi
3.	玻璃	bō li
4.	部分	bù fen
5.	蒼蠅	cāng ying
6.	叉子	chā zi
7.	差不多	chà bu duō
8.	除了	chú le
9.	村子	cūn zi
10.	答應	dā ying
11.	打扮	dǎ ban
12.	打招呼	dǎ zhāo hu
13.	燈籠	dēng long
14.	笛子	dí zi

15.	點心	diǎn xin	53.	喇叭	lǎ ba
16.	點心紙	diǎn xin zhǐ	54.	籃子	lán zi
17.	碟子	dié zi	55.	老實	lǎo shi
18.	東西	dōng xi	56.	力氣	lì qi
19.	隊伍	duì wu	57.	厲害	lì hai
20.	兒子	ér zi	58.	涼快	liáng kuai
21.	耳朵	ěr duo	59.	糧食	liáng shi
22.	房子	fáng zi	60.	了不起	liǎo bu qǐ
23.	費用	fèi yong	61.	蘿蔔	luó bo
24.	瘋子	fēng zi	62.	駱駝	luò tuo
25.	蓋子	gài zi	63.	麻煩	má fan
26.	告訴	gào su	64.	買賣	mǎi mai
27.	鴿子	gē zi	65.	帽子	mào zi
28.	姑娘	gū niang	66.	沒關係	méi guān xi
29.	骨頭	gǔ tou	67.	玫瑰	méi gui
30.	罐頭	guàn tou	68.	眉毛	méi mao
31.	規矩	guī ju	69.	迷糊	mí hu
32.	櫃子	guì zi	70.	蘑菇	mó gu
33.	棍子	gùn zi	71.	木頭	mù tou
34.	果子	guǒ zi	72.	那麼	nà me
35.	和尚	hé shang	73.	奶奶	nǎi nai
36.	盒子	hé zi	74.	腦袋	nǎo dai
37.	猴子	hóu zi	75.	腦子	nǎo zi
38.	糊塗	hú tu	76.	你們	nǐ men
39.	護士	hù shi	77.	暖和	nuǎn huo
40.	餃子	jiǎo zi	78.	牌子	pái zi
41.	叫喚	jiào huan	79.	盤子	pán zi
42.	結實	jiē shi	80.	脾氣	pí qi
43.	金子	jīn zi	81.	屁股	pì gu
44.	精神	jīng shen	82.	便宜	pián yi
45.	鏡子	jìng zi	83.	漂亮	piào liang
46.	咳嗽	ké sou	84.	瓶子	píng zi
47.	客氣	kè qi	85.	葡萄	pú tao
48.	口袋	kǒu dai	86.	欺負	qī fu
49.	褲子	kù zi	87.	旗子	qí zi
50.	快活	kuài huo	88.	親戚	qīn qi
51.	筷子	kuài zi	89.	清楚	qīng chu
52.	困難	kùn nan	90.	拳頭	quán tou

91.	裙子	qún zi		125.	屋子	wū zi
92.	熱鬧	rè nao		126.	喜歡	xǐ huan
93.	認識	rèn shi		127.	瞎子	xiā zi
94.	日子	rì zi		128.	下來	xià lai
95.	沙子	shā zi		129.	先生	xiān sheng
96.	傻子	shǎ zi		130.	鄉下	xiāng xia
97.	扇子	shàn zi		131.	箱子	xiāng zi
98.	商量	shāng liang		132.	消息	xiāo xi
99.	哨子	shào zi		133.	笑話	xiào hua
100.	舌頭	shé tou		134.	星星	xīng xing
101.	捨不得	shě bu de		135.	行李	xíng li
102.	生意	shēng yi		136.	兄弟	xiōng di
103.	繩子	shéng zi		137.	休息	xiū xi
104.	時候	shí hou		138.	袖子	xiù zi
105.	石頭	shí tou		139.	眼睛	yǎn jing
106.	收拾	shōu shi		140.	樣子	yàng zi
107.	舒服	shū fu		141.	葉子	yè zi
108.	叔叔	shū shu		142.	衣服	yī fu
109.	梳子	shū zi		143.	椅子	yǐ zi
110.	孫子	sūn zi		144.	意思	yì si
111.	它們	tā men		145.	影子	yǐng zi
112.	他們	tā men		146.	院子	yuàn zi
113.	她們	tā men		147.	早晨	zǎo chen
114.	踏實	tā shi		148.	怎麼	zěn me
115.	太太	tài tai		149.	丈夫	zhàng fu
116.	頭髮	tóu fa		150.	招呼	zhāo hu
117.	兔子	tù zi		151.	這個	zhè ge
118.	娃娃	wá wa		152.	這麼	zhè me
119.	襪子	wà zi		153.	枕頭	zhěn tou
120.	尾巴	wěi ba		154.	知識	zhī shi
121.	為了	wèi le		155.	芝麻	zhī ma
122.	為甚麼	wèi shén me		156.	種子	zhǒng zi
123.	蚊子	wén zi		157.	桌子	zhuō zi
124.	我們	wǒ men		158.	嘴巴	zuǐ ba

三級輕聲詞語（65 個）

1.	巴掌	bā zhang	34.	街坊	jiē fang
2.	把手	bǎ shou	35.	戒指	jiè zhi
3.	幫手	bāng shou	36.	橘子	jú zi
4.	本子	běn zi	37.	扣子	kòu zi
5.	鞭子	biān zi	38.	寬敞	kuān chang
6.	辮子	biàn zi	39.	籠子	lóng zi
7.	脖子	bó zi	40.	馬虎	mǎ hu
8.	稱呼	chēng hu	41.	苗條	miáo tiao
9.	抽屜	chōu ti	42.	模糊	mó hu
10.	窗戶	chuāng hu	43.	胖子	pàng zi
11.	刺蝟	cì wei	44.	騙子	piàn zi
12.	打量	dǎ liang	45.	茄子	qié zi
13.	大方	dà fang	46.	曲子	qǔ zi
14.	帶子	dà izi	47.	圈子	quān zi
15.	膽子	dǎn zi	48.	嗓子	sǎng zi
16.	提防	dī fang	49.	勺子	sháo zi
17.	對付	duì fu	50.	使得	shǐ de
18.	福氣	fú qi	51.	熟悉	shú xi
19.	稿子	gǎo zi	52.	師傅	shī fu
20.	個子	gè zi	53.	委屈	wěi qu
21.	功夫	gōng fu	54.	相聲	xiàng sheng
22.	鈎子	gōu zi	55.	鑰匙	yào shi
23.	姑姑	gū gu	56.	應付	yìng fu
24.	固執	gù zhi	57.	冤枉	yuān wang
25.	怪不得	guài bu de	58.	雲彩	yún cai
26.	含糊	hán hu	59.	運氣	yùn qi
27.	核桃	hé tao	60.	在乎	zài hu
28.	合同	hé tong	61.	咱們	zán men
29.	恨不得	hèn bu de	62.	照顧	zhào gu
30.	禍害	huò hai	63.	指甲	zhǐ jia
31.	機靈	jī ling	64.	竹子	zhú zi
32.	見識	jiàn shi	65.	爪子	zhuǎ zi
33.	講究	jiǎng jiu			

輕聲詞語表（按音序排列）

1.	愛人	ài ren	二級	37.	提防	dī fang	三級
2.	巴掌	bā zhang	三級	38.	笛子	dí zi	二級
3.	爸爸	bà ba	一級	39.	弟弟	dì di	一級
4.	把手	bǎ shou	三級	40.	點心	diǎn xin	二級
5.	幫手	bāng shou	三級	41.	點心紙	diǎn xin zhǐ	二級
6.	包子	bāo zi	一級	42.	地方	dì fang	一級
7.	杯子	bēi zi	一級	43.	碟子	dié zi	二級
8.	被子	bèi zi	一級	44.	東西	dōng xi	二級
9.	本事	běn shi	二級	45.	豆腐	dòu fu	一級
10.	本子	běn zi	三級	46.	肚子	dù zi	一級
11.	鼻子	bí zi	一級	47.	對不起	duì bu qǐ	一級
12.	鞭子	biān zi	三級	48.	對付	duì fu	三級
13.	辮子	biàn zi	三級	49.	隊伍	duì wu	二級
14.	玻璃	bō li	二級	50.	多麼	duō me	一級
15.	脖子	bó zi	三級	51.	多少	duō shao	一級
16.	部分	bù fen	二級	52.	兒子	ér zi	二級
17.	不好意思	bù hǎo yì si	一級	53.	耳朵	ěr duo	二級
18.	蒼蠅	cāng ying	二級	54.	房子	fáng zi	二級
19.	叉子	chā zi	二級	55.	費用	fèi yong	二級
20.	差不多	chà bu duō	二級	56.	瘋子	fēng zi	二級
21.	稱呼	chēng hu	三級	57.	福氣	fú qi	三級
22.	尺子	chǐ zi	一級	58.	蓋子	gài zi	二級
23.	抽屜	chōu ti	三級	59.	稿子	gǎo zi	三級
24.	除了	chú le	二級	60.	告訴	gào su	二級
25.	窗戶	chuāng hu	三級	61.	哥哥	gē ge	一級
26.	刺蝟	cì wei	三級	62.	鴿子	gē zi	二級
27.	村子	cūn zi	二級	63.	個子	gè zi	三級
28.	答應	dā ying	二級	64.	功夫	gōng fu	三級
29.	打扮	dǎ ban	二級	65.	鉤子	gōu zi	三級
30.	打量	dǎ liang	三級	66.	姑姑	gū gu	三級
31.	打招呼	dǎ zhāo hu	二級	67.	姑娘	gū niang	二級
32.	大方	dà fang	三級	68.	骨頭	gǔ tou	二級
33.	帶子	dài zi	三級	69.	故事	gù shi	一級
34.	膽子	dǎn zi	三級	70.	固執	gù zhi	三級
35.	刀子	dāo zi	一級	71.	怪不得	guài bu de	三級
36.	燈籠	dēng long	二級	72.	罐頭	guàn tou	二級

73.	規矩	guī ju	二級	111.	寬敞	kuān chang	三級
74.	櫃子	guì zi	二級	112.	困難	kùn nan	二級
75.	棍子	gùn zi	二級	113.	喇叭	lǎ ba	二級
76.	果子	guǒ zi	二級	114.	籃子	lán zi	二級
77.	孩子	hái zi	一級	115.	老實	lǎo shi	二級
78.	含糊	hán hu	三級	116.	厲害	lì hai	二級
79.	和尚	hé shang	二級	117.	力氣	lì qi	二級
80.	核桃	hé tao	三級	118.	例子	lì zi	一級
81.	合同	hé tong	三級	119.	涼快	liáng kuai	二級
82.	盒子	hé zi	二級	120.	糧食	liáng shi	二級
83.	恨不得	hèn bu de	三級	121.	了不起	liǎo bu qǐ	二級
84.	猴子	hóu zi	二級	122.	籠子	lóng zi	三級
85.	狐狸	hú li	一級	123.	蘿蔔	luó bo	二級
86.	糊塗	hú tu	二級	124.	駱駝	luò tuo	二級
87.	護士	hù shi	二級	125.	媽媽	mā ma	一級
88.	禍害	huò hai	三級	126.	麻煩	má fan	二級
89.	見識	jiàn shi	三級	127.	馬虎	mǎ hu	三級
90.	講究	jiǎng jiu	三級	128.	買賣	mǎi mai	二級
91.	餃子	jiǎo zi	二級	129.	帽子	mào zi	二級
92.	叫喚	jiào huan	二級	130.	沒關係	méi guān xi	二級
93.	街坊	jiē fang	三級	131.	玫瑰	méi gui	二級
94.	結實	jiē shi	二級	132.	眉毛	méi mao	二級
95.	姐姐	jiě jie	一級	133.	妹妹	mèi mei	一級
96.	戒指	jiè zhi	三級	134.	迷糊	mí hu	二級
97.	機靈	jī ling	三級	135.	苗條	miáo tiao	三級
98.	金子	jīn zi	二級	136.	明白	míng bai	一級
99.	精神	jīng shen	二級	137.	名字	míng zi	一級
100.	鏡子	jìng zi	二級	138.	蘑菇	mó gu	二級
101.	橘子	jú zi	三級	139.	模糊	mó hu	三級
102.	句子	jù zi	一級	140.	木頭	mù tou	二級
103.	覺得	jué de	一級	141.	哪個	nǎ ge	一級
104.	咳嗽	ké sou	二級	142.	那麼	nà me	二級
105.	客氣	kè qi	二級	143.	奶奶	nǎi nai	二級
106.	口袋	kǒu dai	二級	144.	腦袋	nǎo dai	二級
107.	扣子	kòu zi	三級	145.	腦子	nǎo zi	二級
108.	褲子	kù zi	二級	146.	你們	nǐ men	二級
109.	快活	kuài huo	二級	147.	暖和	nuǎn huo	二級
110.	筷子	kuài zi	二級	148.	牌子	pái zi	二級

149. 盤子	pán zi	二級	187. 時候	shí hou	二級
150. 朋友	péng you	一級	188. 石頭	shí tou	二級
151. 便宜	pián yi	二級	189. 事情	shì qing	一級
152. 騙子	piàn zi	三級	190. 收拾	shōu shi	二級
153. 胖子	pàng zi	三級	191. 舒服	shū fu	二級
154. 漂亮	piào liang	二級	192. 叔叔	shū shu	二級
155. 脾氣	pí qi	二級	193. 梳子	shū zi	二級
156. 屁股	pì gu	二級	194. 熟悉	shú xi	三級
157. 瓶子	píng zi	二級	195. 孫子	sūn zi	二級
158. 婆婆	pó po	一級	196. 它們	tā men	二級
159. 葡萄	pú tao	二級	197. 他們	tā men	二級
160. 欺負	qī fu	二級	198. 她們	tā men	二級
161. 旗子	qí zi	二級	199. 踏實	tā shi	二級
162. 茄子	qié zi	三級	200. 太太	tài tai	二級
163. 親戚	qīn qi	二級	201. 頭髮	tóu fa	二級
164. 清楚	qīng chu	二級	202. 兔子	tù zi	二級
165. 曲子	qǔ zi	三級	203. 娃娃	wá wa	二級
166. 圈子	quān zi	三級	204. 襪子	wà zi	二級
167. 拳頭	quán tou	二級	205. 晚上	wǎn shang	一級
168. 裙子	qún zi	二級	206. 蚊子	wén zi	二級
169. 熱鬧	rè nào	二級	207. 尾巴	wěi ba	二級
170. 人們	rén men	一級	208. 委屈	wěi qu	三級
171. 認識	rèn shi	二級	209. 為了	wèi le	二級
172. 日子	rì zi	二級	210. 為甚麼	wèi shén me	二級
173. 嗓子	sǎng zi	三級	211. 喜歡	xǐ huan	二級
174. 沙子	shā zi	二級	212. 瞎子	xiā zi	二級
175. 傻子	shǎ zi	二級	213. 下來	xià lai	二級
176. 扇子	shàn zi	二級	214. 先生	xiān sheng	二級
177. 商量	shāng liang	二級	215. 鄉下	xiāng xia	二級
178. 勺子	sháo zi	三級	216. 箱子	xiāng zi	二級
179. 哨子	shào zi	二級	217. 相聲	xiàng sheng	三級
180. 舌頭	shé tou	二級	218. 消息	xiāo xi	二級
181. 捨不得	shě bu de	二級	219. 笑話	xiào hua	二級
182. 甚麼	shén me	一級	220. 謝謝	xiè xie	一級
183. 生意	shēng yi	二級	221. 星星	xīng xing	二級
184. 繩子	shéng zi	二級	222. 行李	xíng li	二級
185. 師傅	shī fu	三級	223. 兄弟	xiōng di	二級
186. 使得	shǐ de	三級	224. 休息	xiū xi	二級

225.	袖子	xiù zi	二級	244.	在乎	zài hu	三級
226.	我們	wǒ men	二級	245.	咱們	zán men	三級
227.	屋子	wū zi	二級	246.	早晨	zǎo chen	二級
228.	鴨子	yā zi	一級	247.	早上	zǎo shang	一級
229.	眼睛	yǎn jing	二級	248.	怎麼	zěn me	二級
230.	樣子	yàng zi	二級	249.	招呼	zhāo hu	二級
231.	鑰匙	yào shi	三級	250.	照顧	zhào gu	三級
232.	爺爺	yé ye	一級	251.	丈夫	zhàng fu	二級
233.	葉子	yè zi	二級	252.	枕頭	zhěn tou	二級
234.	衣服	yī fu	二級	253.	這個	zhè ge	二級
235.	椅子	yǐ zi	二級	254.	這麼	zhè me	二級
236.	意思	yì si	二級	255.	芝麻	zhī ma	二級
237.	應付	yìng fu	三級	256.	知識	zhī shi	二級
238.	影子	yǐng zi	二級	257.	指甲	zhǐ jia	三級
239.	冤枉	yuān wang	三級	258.	種子	zhǒng zi	二級
240.	院子	yuàn zi	二級	259.	竹子	zhú zi	三級
241.	月亮	yuè liang	一級	260.	爪子	zhuǎ zi	三級
242.	雲彩	yún cai	三級	261.	桌子	zhuō zi	二級
243.	運氣	yùn qi	三級	262.	嘴巴	zuǐ ba	二級

測試用兒化詞語表

測試用兒化詞語分三級，根據學習情況，目前將在二級開始考查，二級兒化詞語 3 個，三級 5 個，合計 8 個。

1.	哪兒	nǎr	二級	5.	聊天兒	liáo tiānr	三級
2.	那兒	nàr	二級	6.	一會兒	yī huìr	三級
3.	這兒	zhèr	二級	7.	一點兒	yī diǎnr	三級
4.	差點兒	chà diǎnr	三級	8.	有點兒	yǒu diǎnr	三級

測試用粵方言與普通話部分名詞─量詞搭配表

測試用粵方言與普通話部分名詞─量詞搭配，我們按照搭配詞語的屬性進行分類。共計 54 組。

類別	序號	粵方言	普通話
日常生活用品	1	一把間尺	一把尺子
	2	一架單車	一輛自行車
	3	一對鞋	一雙鞋
	4	一對 / 隻筷子	一雙 / 根筷子
	5	一舊擦膠	一塊橡皮
	6	一架汽車	一輛汽車
	7	一條鎖匙	一把鑰匙
	8	一套 / 件衫	一套 / 件衣服
	9	一條褲	一條褲子
	10	一頂帽	一頂帽子
	11	一把刀	一把刀
	12	一隻鍋	一口鍋
	13	一隻碟	一個盤子
	14	一枝竹竿	一根竹竿
	15	一隻手錶	一塊手錶
	16	一張凳	一把椅子

類別	序號	粵方言	普通話
飲食	18	一條葱	一根／棵葱
	19	一粒蒜頭	一頭蒜
	20	一條油炸鬼	一根油條
	21	一條雪條	一根冰棍兒
	22	一隻香蕉	一根香蕉
	23	一件蛋糕	一塊蛋糕
場所	24	一間學校	一所學校
	25	一間醫院	一家醫院
	26	一間銀行	一家銀行
	27	一間飯店	一家飯店
	28	一間公司	一家公司
	29	一間工廠	一家工廠
	30	一層樓	一套房子
	31	一間舖頭	一家商店
人體部位	32	一把口	一張嘴
	33	一塊面	一張臉
	34	一對眼	一雙眼睛
	35	一對手	一雙手
	36	一條頭髮	一根頭髮
	37	一隻牙	一顆牙齒
動物	38	一隻馬	一匹馬
	39	一隻豬	一口／頭豬
	40	一隻牛	一頭牛
	41	一隻驢	一頭驢
	42	一隻獅子	一頭獅子

類別	序號	粵方言	普通話
其他	43	一隻窗	一扇窗戶
	44	一隻／道門	一扇門
	45	一支彩旗	一面彩旗
	46	一條橋	一座橋
	47	一齣／套戲	一場／部電影
	48	一個鼓	一面鼓
	49	一舊石	一塊石頭
	50	一舊磚	一塊磚
	51	一粒星	一顆星星
	52	一舊雲	一片／朵雲
	53	一棵樹	一棵樹
	54	一朵花	一朵花

香港小學
普通話水平等級測試用示例

測試用句子朗讀示例（初級）

1. 我住在學校附近，所以我走路上學。
   Wǒ zhù zài xué xiào fù jìn，suǒ yǐ wǒ zǒu lù shàng xué

2. 看！它能變成一架綠色的飛機。
   Kàn！Tā néng biàn chéng yí jià lǜ sè de fēi jī

3. 你的手髒了，不要揉眼睛。
   Nǐ de shǒu zāng le，bú yào róu yǎn jing

4. 你們上學坐甚麼車？我坐巴士。
   Nǐ men shàng xué zuò shén me chē？Wǒ zuò bā shì

5. 蝴蝶是花朵的好朋友。
   Hú dié shì huā duǒ de hǎo péng you

6. 我和媽媽做了一個好吃的蛋糕。
   Wǒ hé mā ma zuò le yí gè hǎo chī de dàn gāo

7. 小狗一看到我，就高興得搖頭擺尾。
   Xiǎo gǒu yí kàn dào wǒ，jiù gāo xìng de yáo tóu bǎi wěi

8. 馬上要期末考試了，老師讓我們天天做練習。
   Mǎ shàng yào qī mò kǎo shì le，lǎo shī ràng wǒ men tiān tiān zuò liàn xí

9. 因為我考試得了一百分，所以媽媽笑了。
   Yīn wèi wǒ kǎo shì dé le yì bǎi fēn，suǒ yǐ mā ma xiào le

10. 影子常常跟着我，就像一隻小黑狗。
    Yǐng zi cháng cháng gēn zhe wǒ，jiù xiàng yì zhī xiǎo hēi gǒu

11. 我爸爸是一個了不起的消防員。
    Wǒ bà ba shì yí gè liǎo bu qǐ de xiāo fáng yuán

12. 雨點兒從雲彩裏飄落下來。
    Yǔ diǎnr cóng yún cai lǐ piāo luò xià lái

13. 書包裏有一個文具盒和幾本書。
    Shū bāo lǐ yǒu yí gè wén jù hé hé jǐ běn shū

14. 他就是你的爸爸吧？
    Tā jiù shì nǐ de bà ba ba

15. 我靜靜地坐在沙發上聽音樂。
    Wǒ jìng jìng de zuò zài shā fā shang tīng yīn yuè

16. 天上的白雲猶如一羣可愛的小山羊。
    Tiān shàng de bái yún yóu rú yì qún kě ài de xiǎo shān yáng

17. 一場大雨過後，樹葉顯得更綠了。
    Yì cháng dà yǔ guò hòu，shù yè xiǎn de gèng lǜ le

18. 池塘裏的水滿了，青蛙也叫起來了。

19. 只有多看課外書，多練筆，才能寫出好文章。

20. 我們的校園多麼美麗呀！

21. 我高興地走在回家的路上。

22. 爺爺把他多年的收藏一件件地拿出來給我看！

23. 我懂的道理越來越多，也就越來越懂事了。

24. 小貓釣魚很不專心，一會兒捉蜻蜓，一會兒捉蝴蝶。

25. 上課鈴一響，我們就馬上回到教室裏。

測試用短文朗讀示例（中、高級）

中級短文一

對於一個在北平住慣的人，像我，冬天要是不颳風，便覺得是奇迹；濟南的冬天是沒有風聲的。對於一個剛由倫敦回來的人，像我，冬天要能看得見日光，便覺得是怪事；濟南的冬天是響晴的。自然，在熱帶的地方，日光永遠是那麼毒，響亮的天氣，反有點兒叫人害怕。可是，在北方的冬天，而能有溫晴的天氣，濟南真得算個寶地。

設若單單是有陽光，那也算不了出奇。請閉上眼睛想：一個老城，有山有水，全在天底下曬着陽光，暖和安適地睡着，只等春風來把它們喚醒，這是不是理想的境界？小山整把濟南圍了 // 個圈兒，只有北邊缺着點口兒。這一圈小山在冬天特別可愛，好像是把濟南放在一個小搖籃裏，它們安靜不動地低聲地說：「你們放心吧，這兒準保暖和。」

節選自老舍《濟南的冬天》

208

中級短文二

對於中國的牛，我有着一種特別尊敬的感情。

中國的牛，永遠沉默地為人做着沉重的工作。在大地上，在晨光或烈日下，牠拖着沉重的犁，低頭一步又一步，拖出了身後一列又一列鬆土，好讓人們下種。等到滿地金黃或農閒時候，牠可能還得擔當搬運負重的工作；或終日繞着石磨，朝同一方向，走不計程的路。

在牠沉默的勞動中，人便得到應得的收成。

那時候，也許，牠可以鬆一肩重擔，站在樹下，吃幾口嫩草。偶爾搖搖尾巴，擺擺耳朵，趕走飛附身上的蒼蠅，已經算是牠最閒適的生活了。

中國的牛，沒有成羣奔跑 // 的習慣，永遠沉沉實實的，默默地工作，平心靜氣。這就是中國的牛。

節選自小思《中國的牛》

中級短文三

從香港到英國遊學期間，我成了倫敦地下鐵的「常客」。首先，我是通過它，閱覽了這個自羅馬帝國以來，一直保持自身悠久傳統的歐洲文化大都市。這裏由地下至地上的每一個角落，都有歷史的遺跡在向我訴說過去。但與此同時，又有各種新潮的事物，顯露出當今世上最重要的金融、貿易中心的繁華，令我深深感受到名符其實的國際化都會的魅力所在。古老的、前衛的、複雜的、多彩的、善變的倫敦，和地下鐵非常緊密地連在一起，叫人百看不厭。正如英國十八世紀的文壇大師薩埃爾·詹森所說：「當你 // 對倫敦厭倦之際，就是對人生也已經厭倦了。」

節選自周蜜蜜《百年風光》

中級短文四

父親說：「花生的好處很多，有一樣最可貴，它的果實埋在地裏，不像桃子、石榴、蘋果那樣，把鮮紅嫩綠的果實高高地掛在枝頭上，使人一見就生愛慕之心。你們看它矮矮地長在地上，等到成熟了，也不能立刻分辨出來它有沒有果實，必須挖出來才知道。」

我們都說是，母親也點點頭。

父親接下去說：「所以你們要像花生，它雖然不好看，可是很有用，不是外表好看而沒有實用的東西。」

我說：「那麼，人要做有用的人，不要做只講體面，而對別人沒有好處的人了。」

父親說：「對。這是我對你們的希望。」

花生做的食//品都吃完了，父親的話卻深深地印在我的心上。

節選自許地山《落花生》

中級短文五

相傳在很久以前，龍王的兒子變成一條大蛇，潛入大坑村，咬死了村裏的家畜，結果被機智勇敢的村民們合力打倒。龍王為了報仇，讓村民都得了怪病。後來有位神仙在夢中告訴他們，只要用草紮成龍，插滿香枝，然後連續舞火龍三晚，大家的病就會好。從此以後，村民每年都舉行舞火龍表演，祈求身體健康。

「火龍」的「龍頭」是用藤枝製成的，而「龍身」用了粗麻繩和珍珠草，「龍牙」用了鐵片，「龍眼」用了手電筒，「龍舌」用了木片。表演者把一萬多枝點上火的香枝插在「草龍」身上，平平無奇的「草龍」轉眼變成會發光的 // 「火龍」，在晚上顯得格外耀眼和壯觀。

高級短文一

這燈一下來的時候，金呼呼的，亮通通的，又加上有千萬人的觀眾，這舉動實在是不小的。河燈之多，有數不過來的數目，大概是幾千百隻。兩岸上的孩子們，拍手叫絕，跳腳歡迎。大人則都看出了神了，一聲不響，陶醉在燈光河色之中。燈光照得河水幽幽地發亮。水上跳躍着天空的月亮。真是人生何世，會有這樣好的景況。一直鬧到月亮來到了中天，大昴星，二昴星，三昴星都出齊了的時候，才算漸漸地從繁華的景況，走向了冷靜的路去。

河燈從幾里路長的上流，流了很久很久才流過來了。再流了很久很久才流過去了。在這過程中，有的流到半路就滅了。有的被沖到了岸邊，在岸邊生了野草的地方就被掛住了。還有每當河燈一流 // 到了下流，就有些孩子拿着竿子去抓它，有些漁船也順手取了一兩隻。到後來河燈越來越稀疏了。

節選自蕭紅《放河燈》

213

高級短文二

秋天的足印在哪裏？在絲絲的秋雨裏。有人討厭下雨，我卻偏愛雨，尤其是秋天的雨。秋雨清爽宜人，不像春的綿長細膩，不像夏的狂熱粗暴，也不像冬的寒冷刺骨。秋雨飄灑在池塘上，遠處的山在朦朧細雨中時隱時現，這是一幅多麼優美的畫面哪！

秋天的足印在哪裏？在五彩繽紛的秋色裏。公園裏一列金黃色的銀杏樹像溫柔恬靜的小姑娘，重重疊疊的葉子變成小姑娘手上的扇子，一下一下地撥走夏日的火熱。山坡上一片絢麗的楓葉樹直逼人的眼睛，紅紅黃黃的楓葉將天邊染上繽紛的色彩，秋風輕輕一吹，楓葉徐徐飄落，給大地鋪上一張紅地毯。

秋天邁着沉穩的腳步向我們走來，又悄悄離開。秋天的足印在廣闊的天 // 地間，需要我們細細觀察。

高級短文三

燕子去了，有再來的時候；楊柳枯了，有再青的時候；桃花謝了，有再開的時候。但是，聰明的，你告訴我，我們的日子為甚麼一去不復返呢？——是有人偷了他們罷：那是誰？又藏在何處呢？是他們自己逃走了罷；現在又到了那裏呢？

我不知道他們給了我多少日子；但我的手確乎是漸漸空虛了。在默默裏算着，八千多日子已經從我手中溜去；像針尖上一滴水滴在大海裏，我的日子滴在時間的流裏，沒有聲音，也沒有影子。我不禁汗涔涔而淚潸潸了。

去的盡管去了，來的盡管來着；來去的中間，又怎樣地匆匆呢？早上我起來的時候，小屋裏射進兩三方斜斜的太陽。太陽他有腳啊，輕輕悄悄地挪移了；我也茫茫然跟着旋轉。於是——洗手的時候，日子從水盆裏過去；吃飯的時候，日子從飯碗裏過去；默默時，便從凝然的雙眼前過去。

節選自朱自清《匆匆》

高級短文四

最初用的包書紙，半透明，薄如蟬翼，紙面帶點
臘。這種紙包起書來，自然熨貼，書面書背的八隻角
都以九十度角稜稜凸現，書緣與紙貼合得天衣無縫。可
惜紙身太脆薄，沒用多時，已起滿毛毛頭，又禁不起
翻捲，紙張甚至裂開一道縫、爆開一個洞。

後來改用透明的包書膠，當時市面上已有膠套面
世，價錢稍貴，不過能節省包書所花的功夫，可是膠
套與書的高度總有差距，衣不稱身。

然而，透明膠也有缺點，最令人苦惱者，是三數年
後，塑膠受了冷縮熱脹的影響，書緣竟彎翹起來，封
面連帶受累，給包書膠扯得屈曲變形。遇上這情形，
唯有揮利剪，拆去舊套，重新再包。只是書本越積越
多，如此又包又拆，耗時費力，連我也懷疑自己是否在
// 庸人自擾了。

節選自黃秀蓮《包書的回憶》

高級短文五

香港，一個身世十分朦朧的城市！

身世朦朧，大概來自一股歷史悲情。迴避，是忘記悲情的良方。如果我們說香港人沒有歷史感，這句話不一定包含貶斥的意思。路過宋皇台公園，看見那塊有點呆頭呆腦的方塊石，很難想像七百多年前，那大得可以站上幾個人的巨石樣子，自然更無法聯想宋朝末代小皇帝，站在那兒臨海飲泣的故事了。

香港，沒有時間回頭關注過去的身世，她只有努力朝向前方，緊緊追隨着世界大流，適應急劇的新陳代謝，這是她的生命節奏。好些老香港，離開這都市一段短時期，再回來，往往會站在原來熟悉的街頭無所適從，有時還得像個異鄉人一般向人問路，因為還算不上舊的樓房已被拆掉，甚麼後 // 現代主義的建築及高架天橋全現在眼前，一切景物變得如此陌生新鮮。

節選自小思《香港故事》

測試用命題說話示例（中、高級）

中級

(1) 自我介紹

(2) 我喜歡的動物

(3) 我的假日生活

(4) 我的學校

(5) 我喜歡的課外活動

(6) 我的家庭

高級

(1) 我的願望

(2) 我尊敬的人

(3) 我和體育

(4) 我喜愛的職業

(5) 難忘的旅行

(6) 我的朋友

(7) 我喜歡的季節（或天氣）

(8) 我的成長之路

(9) 我喜歡的節日

(10) 我喜愛的書刊

(11) 我和國家

(12) 我知道的風俗

香港小學普通話水平等級測試
專家鑒定書

由香港語言研究中心組織研發的香港小學普通話水平等級測試（以下簡稱「HKPSC-P 測試」）項目，於 2022 年 10 月 6 日舉行線上（騰訊會議）專家評審鑒定會，邀請海內外七位專家學者組成專家鑒定委員會，由北京語言大學李宇明教授擔任專家鑒定委員會主席。

專家鑒定委員會聽取了 HKPSC-P 測試研制報告及說明，詳細審讀了《香港小學普通話水平等級測試實施綱要》並進行了充分討論，達成如下鑒定意見：

HKPSC-P 測試因應香港普通話教育發展需求，聚焦香港小學生普通話學習，在充分調研基礎上，以國家《普通話水平測試大綱》及《普通話水平測試實施綱要》為依據，借鑒參考國際文憑組織小學項目課程大綱以及香港教育局頒佈的《普通話科課程指引（小一至中三）》（2017）等設計而成。HKPSC-P 測試的研發與推廣，對香港普通話教育具有積極的推動作用。

HKPSC-P 測試充分把握香港小學生的身心發展特點、學習特點和語言特點，把握現階段香港小學語文教育內容及目標，突出普通話能力測試和中華文化學習有機融合。考查內容較為豐富，試題內容融知識性、科學性和趣味性於一體，不僅便於學生自我檢視普通話學習過程中易出現的偏誤，提高其普通話學習效率，而且可有效促進其知識學習和普通話能力提升同步發展。

《香港小學普通話水平等級測試實施綱要》詞語表收詞豐富，收詞原則合理，以規範詞語為引領，同時考慮詞語的區域特徵及學生語言背景特徵，適合香港小學生學習掌握。

HKPSC-P 測試已對 100 餘所小學、700 餘名小學生進行了預試，並由語言測試評價專業機構對測試結果進行了質量分析，結果表明，HKPSC-P 測試試卷質量較高，各項指標表現良好。說明該測試具有較好的鑒別力和效度。同時，根據專業機構提供的測試結果及建議，

HKPSC-P 測試再次對試卷結構等做了進一步優化和完善，充分保證了測試的專業性、科學性和有效性。

HKPSC-P 測試提出「科學性、實用性和系統性有機結合」的研制原則和「以測促學，以測促用」的發展目標，測試目的是為提高香港學生學習普通話的能動性，鼓勵並促進其普通話交際、交流能力和水平不斷提升。因此，值得大力推廣。

建議根據香港語言生活發展變化，進一步補充豐富詞語表。

經專家鑒定委員會討論表決，一致同意 HKPSC-P 測試通過鑒定。

香港小學普通話水平等級測試

專家鑒定委員會

2022 年 10 月 10 日

專家鑒定委員會主席　＿＿＿＿＿＿＿＿＿

專家鑒定委員會專家簽字

專家鑒定委員會主席：

李宇明教授　北京語言大學教授

專家鑒定委員會委員（按姓名音序）：

李子建教授　　香港教育大學課程與教學講座教授

屈哨兵教授　　廣州大學二級教授，國家語言服務
　　　　　　　與粵港澳大灣區語言研究中心主任

謝小慶教授　　北京語言大學教授

徐　杰教授　　澳門大學中國語言文學系特聘教授

周　荐教授　　北京師範大學 / 南開大學教授

祝新華教授　　香港理工大學中文及雙語學系教授

附錄

普通話部分雙音節詞語變調規律

上聲變調

1. 上聲 214 + 非上聲（陰平 55、陽平 35、去聲 51）→ 半上 211+ 非上聲

亦即上聲在前，非上聲在後，二者組合後，上聲讀成半上聲，非上聲讀音不變。例如：北京、老年、改變。

2. 上聲 214 + 上聲 214 → 陽平 35 + 上聲 214

亦即兩個上聲組合後，第一個上聲讀成陽平，第二個上聲讀音不變。例如：理解、港口、美好。

「一」變調

1. 一 + 非去聲（陰平 55、陽平 35、上聲 214）→ 去聲 51+ 非去聲（陰平 55、陽平 35、上聲 214）

亦即「一」在前，非去聲在後，二者組合後，「一」讀成去聲 51，非去聲讀音不變。例如：一天、一直、一尺。

2. 一 + 去聲 51 → 陽平 35 + 去聲 51

亦即「一」在前，去聲 51 在後，二者組合後，「一」讀成陽平 35，去聲讀音不變。例如：一個、一項、一定。

「不」變調

1. 不 + 非去聲（陰平 55、陽平 35、上聲 214）→ 去聲 51+ 非去聲（陰平 55、陽平 35、上聲 214）

亦即「不」在前，非去聲在後，二者組合後，「不」讀成去聲 51，非去聲讀音不變。例如：不香、不學、不寫。

2. 不 + 去聲 51 → 陽平 35+ 去聲 51

亦即「不」在前，去聲 51 在後，二者組合後，「不」讀成陽平 35，去聲讀音不變。例如：不看、不必、不要。

普通話聲韻調知識

普通話聲母

普通話共有 21 個聲母，不包含零聲母。21 個聲母和國際音標對照如下表：

普通話聲母與國際音標對照表

聲母	國際音標	聲母	國際音標	聲母	國際音標
b	[p]	g	[k]	sh	[ʂ]
p	[pʻ]	k	[kʻ]	r	[ʐ]
m	[m]	h	[x]	z	[ts]
f	[f]	j	[tɕ]	c	[tsʻ]
d	[t]	q	[tɕʻ]	s	[s]
t	[tʻ]	x	[ɕ]		
n	[n]	zh	[tʂ]		
l	[l]	ch	[tʂʻ]		

普通話韻母

普通話韻母分單韻母和複韻母兩類，單韻母 10 個，複韻母 13 個，鼻韻母 16 個，加起來共 39 個。

普通話單韻母與國際音標對照表

單韻母	國際音標	單韻母	國際音標	單韻母	國際音標
-i （在 z、c、s 後）	[ɿ]	e	[ɤ]	u	[u]
-i （在 zh、ch、sh、r 後）	[ʅ]	ê	[ɛ]	ü	[y]
a	[A]	er	[ɚ]		
o	[o]	i	[i]		

普通話複韻母、鼻韻母與國際音標對照表

複韻母與鼻韻母	國際音標	複韻母與鼻韻母	國際音標	複韻母與鼻韻母	國際音標
ai	[ai]	iao	[iɑu]	uan	[uan]
ei	[ei]	iou (iu)	[iou]	uen (un)	[uən]
ao	[ɑu]	ian	[iɛn]	uang	[uɑŋ]
ou	[ou]	in	[in]	ueng	[uəŋ]
an	[an]	iang	[iɑŋ]	ong	[uŋ]
en	[ən]	ing	[iŋ]	üe	[yɛ]
ang	[ɑŋ]	ua	[uA]	üan	[yɛn]
eng	[əŋ]	uo	[uo]	ün	[yn]
ia	[iA]	uai	[uai]	iong	[yŋ]
ie	[iɛ]	uei (ui)	[uei]		

普通話聲調

　　這裏只列舉普通話單字調。普通話聲調有四個，四個聲調調值一般也用調號直接表示，或採用由 1 到 5 的五度標記法標記。

　　1. 陰平

　　　　也叫一聲，高平調，高而平，聲音由高音 5 到 5，數值為 55。

　　2. 陽平

　　　　也叫二聲，高升調，聲音由中音 3 直接升到高音 5，數值為 35。

　　3. 上聲

　　　　也叫三聲，降升調，先降後升，聲音由半低音 2 降到低音 1 再升到半高音 4，數值為 214。

　　4. 去聲

　　　　也叫四聲，全降調，聲音由高音 5 直接降到低音 1，數值為 51。

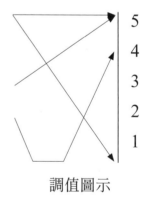

調值圖示

責任編輯：楊歌
裝幀設計：龐雅美
排　　版：陳美連
印　　務：劉漢舉

香港小學普通話水平等級測試實施網要

香港語言研究中心　研制

研制工作組

組　　長：郭風嵐

研制成員：吳良媛　張一萍　劉可有

　　　　　洪巧靜　吳黎純　楊安琪

協助機構：香港普通話研習社

出版

中華書局　　香港管理學院出版社

香港北角英皇道 499 號北角工業大廈 1 樓 B 室

電話：(852) 2137 2338　傳真：(852) 2713 8202

電子郵件：info@chunghwabook.com.hk

網址：http://www.chunghwabook.com.hk

發行

香港聯合書刊物流有限公司

香港新界荃灣德士古道 220–248 號 荃灣工業中心 16 樓

電話：(852) 2150 2100　傳真：(852) 2407 3062

電子郵件：info@suplogistics.com.hk

印刷

美雅印刷製本有限公司

香港觀塘榮業街 6 號海濱工業大廈 4 字樓 A 室

版次

2023 年 1 月第 1 版第 1 次印刷

©2023 中華書局　香港管理學院出版社

規格

16 開 (285mm x 210mm)

ISBN

978-988-8808-20-5